JN268788

造景する旅人

建築家 吉田桂二

大庭桂・著

風土社

写真提供＿木寺安彦　写真、図版提供＿吉田桂二　デザイン＿鈴木佳代子

目次

終章　造景する旅人――土地に惚れ、人に惚れて　321

造景する旅人　建築家　吉田桂二

大平宿・紙屋／長野県飯田市大平

Oodaira-Juku-Kamiya ［Painted by Keiji Yoshida/1985］

page.195

民家探訪／福井県丸岡町

Maruoka-Machi ［Painted by Keiji Yoshida／1996］

page.172

わらべの館／大分県玖珠町

Warabe-no-Yakata ［1983］

page.205

葛城の道歴史文化館／奈良県御所市

Katsuragi-no-Michi-Rekishi-Bunkakan ［1986］

page.224

無限定空間の家／福井県福井市

Mugentei-Kuukan-no-Ie ［1988］

page.224

飛騨の匠文化館／岐阜県古川町

Hida-no-Takumi-Bunkakan ［1989］

page.232

飛驒の匠文化館／岐阜県古川町

Hida-no-Takumi-Bunkakan ［1989］

page.232

石畳の宿／愛媛県内子町

Ishidatami-no-Yado ［1994］

page.241

欧州探訪の旅／トルコ・イスタンブール

Istanbul ［Painted by Keiji Yoshida/1988］

欧州探訪の旅／イタリア・アルベロベッロ

Albelobello［Painted by Keiji Yoshida/1989］

木蠟館／愛媛県内子町

Mokuroukan ［1995］

page.241

月心居／東京都渋谷区

Gesshinkyo［1992］

page.279

大乗院庭園文化館／奈良県奈良市

Daijouin-Teien-Bunkakan ［1996］

page.295

古河文学館／茨城県古河市

Koga-Bungakukan ［1998］

page.310

序章

現場をめぐる旅

岡山、京都、そして長浜へ

京都駅で想うこと

「東京《リヴェール》の《ド》冬《トキオ》は《エ》とても《トレ》いい《ビアン》」

昨日の午後、吉田桂二を訪れた日本民家の研究をしているフランス人のマダム・ルグランはしきりにそう言っていた。しぐれた暗い日ばかり続くパリの冬からすると、からりと晴れることの多い東京の冬は、よほど好ましい気候なのだろう。仕事で遠出する桂二にとっても、晴天はありがたい。

東京は今日も快晴である。

吉田は、朝早めに「のぞみ」で東京を発ち、午前十一時すぎに岡山の佐野邸の現場へ入った。藤木工務店が施工している佐野邸新築現場は、岡山大学の近くの閑静な住宅街にある。木造二階建ての住宅に、広々とした庭。いつものことだが、桂二は住宅だけにとどまらず、車庫、物干し場、庭の樹木の種類・配置、フェンスにいたるまでを設計した。工事はおおむね完成に近く、藤木工務店の仕事は丁寧で、桂二を満足させた。施主の佐野夫妻が二つ三つ気になるところを桂二に相談し、桂二はその場で解決策を藤木工務店に指示した。

「このあたりでは……」

佐野氏は、ほぼできあがった新居を前にして、愉快そうに笑って言った。

「『料亭ができる』といううわさがたっているそうですよ」

吉田もつられて笑った。桂二が設計した住宅は、さして大きくもなく、これ見よがしの造作でもないのに、家の形、そのプロポーションが人目を引くというのだ。木造であか抜けた家と見れば「料亭」を連想するのか。人のうわさとはたわいもないものだ。

吉田は佐野夫妻と穏やかに談笑しながら、最後に家全体の仔細を見てまわる。佐野夫妻は、窓にふさわしいロールスクリーンや部屋に入れる家具のことなど、桂二にあれこれ尋ねる。桂二はその一つひとつに答え、仕事の仕上がりに視線を走らせる。二階まで見てまわったところで、今日の仕事は終わった。

午後四時すぎの「ひかり」で岡山駅を発てば、一時間で京都である。そのまま東京へ帰ることも可能だが、今夜は京都で泊まることにしていた。明朝は、京都から滋賀県長浜の現場へ行く予定になっているからだ。

師走の京都駅は寒い。

「吹き抜けのせいか……この風のきつさは」

コートの襟をかき合わせながら吉田は、烏丸《からすま》中央口へと降りていくエスカレーターから、はるかに仰ぐ巨大な鉄骨トラスの寒々とした天井を睨みつけた。

「これほどの空間がここに必要だろうか」

眼下に目をやれば、吹き抜けていく風から逃れようとするかのように、物も言わずに足早に行き交う人々の波が、それぞれの目的に向かって蠢《うごめ》いている。

伊勢丹デパート、大ホテル、劇場などを擁して京都駅が装い新たにオープンしてから、ここは若者の人気スポットになった。高くそびえるクリスマスツリーのあたりの階段は、日が暮れると若いカップルでにぎわうという。もともと利用者の多い駅であり、観光客に加え市

佐野邸／岡山県岡山市

Sano-Tei ［2000］

民にも商業的集客の魅力を加えたことで、駅の再開発は成功したと大いに満足している人たちもいる。

しかし、高層化した京都駅は巨大かつ斬新な造形物として人々の目にどのような印象を与えているのだろう。電車に乗降するという目的のためにこの駅を利用する何百万人という人々にとって、目に入るものなどさしたる意味もないのだろうか。

いや、そんなことはあるまい。吉田はたちまち否定に傾く。

建物の機能性というものは、大容量の絢爛《けんらん》たる箱に納めればよしというわけではない。むしろできるだけ遊びを排除し、コンパクトにしたほうがよりきれいではないか。ましてやここは、平安建都から千二百年の歴史と伝統をもつ都《みやこ》の玄関口なのだ。

「京都駅は、多くの観光客を効率よく導くために合理的な設計がなされています」と京都駅の紹介文には謳《うた》われている。それはいいとしても、古都の雰囲気がもう少したいせつにされてもいいのではないか。

「機能的に優れているものは、その外観もまた優れている」

ドイツの建築家ブルーノ・タウト[*1]は言った。よほど自信のある建築家でなければ言えない言葉だと吉田は思う。タウトの言葉は、さらに続く。

「その命題が真なることを最もよく実証しているのが桂離宮である」

建築家ブルーノ・タウト。彼は、政権を取ったヒトラーに追われるように夫人とともに日本へやってきた。昭和八年（一九三三）のことである（同年ナチスは、アインシュタインも追放している）。日本の知人の招待とはいえ、国際連盟を脱退してナチスに接近しつつあっ

＊1　ブルーノ・タウト＝一八八〇〜一九三八。旧ソ連領カリーニングラード生まれ。第一次大戦前後のドイツで盛んだった表現主義建築運動を代表する建築家。大戦後はガラスによる幻想的な『アルプス建築』などで国際的に知られる。一九二〇年代後半から一万二千戸におよぶ集合住宅を設計。ナチスの台頭に危険を感じて三三年に来日。三六年に離日。桂離宮など日本の古建築を海外に伝えた。

た日本でのタウトの処遇は、恵まれたものとはいえなかった。その影響もあってか、日本での建築家としての仕事は、あまり残されていない。わずか三年の滞在で、彼はスペインの芸術大学に招聘《しょうへい》され日本を去ることになる。

しかし、哲学者カントの著作を愛読したというタウトは、優れた論説をもって日本建築の美を世界に知らしめ、なかんずく日本人自身に再認識させた、日本にとって恩人ともいうべき建築家だ。

鉄、コンクリート、ガラスへと工業化の進んだヨーロッパ建築を摂取していくことが日本の近代化だと信じて疑わなかった時代に、タウトの観念論には批判があったとしても、彼ほど深く日本建築の風土性を理解し、伝統美を看破《かんぱ》した建築家はいない。

タウトは、一九一三年、三十三歳のときの作品「鉄の記念堂《モニュメント》」、翌年に発表された「ガラスの家（グラスハウス）」によって世界的に名声を得た。その後タウトは、ドイツ国内のあちらこちらで集合住宅による町づくりや都市計画をいくつも手がけ、著書十数冊を著し、シャルロッテン工科大学教授をつとめるなど、精力的に活躍していた。

タウトと相前後して世界的に活躍し、日本でも知られている建築家には、アメリカから日本へ来て帝国ホテルを設計したフランク・ロイド・ライト*2（遠藤新《あらた》*3、レーモンド*4らの師）、フラット屋根のバウハウスで有名なドイツのグロピウス*5（山口蚊象《ぶんぞう》*6、山脇巌夫妻の師）、ドイツからアメリカに渡り高層建築に活躍することになるミース・ファン・デル・ローエ*7、フランスには機能主義の巨匠コルビュジエ*8（前川國男*9、坂倉準三*10らの師）などがいる。

タウトやグロピウス、コルビュジエたちが新しい京都駅を見たらどういう反応をするだろ

＊2 フランク・ロイド・ライト＝一八六七～一九五九。アメリカ生まれ。ウィスコンシン州で土木技術を学ぶ。その土地の自然の特徴と調和した住宅設計の第一人者。大規模な代表作は、東京の旧帝国ホテル、ニューヨークのグッゲンハイム美術館。

＊3 遠藤新＝一八八九～一九五一。福島県生まれ。東大建築学科卒。来日中のライトとともに渡米、一九一九年に帰国しチーフ・アシスタントとして設計監理を担当。ライトとの協同作品に、目白の自由学園、芦屋の山邑邸。他に甲子園ホテルなど。

＊4 アントニン・レーモンド＝一八八八～一九七六。チェコ生まれ。プラハ工科大学卒後、渡米。ライトの帝国ホテル建築に協力するため来日。大戦後、ふたたび来日し東

うか。是とするか否とするか……と言う前に、それぞれが「私ならこう造る」と言いだすことは必至だ。

建築家という商売柄、吉田桂二も、つねに視覚でとらえた建物に対してなにがしかの思いを抱いてしまう。目に入った風景が不快であるときはことさらに、「建築とは何か？　建築家の責任とは何か？」と、見えざる相手に問うてみたくなる。

「美しくなければ建築として存在すべきではない」つねづね吉田は弟子たちにそう言ってきたし、この四十余年のあいだに設計した公共建築、学校、病院、工場、店舗、住宅などの作品は、一つひとつその前提のもとに生みだしてきたつもりである。

しかし、自分の作りだした建物が人々の目にどう映るかは、見る側の感性にゆだねられるわけだから、ある人にとって美しいものが、別の人にとってはつまらない塊《かたまり》にすぎないかもしれないのだ。そこで開き直りを決め込んで、「美に対する価値観は多様なのだから、作品に対する批評は一切あずかり知らぬ」と端から言ってのける建築家もいる。「百人が百人満足する形など存在しない」という言葉に、わが意を得たりと膝をうつ建築家がいるとすれば、それこそ「建築とは何か？」という問いの答えは、「建築とは、建築家の自由な創造による自己満足」となってしまうだろう。

ひとたび建造物として完成してしまったものが、少なくとも数十年その空間を占有し、その建物がどのように非難を浴びることになっても、建て直しはまずできない。多くの人々が共有することになる景観に対する責任は、何人《なにびと》にも問えないのだろうか。

「美しい建築であたりまえ」と言う吉田は、建築家による創造が、多くの人々の眼にかなう

京事務所を再開、亡くなるまで日本で活動。代表作に戦前の東京女子大、聖路加病院、アメリカ大使館、戦後はリーダース・ダイジェスト東京支社、群馬音楽センターなど。

*5　**ワルター・アドルフ・グロピウス**＝一八八三〜一九六九。ドイツ生まれ。第一次大戦後、ワイマール美術学校の校長となり、応用芸術の新しい機能的解釈をめざして学校をバウハウスへと再編。ヒトラーが権力をもつと、ロンドンに移住、その後、アメリカに渡り、工場や住宅団地を設計。ハーヴァード大学で建築学の教授をつとめた。

*6　**山口蚊象（文象）**＝一九〇二〜七八。東京生まれ。東京高等工業（現・東工大）を卒業後、清水組で働く。逓信省の営繕課の雇員となり、日本の近代建築運動に一時代を

「美」に帰結しない仕事は認めたくない。しかし、斬新さを売り物とするのが建築家なのだと世間は誤解している向きもある。

人々にとって「美しい」ということは、どういうことなのか。また、個々の感性、国籍、民族を超える普遍的な美（たとえば黄金律というようなもの）が存在しうるのか。吉田の疑問に、共感できる納得を与えてくれるのはやはりタウトである。

タウトは『建築とは何か』という論説でこう述べる。

「建築作品に音色を与える最も重要な要素は風土。そして、そこから生まれる建築には美しい『釣り合い』があり、その最たるものが桂離宮である」

「『釣り合い』すなわち『プロポーション』について『数理的に公式になんぞできないし、教えることもできない』」（篠田英雄訳）

たしかに釣り合いについて、さまざまな尺度を考案し、表現を試みた建築家もいたし、多くの建築家たちがそれに倣《なら》ってきたこともあったが、釣り合いに対する感性、眼力というものは、しょせん教えられるところのものではない。眼にしたものから学び、天性の眼を、個個の努力で磨きあげるしかないのである。

吉田には、タウトの言わんとすることが、わかるような気がする。「タウトならば……風土、景観、建築物のすべてにわたり、美しい釣り合いを創造するか否かは、建築家にかかっている……と言うだろう」

吉田は京の町に惚れている。かなうことなら、東山あたりの小さな町屋に暮らしてみたいと思ったりもする。しかし、東京に事務所を構えて仕事に出歩く身には、夢のまま終わりそ

画した分離派建築会の会員たちを知る。関東大震災の復興期には（当時は岡田蚊象と名乗っていた）数寄屋橋や浜離宮南門橋、清洲橋などを手がける。その後、日本橋白木屋、朝日新聞本社などを設計。一九三〇年渡欧、グロピウスのもとで働く。三二年に帰国後、戦前の日本の建築界を代表するモダニストとして活躍。戦後、設計組織RIAを設立。

＊7 ミース・ファン・デル・ローエ＝一八八六～一九六九。ドイツ生まれ。コルビュジエと並ぶ近代建築の巨匠の一人。ミースが生みだしたガラスのカーテンウォールのビルは二十世紀の大きな流れを形成した。バウハウスの校長を経て、シカゴのイリノイ工科大学建築学教授となった。主な作品は、シカゴのレイク・ショア・ドライブの二棟の高層アパート、ニ

うだ。それゆえ、京都近辺で仕事があると、時間をつくって京都を歩く算段をする。

吉田が初めて京都を訪れたのは、第二次世界大戦後、東京美術学校（現・東京芸術大学）で建築を学びはじめた十八歳のころだった。妙心寺あたりの宿坊にころがりこんで、毎日、京の町を片端から歩きまわり、スケッチをしながら建物の間取りを書き取っていた。

そうすることを、誰に教えられたわけでもなく、命令されたわけでもない。ただ何かが吉田を京都へ駆りたて、そうさせた。京都という町には、底知れぬ深さをもって人を惹きつけてやまない御簾《みす》の向こうにいる美しい女のような魅力がある。その魅力の秘密を自分のものにしようとするかのように描きまくった。

「一度見たものは、けっして忘れない」

そう言い切る吉田の眼は、京都の町中の家の造作や景色のわずかな変化も見逃さない。何百年と変わらない大徳寺で、そびえる屋根の垂木《たるき》を仰ぐとき。嵐山から鳥居本《とりいもと》への古い町並みを歩くとき。高山寺《こうざんじ》の庭に咲く萩の葉先が風に揺れる様《さま》まで、美の瞬間は吉田の眼に記憶されていく。

月日を経て、補修の施されぬまま哀れにはげ落ちた檜皮葺《ひわだぶ》きの屋根や、崩れた壁に遭遇することもある。その一方で、壮麗な伽藍《がらん》の大寺院にあふれる観光客を目の当たりにすると、吉田は思うのだった。「文化と伝統を守るのに必要なのは、人と金……。だが人と金さえあれば、守れるというものではないらしい」

家を普請《ふしん》しようというとき、ほんとうの京都人は、どんなに金があっても隣近所より目立たぬように、むしろつつましい外観を心がけるという。家の中のしつらいにしても、ごてご

ューヨークのシーグラム・ビル、ワシントンの公立図書館など。

＊8　**ル・コルビュジエ**＝一八八七〜一九六五。スイスに生まれ、独学で建築を学び、パリに定住。大規模な都市化プロジェクトと都市計画にもとづいた彼の設計図の多くは受け入れられなかったが、彼の提唱した「近代建築の五原則」（ピロティ〈支柱〉、屋上庭園、自由な平面、横すべりの横長窓、自由な立面）は、世界中の建築家に大きな影響を与えた。作品は、ロンシャン礼拝堂、マルセイユのユニテ・ダビタシオン、インドのチャンディーガル、パリのスイス学生会館、チューリヒの万国博覧会パビリオンなど。

＊9　**前川國男**＝一九〇五〜八六。新潟県生まれ。東大建築学科卒業と同時に、パリのル・コルビュジエのアトリエに入所、

て飾り立てたりしない。腕のいい棟梁が厳選して刻んだ木の組まれた室内空間と、それを仕切る洗練された建具には、京都人の粋と高い美意識が匂う。

しかし、歴史ある京の町といえども時代の変化の荒波をかぶらぬわけはない。一九七〇年代に入ってから、日本のあちらこちらで起こった町並み保存運動のなかでも、京都祇園新橋の人々の運動はさすがだったと吉田は回想する。元治元年（一八六四）の大火の直後に建てられたものがほとんどという、祇園新橋のお茶屋の町並みに生きる人々の危機感を煽ったのは、祇園のあたりに次々と建つ国籍不明のきらびやかなビル群であった。昭和四十八年（一九七三）、ついに祇園新橋にも四階建てのビルの計画が持ちあがった。

「このままでは、祇園新橋の町が危ない」住人たちは声をあげ、立ち上がったのだ。

「保存することで地価が下がってもいい、土地を売って出る気はない」この覚悟が、かえってこの地を繁栄させることになった。

かにかくに祇園は恋し……

歌人・吉井勇の歌が刻まれた、祇園新橋の白川沿いに並ぶ町屋やお茶屋のたたずまいが美しく守られていることは、金儲けを中心にめぐる時代の勢いに呑み込まれる前に、自分たちの町をみずからの手で守り抜こうと決意した人たちの協力の賜物《たまもの》である。吉田は、祇園の人人の心意気に敬意と羨望を抱きながら、京都を訪れるとかならず祇園に足を運ぶ。

三〇年帰国。レーモンド設計事務所に勤めるかたわら、落選覚悟でモダニズムのデザインを数々のコンペに提出。三五年、前川國男設計事務所を設立、日本の戦後建築をリードした。主な作品は、日本相互銀行本店、神奈川県立図書館・音楽堂、国際文化会館（坂倉準三、吉村順三と共同設計）、東京文化会館、国立国会図書館など。

*10 **坂倉準三**＝一九〇一～六九。岐阜県生まれ。東大文学部美術史学科を卒業後、二九年に渡仏。パリ大学を経てル・コルビュジエのもとで建築を学ぶ。いったん帰国後、パリ万博日本館の設計監理のため再渡仏。この作品でグランプリを受ける。戦後は数多くの作品を残し、日本の近代建築の確立に大きな役割を果たした。神奈川県立近代美術館はその代表傑作。

京都・石塀《いしべ》小路《こうじ》

エスカレーターを降りた吉田は、足早に京都駅を出るとタクシー乗り場に急ぐ。日はすでに暮れている。

「石塀小路へ」

駅前のタクシーに乗り込むなり運転手に告げる。

「お客さん。石塀小路には、東山安井の交差点のほうから入らはりますか、それとも高台寺前のほうがよろしおすか？」

吉田は少し思案して、高台寺前までやってくれるように運転手に頼んだ。

石塀小路は、祇園の八坂神社にほど近く、太閤秀吉の妻おねが晩年を過ごした高台寺の山門前にある。その小路には何軒かの昔の茶屋がこぢんまりとした宿を営んでいて、吉田の行きつけの宿もその一つである。数年前、石塀小路は国の重要伝統的建造物群保存地区（重伝建）に選定されている。

「一見《いちげん》さんお断り」という不文律が幅をきかせる京の町では、紹介者がいなければ味わえない奥深い部分がある。ことに料理屋、宿では、紹介が必須とも言える。けれど、ややこしい証明がいるわけではなく、店に予約の電話を入れるとき、「誰某《だれそれ》に勧められて」と言い添え、勧めた当人からも「よろしく」と電話を入れておいてもらえば事は済む。

石塀小路の宿を紹介してくれたのは、吉田が「米《よね》ちゃん」と呼んでいる財団法人日本ナショナルトラスト[*11]（以下、ナショナルトラストと表記）の米山淳一だった。米山のおかげで、桂二は昔からの常連のように「寿栄屋《すえや》」の座敷におさまることができる。

道の左手前方に「石塀小路」と書かれた街灯が闇に浮かぶ。ここから先は車は入れない。タクシーを降りて石塀小路の、ほどよい暗さの静かな石畳をまっすぐ行き、つきあたりを右へ、さらにそのつぎのつきあたりを左へ折れると「寿栄屋」の格子戸が右手にある。表の籠には、まだ夕刊がささったままだ。吉田はわが家に帰ったかのように夕刊を籠から取りだすと、格子戸をくぐり玄関に立った。

「ごめんください」

「まあまあ、吉田先生。おこしやす」

気どりのない温かい声とともに、作務衣《さむえ》姿のおかみが吉田を迎えた。おかみに夕刊を渡すと、えらいすんまへん、と恐縮しながら受け取る。

すると、からりと背後の格子戸が開いて、寿栄屋の主人が小さな白い犬を連れて入ってきた。主人は「ようこそ」と改まって会釈をしたが、小さな白い犬は吉田を不審者と見てかワンワンと吠えだした。「これ、レオ」と犬を抱きあげながら、主人はそそくさと奥へ入っていった。

寿栄屋は、もとはお茶屋で、先々代が営んでいた。今は宿となり、一晩に客三組、十人くらいまで泊まることができる、こぢんまりとした家庭的な宿として定評がある。おかみさんと大おかみ、茶道関係の出版社に勤める主人が階下で生活している。家の空気は穏やかで静かながら、どこかに人の気配があり、京都の暮らしの情緒を味わえる得がたい宿だ。

＊11　**日本ナショナルトラスト**＝財団法人日本ナショナルトラストとは、国民的財産である貴重な自然景観やかけがえのない文化財・歴史的環境を保全し、利活用しながら後世に継承していくことを目標に、英国の環境保全団体であるナショナルトラストを範として一九六八年十二月に設立された公益法人。市民参加による保護対象の取得・修復・整備・管理・公開などの保護活動を積極的におこなっている。

吉田は、二階のいつもの部屋に通された。部屋は心地よく暖められ、床の間にはおかみの心遣いか、吉田の描いた絵の軸が掛けられている。一か月ほど前、東京・神楽坂の鈴木喜一の建築事務所アユミギャラリーで開かれた個展のあと、吉田が寿栄屋のおかみに贈ったものだ。

個展は毎年霜月《しもつき》に行われるのが恒例で、もう二十回を超える。個展の絵はその年によって、日本の古い町並みであったり、版画であったり、ヨーロッパの旅で出会った風景であったりするが、新しく選定された伝統的建造物群保存地区の紹介も含んだ『歴史の町並み事典』（東京堂出版）など書きおろした本の原画展であることも多い。絵は設計や執筆の合間をぬって描かれたものだ。画風は独自のもので、吉田はNHK文化センターの絵の講師もつとめる。この教室で女性の受講者が毎年増える一方なのは、その絵もさることながら、吉田の温厚な人柄によるところも大きい。老若男女を問わず、個展を楽しみにしている根強いファンが多く、吉田の個展の絵は、例年、おおむね売れてしまう。

長浜・鉄道文化館

「先生、明日はお早うお発ちどすか？」

茶を運んできたおかみが尋ねた。

「ああ、できれば八時半には……。長浜の現場でね。米ちゃんも来ることになってます」

「あら、米山さんに会わはりますの？」

おかみは、懐かしそうに言った。

「そう。ナショナルトラストの米ちゃんとの仕事で、いま長浜の鉄道文化館の工事が進んでいるところ。長浜駅には、日本でいちばん古い駅舎があって、その隣に建設中」

おかみは、瞬間、まあと目を見開き、重ねて尋ねた。

「ほな、奈良の大乗院庭園文化館に続いて、また、先生の設計ですの？」

「うん、そう。だけど奈良のほうは、大乗院の庭園と奈良の町並みから生まれた形。長浜のほうは、古いレンガの駅舎とのバランスを考えて、ヨーロッパの駅をイメージした建物でね……」

仕事の話になると、吉田は雄弁になる。

ナショナルトラストの米山淳一と吉田桂二が出会ったのは二十年ほど前のことだ。米山はまだ三十歳になるかならないかであったが、二十歳以上も年上の吉田の人柄と建築作品に好感をもった。以来二人の付き合いは続いていて、あちらこちらの町の歴史調査や将来構想を提案する仕事をともにしてきている。

ナショナルトラストが吉田に設計を依頼したヘリテイジセンターは、「葛城《かつらぎ》の道《みち》文化館」「飛驒《ひだ》の匠《たくみ》文化館」「大乗院庭園文化館」の順に完成している。ナショナルトラストは、日本の各地で、建築史家や建築家、歴史家による調査を経たうえ、その町を活性化するための手立てを綿密に検討し、後世に引き継ぐべきとくに優れた遺産を有すると認めると、町の歴史や文化を顕彰し町の核となる建物であるヘリテイジセンターの建設にかかるのである。

一九九六年に完成したヘリテイジセンター大乗院庭園文化館は、奈良ホテルの南側の池をはさんで志賀直哉の旧居などのある高畑町の交差点に建てられた。この建物は完成後、「奈良景観調和デザイン知事賞」「甍《いらか》賞景観賞」を受賞しており、毎日、多くの市民や観光客に利用されている。

吉田が明日訪れる長浜は、豊臣秀吉が居城を構えていた琵琶湖の東岸に位置する町である。近年、その古い町並みを訪ねる観光客が増加し、電車の本数も増えるなどして、町は活況を呈している。北国《ほっこく》街道沿いに、安藤家から黒壁ガラス館など黒壁スクエアと呼ばれる町並みを抜け、曳山《ひきやま》博物館から大通寺あたりまで、多くの観光客が行き交っている。

長浜の歴史をたどれば、陸《おか》蒸気の時代、長浜の町衆は熱心に明治政府に働きかけ、駅を誘致することに町の発展の期待を寄せた。そして、明治十五（一八八二）年に現存する長浜の駅舎が完成した当時、敦賀を発した北陸線は長浜駅で止まり、長浜から大津へは、琵琶湖を渡る鉄道連絡船が運行されていた。

明治二十二（一八八九）年に、新橋から神戸まで東海道線が全通すると、この鉄道連絡船は廃止となり、長浜駅は全盛期を終えるが、イギリス人技師ホルサムの設計した駅舎は、昭和三十三（一九五八）年に日本における最古の駅舎として「鉄道記念物」に指定された。その駅舎の横に吉田の設計で現在建設が進んでいる鉄道文化館は、ナショナルトラストの米山がとくに熱心に取り組んでいるヘリテイジセンターである。

「米ちゃんは、鉄道が大好きで、自宅に鉄道模型をいろいろコレクションしているんだ。長浜の鉄道文化館にも、模型電車を走らせる計画でね。展示室の上を一周することになっていて、その模型の線路の背景の壁に、琵琶湖のまわりの山や町を描くんだ」

訪れた子供たちが楽しんでくれるならば、と考えた吉田のアイデアである。

設計図に向かう吉田の仕事の先には、建物ができあがったときに喜ぶ人々の顔がある。だから設計はやめられない。その土地にみずから立ち、イメージが生まれ、建物の形が決まる。それを図面にしていく作業にはたいへんな労力をともなうが、吉田はその仕事を楽しいと思う。建物はもちろん周囲の環境、景観、内部の展示にいたるまで、つねに濃《こま》やかに目を配り、東京と現場を行き来する日々がくり返される。

おかみと長浜の話をしたあと、吉田は夕食を近所の豆腐料理の店「豆水楼《とうすいろう》」でとり、明日の朝食を七時半に頼むと風呂に入って早めに休んだ。

翌朝、吉田は東山あたりの寺の鐘の音で目覚めた。

「ああ、京都の朝だ」

鐘の音の余韻は、桂二の身のうちを古都の朝の情緒で満たした。

窓の外の気配に耳をすましてみる。しめた、雨は落ちていない。ゆっくりと身を起こすと、愛用のジッポーのライターとロングピースに手をのばし、目覚めの一服を吸った。身支度に時間はかからない。おかみの心尽くしの生ゆばや米茄子《べいなす》の並ぶ朝食をうまいうまいとたいらげると、東山安井から京都駅までタクシーをとばした。かならず寄ることにしている地下街のイノダでコーヒーを飲んでから、長浜行きの快速電車に乗り込む。

姫路発の新快速の電車に乗れば、京都から約一時間で長浜である。長浜には、吉田が共同経営者をつとめる東京の連合設計社市谷建築事務所から若手の所員、戎居《えびすい》連太が到着しているはずである。連太は三年前にT大学建築科を卒業して連合設計社に入った。事務所には十数人の所員がいて、それぞれ四国から東北までの現場を担当している。九州の現場は、連合設計社の熊本事務所の監理となる。鉄道文化館は、実施設計の段階から連太が担当を命じられた。連太は、初めての現場担当の仕事に、緊張しながらも張り切っていた。

現場担当をする所員は吉田の耳目、手足である。現場と吉田を一心同体に結ぶため、図面に描かれていることはもちろん、描かれていないことについても吉田の意図をすべて理解しておかねばならないし、また、現場で施工業者たちとの意思疎通を円滑に運ぶ力量が要求される。着工前の住民のヒアリングの段階から、連太はたびたび長浜と東京を往復していた。

吉田は、経験の浅い若い所員を叱りとばしたりはしない。仕事に関しては、丁寧にきっちり教え育てていく。平素穏やかな吉田だが、得てしてそういう人物は怒らせるとこわい。所員の誰もが吉田に恐れを抱いているのは、彼の自己への厳しさを知るからかもしれない。誰にもできない仕事を、誰よりもたくさん、誰よりも速くやるボスは、おのずと部下たちの畏怖と尊敬を誘う。

そんな吉田の提案する行事に、なぜか若い者たちは嬉々として集まってくる。今回の長浜鉄道文化館の内部の壁画を描く企画にも事務所から金刺元臣ら数名が参加するし、そのほかに、吉田が世話人代表つとめる、東京を中心とした若手建築家のグループである生活文化同人のメンバーにもボランティアの希望者がいた。

壁画描きの参加者二十数名は、東京、神戸、金沢などから、今夜、長浜に集合することになっている。

大勢が明朝すぐに着彩作業にとりかかれるように、吉田は、今日のうちに壁画の下書きをしておく段取りなのだ。東京の事務所で連太や斉藤奈穂子、大久保歩らが準備をした、大面積の着彩に使用する塗料六色を調合した容器や刷毛、暖をとるためのホッカイロなど、すでに荷物は二日前に発送してあった。

「おはようございます」

長浜駅には、戎居連太と建設工事を請け負っている宮本組の堤栄一が、吉田を迎えるため改札口で待っていた。

「現場まで歩いて行くから、迎えになんぞ来なくていいのに」

そう言いながら車に乗り込む吉田に、連太は報告する。

「桂二さん、荷物は着いています。それから、宮本組のほうでストーブやボランティア全員の分のヘルメットを用意してくださっています。ナショナルトラストの米山さんは、午後到着の予定だそうです」

連太は吉田を先生とは呼ばない。彼だけではない。所員はみな、「『先生』なんて呼ぶな」と嫌がる吉田の言葉にしたがって「桂二さん」「桂さん」と呼んでいる。

長浜鉄道文化館の建設業者を選定するにあたり、吉田は設計事務所の設立以来の仲間である戎居研造に、長浜の業者から何社かを候補に挙げてくれるよう頼んだ。このような工事を入札にすれば、提示額より低い価格で落札した業者が建設工事を受注することになる。しかし、安いということは、そのまま工事のレベルを質実ともに著しく低下させることを意味する。どの業者であれ、一億円規模の大きな仕事は欲しいに決まっている。工事の仕様を一つひとつ拾って見積もった総額を、原価ぎりぎりの利益なしといった無茶な安値で落札すれば、工事費の圧縮のしわ寄せがどこにいくのかは一目瞭然である。耐久性の低い材料や安易な工事などのごまかしをして手を抜けば、吉田はたちどころに自分の設計とちがうことに気づくし、そういうことをやる工務店とは組めない。

そういうわけで、吉田は入札を好まない。業者の選定に必要なのは、たしかな技術と仕事人としての信頼である。そんな吉田と四十年以上も仕事をともにしてきた戎居研造は、さっそく長浜の建設業者の調査を始めた。

とくに今回の鉄道文化館では、梁間八間《けん》を三メートルの五寸丸太で迫《せ》り持ち*12に組み、ヨーロッパの鉄道駅の雰囲気をデザインしたダイナミックな木造架構のアーチ状トラス*13を組む。そのためにはきわめて精度の高い技術を要することが、図面を見た段階でわからなければならない。戎居研造は、三つの建設会社を候補に挙げた。

吉田の描いた鉄道文化館の図面と完成予想図を最初に見たのは、ナショナルトラストの米山だった。吉田からヨーロッパの駅のプラットホームをイメージしたと説明を聞きながら、米山はかつて学んだイギリスで出会った大きな駅のいくつか（キングクロス駅だったろう）を思い浮かべた。

「あの駅の天井のアーチを、木材の大架構で表現するなんて……」

想像だにしない夢のような構想。米山の胸は高鳴った。彼のテンションはこの計画の実現に向かって上がっていく。

鉄道文化館の建設にあたり、米山は、交通博物館の元館長をはじめとする、日本の鉄道専門家のトップ三人に加え、地元長浜の市長、行政担当者らで建設準備委員会を組織して、地

*12 **迫り持ち**＝石や煉瓦などを弧状に積んで迫り合わせ、上部の荷重を支えて、下部を開口させる構造方式。アーチ。

*13 **アーチ状トラス**＝直線的な材料を三角形に結ぶと変形しない。これがトラスで、これを数多く弧状に連続させた構造方式。屋根、鉄橋などに多用。

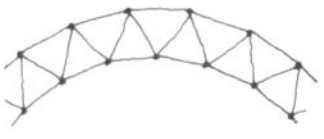

元住民らとの話し合いを行うなど、精力的に動きまわっている。ナショナルトラストには鉄道ファンのネットワークもある。展示品については、多くの人々の協力が必要だ。

長浜での建設準備委員会で、吉田桂二の建物についての説明は波乱なくあっさりと終わった。デジタルカメラで建設予定地を撮影し、パソコンに読み込んで、吉田の描いたパースをその写真に重ね合わせると、まるで現地に建物が建っているかのような写真ができあがる。

「もう建ったのですか?」

と錯覚する人もいた。吉田の示す写真や図面を見ながら、検討が始まった。さっそく長浜市側から意見が出た。

「建物を、もっと東のD51(デコイチ)機関車のほうへ寄せてもらえませんか」

建物を東に寄せて、駐車スペースの現状維持を見込んだ発言だ。

「若干は可能ですが、レンガ造りの旧駅舎が長浜駅のほうから見えていないと全体のバランスが崩れます」

吉田は即答した。四方どちらから見ても端整な建物を考える。さらに土地の風景に新たに加わる建物が美しく納まらなければ、景観が損なわれる。瞬時に、建物を東へ動かした風景を吉田の眼は計算して答えていた。

旧駅舎と鉄道文化館は渡り廊下で結ばれる。建物のエントランスの左手にはナショナルトラストの部屋(トラストルーム)が設けられ、右手に進めば展示室。展示室中央の階段を上がれば、館内を壁づたいに一周する模型電車を見ることができる。ミュージアムショップのカウンターや展示について種々意見が交わされたが、建物に対する異論は出なかった。候補に挙がっている長浜の建設業者にも図面が送られた。その図面をもとに、それぞれの業者は自社の工事費の見積もりを、指定の期日に連合設計の事務所に持参することになっていた。

「今回は辞退させていただきます」

と一社が申し出た。見積もりを持参した残り二社と吉田は個別に面談し、自分の設計した木造架構のアーチ状トラスを、どのように工事するかを質問した。

「これは、まず内部に足場を組み上げ、屋根のアーチを上から下へ組んでいくしかないと思っております」

そう答えたのは宮本組だけであった。宮本組は、すでに模型も作って持参していた。吉田も工事方法はそれしかないと考えていたので、施工業者はこの瞬間に決まった。

住宅であれ公共建築であれ、吉田の設計図を見た大工は震えを覚えるという。手書きでこまかく説明が書き込まれた図面は、大工の技術を熟知した者にしか書けないものだ。それは同時に「これが造れるか」という棟梁への挑戦でもある。目の前にある腕のふるい甲斐のある仕事が、職人魂に火をつける。

「わからないところは、どんなこまかいところでも私に尋ねてください」

緊張して図面をにらむ宮本組の関係者に、吉田はきさくに話しかける。

「先生。ここのところがどうも……」

「ああ、そこはね。木をこういうふうにおさめるんです」

「小屋を組む丸太材はどうしましょうか」

「自然の丸太は寸法が不揃いでしょう。それはまずい。国産の杉の削り丸太でいきましょう。

塗装はしない。そのままで……」

「わかりました。しかし、このようなアーチの小屋組み、私どももこれまでやったことがありません。参考に、これまでに造られたものを拝見しておきたいのですが……」

宮本組は正直に言った。吉田はにっと笑う。

「そんなもの、ありませんよ。これを造るのは初めてだからね」

目を白黒させている宮本組の面々をひとわたり見まわすと、吉田はなかば励ますようにきっぱりと言った。

「この建物は、日本でいちばん古い駅舎に寄り添って建てられます。鉄道文化館という象徴性は、この小屋組みの構造によって語られると言ってもいい。このアーチ状トラスを組むのは、世界で初めてということになるでしょうが、十分に屋根を支えられるはずです」

それから半年後、宮本組は吉田の設計にしたがって鉄道文化館の壁面をRC（鉄筋コンクリート）で造り、その内部に足場を組んで、見事に丸太のアーチ状トラスを組み上げた。その上に切妻《きりづま》屋根＊14が載ったところで、内部の足場が撤去されることになっている。そこで内部の足場がなくなる前に、「模型電車の走る予定になっている東と西の横に細長い壁面に、ただ電車が走るだけではおもしろくないから、琵琶湖沿線の風景を描こうじゃない」と建設準備委員会で言いだしたのは吉田自身だった。「それはいい」「ありがたいですな」と歓迎の声があがり、提案は満場一致で了承された。

明日の土曜日は、壁画を描く作業の本番。その準備として吉田は、戎居連太を助手に金曜のうちに壁画の下書きをする。東側十六メートルには鈴鹿山脈の御在所岳から伊吹山、金糞《かなくそ》

＊14 **切妻屋根**＝棟から両側に葺きおろした屋根形。

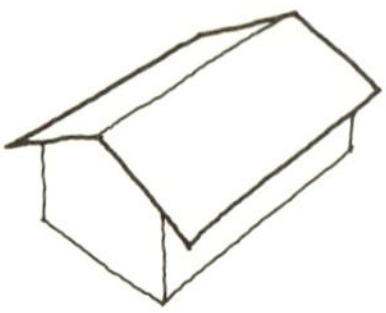

岳《だけ》。西側十六メートルには比叡山から箱館山といった琵琶湖をぐるりと囲む山々である。連太は心配していた。

「いくら桂二さんの筆が速くてもなあ。これだけ広い範囲の下絵描きを、桂二さんはほんとうに半日でやるつもりなのだろうか」

そんな連太の危惧をよそに、吉田は楽しげに小気味いいリズムでコンテを動かし、東西二面の壁の下絵をその日の夕方に予定どおり仕上げた。

米山やナショナルトラスト関西事務局の住田尚美も、長浜の現場に到着した。住田は、この長浜の壁画を描く会の状況報告をナショナルトラストの公報誌に書くのだという。

壁画に色を塗る当日、集結したボランティア二十人あまりは二人一組、それぞれ割り当てられた場所の壁面に、指定された色で下絵を塗りはじめる。師走の寒さのなかの作業だから、と、宮本組がいくつもストーブをたいてくれる。すでにできあがった小屋組みの丸太にヘルメットをかぶった頭をぶつけたりしながら、それぞれが懸命に作業する。

工事担当の宮本組の社長らは、大張りきりでボランティア一行の世話に走りまわり、吉田とボランティアの一団が鉄道文化館に壁画を描くことを聞きつけて、市長が激励に来たり、NHKの取材があったりと現場は活気に満ちていた。大仕事は、見物人が多いほどはかどるものだ。

色塗り作業は、土曜に続き日曜の昼すぎには終わった。最後に吉田が、山裾に沿線の町、長浜、米原《まいばら》、彦根や近江今津、安曇川《あどがわ》、大津の風景を記憶にしたがって、みんなの見ている前でさらさらと描きあげ壁画を完成させた。

ナショナルトラストの米山は、壁画のできあがりに大喜びだ。

「吉田先生、ありがとうございます。これでいよいよ来年の五月に竣工式。展示をして、二〇〇〇年十月十四日の今世紀最後の鉄道記念日にオープンです。いやあ、もう今から、この琵琶湖の景色の前を走る電車を見て喜ぶ子供たちの顔が楽しみです」

「いちばん最初に、ここで模型電車を走らせて楽しむのは米ちゃんじゃないの」

吉田は、疲れた様子もなく、けろりとした顔で無邪気に笑ってそう言うと、悠然と煙草を一本取りだしてくわえた。

壁画を描いた吉田桂二とボランティア一行のこのときの報酬は、記念写真と宮本組のくれたヘルメット、そして鉄道文化館の壁画製作に参加できた満足感——それがすべてであった。

「まさに『流した汗は歴史に残る』だな」

米山淳一は、ナショナルトラストの理念を、ボランティアの手で描きあがった湖畔のパノラマ壁画を見上げながら、しみじみと呟いた。

長浜鉄道文化館／滋賀県長浜市

Nagahama-Tetsudou-Bunkakan［2000］

上：鉄道文化館（右）と旧駅舎（左）　中：鉄道文化館と旧駅舎をつなぐ回廊
下：内部の木造架構のアーチ状トラス

第一章——少年時代

岐阜の町並みに生まれ育って

上竹町、幼い日の風景

月日は百代《はくたい》の過客《かかく》にして、行きかふ年もまた旅人なり

芭蕉は人生を旅と見たが、日本国内にとどまらず、アジア、アメリカ、ヨーロッパ、アフリカにまで足をのばし、旅をくり返してきた吉田桂二の人生は、旅そのものだと言える。吉田の旅は、建主の依頼で建設用地を見にいく旅であったり、あるときは設計した建物が建設されていく過程をチェックするものであったり、またあるときは雑誌や本に原稿を書くための取材であったりする。

しかし吉田の旅は、建物づくりや取材のみに終わらなかった。いつしかその旅は、建物を創造する旅から、長い歴史を生きてきた家を再生活用し、町全体の景観を整え、その息吹を蘇らせる旅になってきている。

吉田の旅の始まりは、見知らぬ風土に育まれた暮らしに触れ、何かを発見する喜びにあった。その何かは、風景であったり、素朴な人の心であったり、建築の伝統的意匠であったり、先人の知恵や技術であったりするが、「そこに感ずる何かが共通している」と吉田は考えるようになる。共通するものとは何か。それは美しさではなかろうか。美しさを発見する旅、いつしかそれは、日本の高度経済成長の陰で壊されていく建物への愛惜や、失われる景観への憤慨の色を帯びるようになっていく。

「古い民家を再生する？　若い者はどんどん都会に出ていきおった。年寄りしかおらんわび住まいや。手え入れとうても、どうもならん。ここの町並みをきれいにする？　あほかいな。そねえな金のかかることに奔走して得にもならん。損ばかりの酔興《すいきょう》な人や」

と、訪ねる先々で誰もが同じことを言った。しかし吉田桂二は、休むことなく旅を続ける。

吉田桂二がこの世に生を受けて命の旅を始めたのは昭和五（一九三〇）年のことである。厳しい残暑もようやく翳りを見せ、軒先のすだれや葦簀《よしず》がしまわれ、日射しも風もやや秋めいてきた九月十六日、桂二は岐阜市の上竹町《かみたけちょう》に、吉田弘之の次男として誕生した。弘之は、歯科医であった吉田鉄次郎の養子で医院を継いでおり、このとき二歳になっていた弘之の長男は、養父・鉄次郎の鉄の音をとり、哲夫と名づけられていた。

弘之にとって二人目の子は、女たちが男前だと言うだけあって目鼻立ちがはっきりしていた。顔を真っ赤にして大きな声で泣く元気な赤ん坊の名は、「二人目の男の子やし午年生《うま》れやから、将棋の桂馬からとって『桂二』にしよ」と父・弘之が決めた。実のところは弘之の実父が吉田桂治郎といい、その「桂」を次男に継承させたのだった。養父の鉄次郎はすでに他界していたため、弘之は養母やまわりへの気兼ねなく赤ん坊の名をつけることができた。

この当時、日本は、第一次世界大戦後から尾をひいていた不景気の最中にあった。

明治時代から、欧米列強に追い着くことを目標に、富国強兵、文明開化を急激に推進してきた日本は、日清・日露の戦争に勝利した。さらに、第一次世界大戦で、日英同盟を理由に同盟国側に参戦して戦勝国となり、これで列強と肩を並べたと自信を得る。その勢いでベルサイユ講和会議に意気揚々と乗り込んではみたものの、白人支配の国際社会の壁は厚く、アジアの黄色人種の意見は対等に扱われなかった。

実のところ日本はこのとき、世界情勢がわかっていなかった。たしかに第一次世界大戦まではイギリスが国際金融を支配し、活発な経済流通システムを操って富を生みだしてきた。しかし、ヨーロッパ列強どうしのつぶし合いであった第一次世界大戦は、それまでの世界秩序を崩壊させ、その結果、イギリスは国力を失い、軍事力・経済力においても世界のリーダーとは言いがたい状況になっていたのだ。

やがて日本は、大正十二（一九二三）年には関東大震災に、昭和二（一九二七）年には金融恐慌に見舞われた。さらに昭和四（一九二九）年十月のアメリカの経済恐慌に始まる世界規模の大不況に呑み込まれ、世界の貿易体制はそれまでイギリスが主導してきた自由貿易から、自国のみの利益を守ろうとする保護貿易に向かった。

そうした時代の変遷のなかにあって、弘之の実父の桂治郎は、大垣に砦のような邸《やしき》をかまえていた。邸内の池に浮かべるへさきに龍の頭をつけた船を工作場で大工に作らせたり、庭づくりをしたり、風流な創作に精をだしていたが、桂二が生まれる前に没している。その妻ツタは、文学に秀で、「岐阜の樋口一葉」といわれるほど評判の才女で、地元の新聞に連載小説を執筆したりしていた。

桂二の母の文江《ふみえ》は桂二を産んだとき二十四歳。文江は、岐阜市の眼科医で貴族院議員でもあった山田永俊の次女で、気立てがやさしく、おとなしい女性であった。

厳とした家父長制のもとに家庭が営まれていた時代であるから、結婚は当人どうしの意思よりも、まず家柄の釣り合いで決められていた。弘之と文江の結婚も、その範に漏れなかった。

歯科医としての弘之の腕は評判がよかったとみえて、近郊はもとより遠くは三重県の伊勢志摩からも治療に訪れる患者がいたという。弘之は、歯科技工室を備え、技工士も雇っていたが、入れ歯などはみずから作っていた。歯科医は手先の器用さが身上で、患者の痛みをすみやかに取り除き、患者にぴったり合う新しい歯を作りだす、いわば職人だと弘之は思っていた。

吉田の生まれた昭和五年当時の上竹町は、三間《げん》ほどの幅の南北に走る通りをはさんで、平入り[*1]二階建ての町屋が四十戸ほど軒をつらねていた。申し合わせたように、ベンガラ[*2]格子に灰色の漆喰《しっくい》壁の、整った見事な景観の家並みだった。

通りには、間口が七、八間《けん》もある大きな家があるかと思えば、二間ほどのつつましい家もある。吉田歯科医院は通りの中ほどにあり、間口五間半のやや大きな家で、二階に歯科診療室や待合室、子供部屋があり、階下には、居間や座敷、電話室、寝間、台所など生活の場があった。この家に、祖母、父母、兄、それに頭を丸刈りにした若い書生、弘之の気に入りの美人で気のきく看護婦さん、色黒で健康そうな太い手足をした働き者のねえやが、寝食をともにしていた。

「生まれ落ちて中学二年になるまで、この町で育ったのだから民家や町並みとの出会いというのは、ほとんど意識外のことといってよい。もっとも、『出会う』のと『惚《ほ》れる』のとは意味がちがう。無意識状態から意識を呼び覚まされるということなら、これは女に惚れるのと

＊1　**平入り**＝屋根の水平になっている軒の側を通りに向けた家の建て方。

＊2　**ベンガラ**＝酸化鉄を主成分とする赤色顔料。

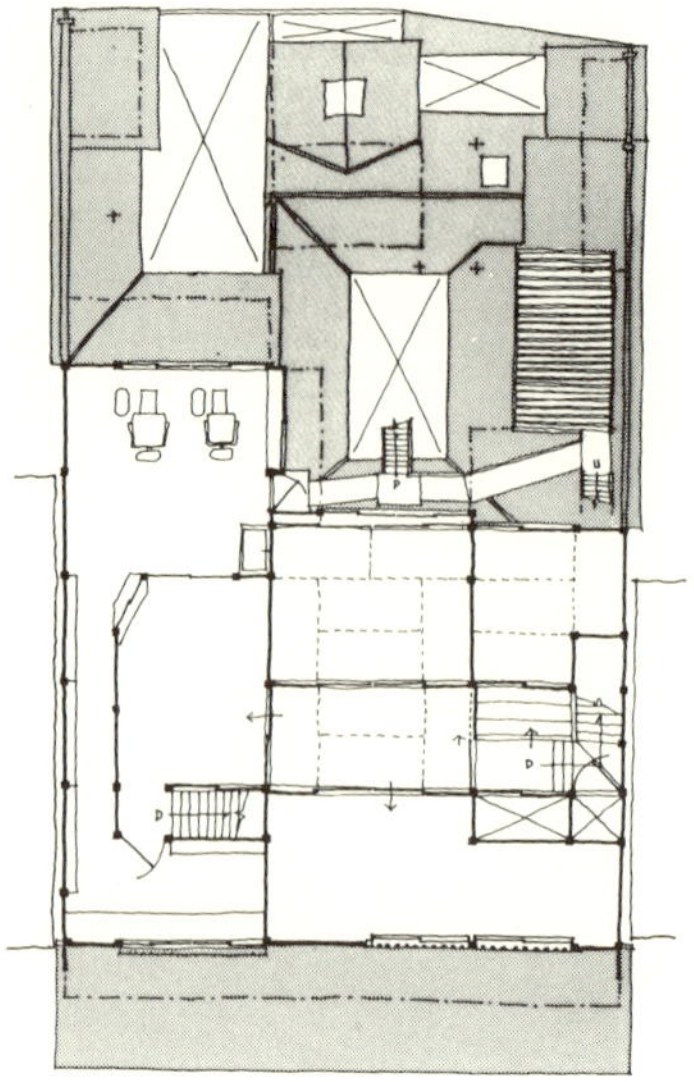

2階間取り

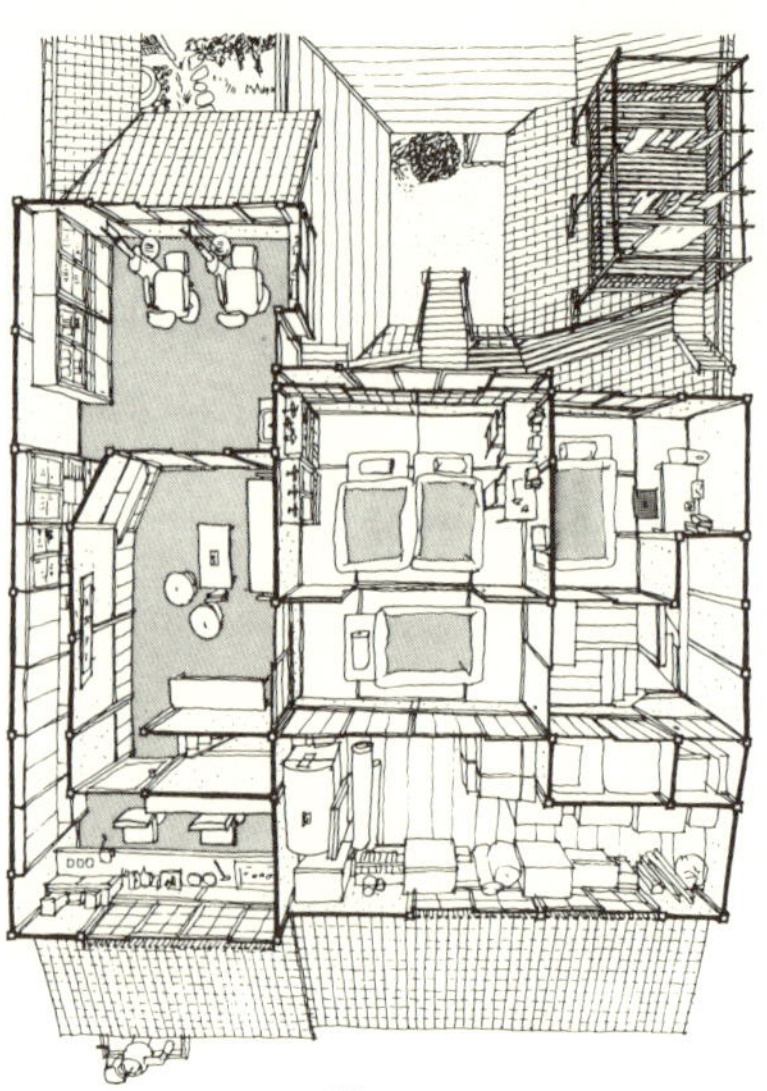

2階パース

生家の間取り／岐阜市上竹町

［1930〜］

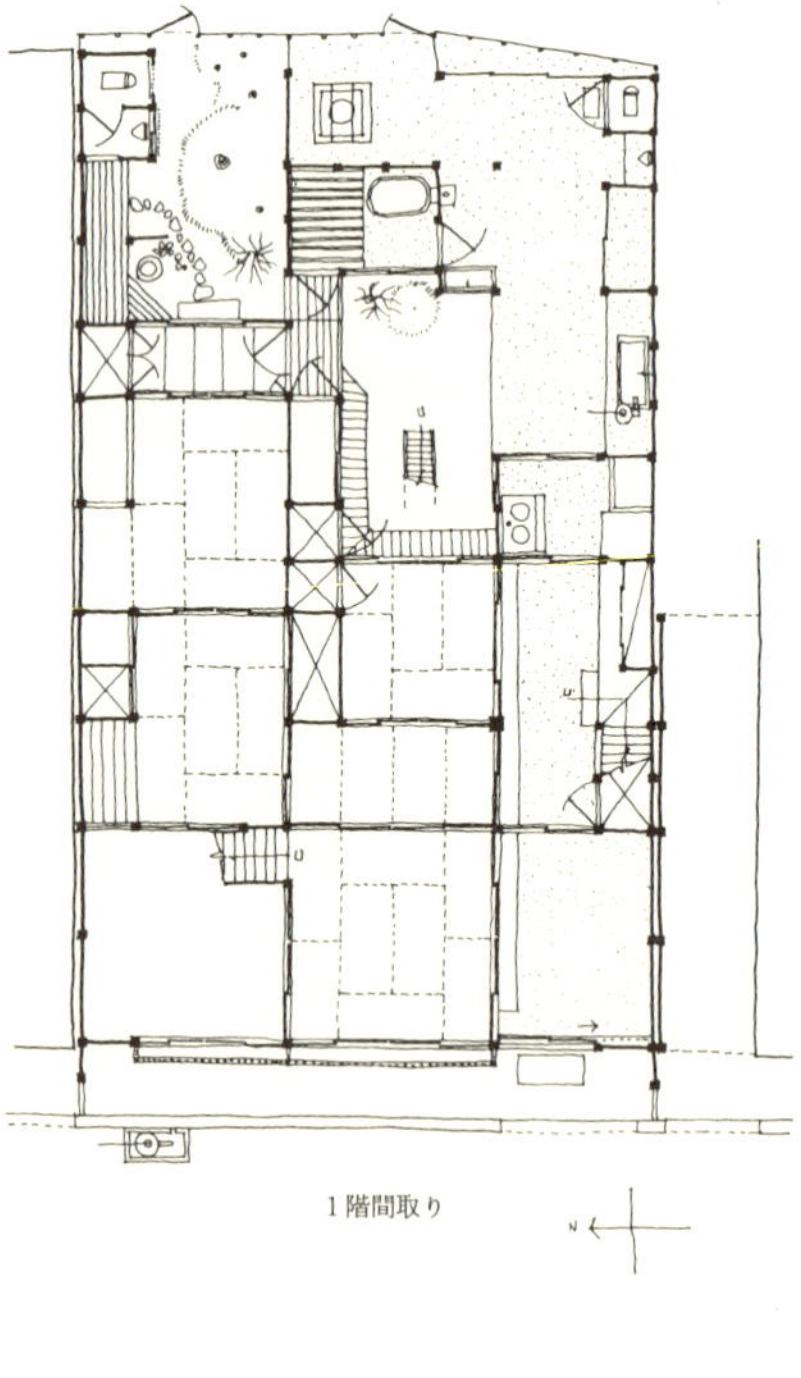

1階間取り

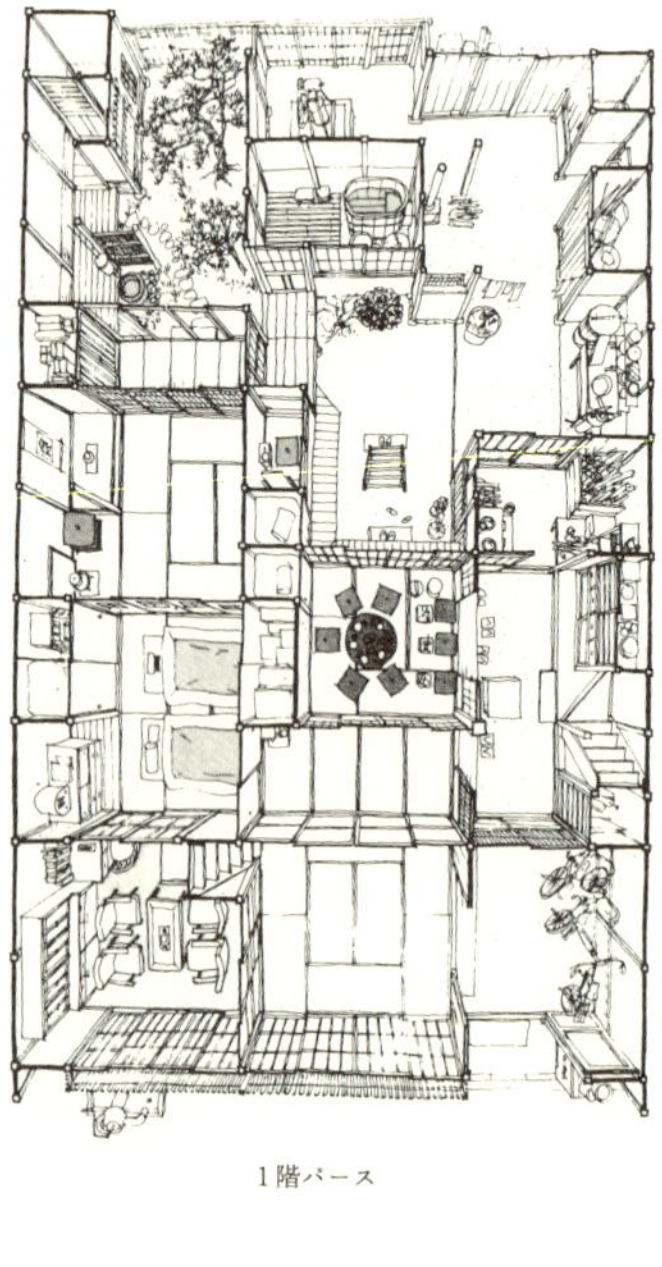

1階パース

同じだ。出会ってそく惚れることもあれば、間《ま》の空くこともあるし、惚れないこともある。私の場合、生まれ落ちたときが民家との出会いであり、惚れたのはおよそ三十年と少々のちのことになるのではないか」

と吉田は振り返る。

人には生まれ落ちてからの旅の途上、さまざまな見聞、経験が堆積してある重みに達した頃合いに、それまで忘れていた己の命の故郷を、忽然と思いだす瞬間が訪れることがある。意識せぬ美の記憶が蘇るのだ。吉田はその甘美な瞬間を「惚れる」と表現する。

総じて吉田の原動力は惚れることだと言うこともできる。彼はいまだに少年のまなざしを持ちつづけ、人に惚れ、木に惚れ、民家に惚れ、出会う仕事に惚れ、日本という風土に惚れながら、建築家としての命の旅に夢を追いつづけている男だ。

それは「意識せぬ美の記憶」をたどる旅のようでありながら、すでに過去の美の記憶を超えて、その土地に生きる人々に幸福をもたらす、新たな造景を生みだそうとする旅といえるかもしれない。

吉田が「意識せぬ美の記憶」をしだいに堆積させた幼年時代の原風景を私たちは知らないし、彼の脳裏に刻まれている記憶を想像することもできない。彼が実際の年齢よりも若く見られるのは、ときおり少年のように好奇心に輝く目の光や姿勢のよさ、軽やかなフットワークに加えて、偉ぶらない話しぶりのせいだろう。彼が戦前の生まれで、士官候補生をめざしていたと聞いて、絶句する人がしばしばいる。終戦からすでに五十七年を数えるからだ。

「先生は、戦争を知っておられるのですか？」

「ああ、知ってるよ」

こともなげに静かに答える笑顔に、戦争についての傷心は感じられない。

吉田は、戦前の幼い日を過ごした上竹町の生家を、一九八七年に東京堂出版から刊行した自著『民家ウオッチング事典』のなかに描いている。

この家でともに育った二歳年長の兄の哲夫は、幼いころ体が弱く、床につくことが多かった。哲夫は、ふだん桂二と遊ぶときもおとなしかったから、やんちゃな弟に、たいてい何でも先を越され、やりこめられてばかりいたが、

「桂！　哲みたいに、おとなしうせんとあかんで」

と父親に叱られるのは、いつも桂二だった。

叱られるたびに、桂二はだんだん父の前で無口になっていった。

当時、金融恐慌、世界恐慌で大打撃を受けた日本は、この危機を打開するために満州に活路を見出だそうとしていた。昭和六（一九三一）年、満州事変が起こる。これにともなって軍備拡充に力が注がれ、日本で初めての重爆撃機が作られる。そして満州国が建国（昭和七年）され、満州における勢力拡大は軍部の力を増大させ、諸外国との対立をいよいよ深めていた。やがて戦争に向けて経済や社会生活のすべてを政府が仕切る国家総動員法（昭和十三年）も施行され、戦時体制へと突きすすんでいく。

国内でも暗い事件、出来事が次々に起こっている。昭和七（一九三二）年の五・一五事件では、犬養毅首相が軍部政権を望む者たちによって暗殺された。昭和八（一九三三）年には、満州国からの撤退を求められて国際連盟を脱退。昭和十一（一九三六）年には国家改造を唱

える陸軍青年将校らによって政府の要人が暗殺されるという二・二六事件が起こった。

二・二六事件が起こった次の年の春、吉田桂二は京町尋常高等小学校に入学した。

妹の洋子《ひろこ》が生まれたのもこの年だ。初めての女の子の誕生で、家の中の空気が華やいだ。学校から帰ると桂二はまず、赤ん坊の顔をのぞきこんだ。赤ん坊は、泣いたり笑ったり、じっとこちらを見つめたり、目まぐるしく表情を変える。洋子の笑う顔もかわいいが、泣き顔がまた格別おもしろかった。母の文江が、

「桂は、外におるときはほんにいつもにこにこして人気者やが、家のなかでは笑わんなあ。けど、洋子にはほんまにやさしく笑うのやね」

と心底安心したように言った。すると桂二はきまりわるそうに、

「遊びにいってくるで」

と言い捨てて、下駄をつっかけ表へ駆けだすのだった。

その後、洋子の下に妹の潤子、弟の英輔が生まれた。どこの家も子沢山の時代、女たちは未明から夜なべの針仕事にいたるまで、めまぐるしく働いていた。

京町尋常高等小学校へ

桂二が通う小学校の前に、母・文江の生家である山田眼科医院があった。桂二は学校の帰りにこの家に上がりこみ、祖母のひさから菓子を食べさせてもらったりして、同級生に羨ましがられていた。そのころの京町尋常高等小学校の生徒数は二千人。男の子はそろって頭は

丸刈り、半ズボンに下駄履き、女の子はおかっぱ頭でスカートをはいていた。

　桂二の幼馴染みの同級生は、六十戸ほどの同じ町内に桂二を含めて男五人、女二人の七人だった。製材屋の倅《せがれ》で喧嘩の強かった昇、仕立て屋の倅で気立てはやさしいが気の弱かった良次、大工の倅の大吉、駄菓子屋の倅の鼻たれの康夫、綿屋の娘の美人の春子、役人の娘で陽気なあやちゃんである。学校では、男組と女組に分かれていたが、家に帰ってからは、よくいっしょに遊んでいた。

　子供たちは小学六年生が親分格、幼稚園以下はまだ親がかりだから仲間ではないので、ほとんど小学生ばかりで、学校にいる時間と寝ている時間以外のすべてを町内で遊び暮らしていた。子供たちは遊びもしたが、家の手伝いも年相応にしていた。桂二の場合は、小学二年生のときから隣町への夕方の買い物と風呂焚きが仕事だった。兄の哲夫はもっと大事な仕事、たとえば離れた知り合いの家に親の手紙を届けに行ったりした。桂二の家では、朝食と夕食を家族みんな、住み込みのねえやや看護婦さん、書生さんもいっしょに食べた。食事のとき、家族はちゃぶ台を囲み、ねえやや看護婦さん、書生さんは各々の箱膳を前にする。ごくたまに父の弘之が「今日は洋食にしよう」と言うと、隣町の洋食屋からトンカツが届けられた。せんキャベツ添えの白い皿にのったトンカツは、子供たちばかりでなく大人たちにとってもたいへんなごちそうで、ほんとうに楽しみだった。父親が「いただきます」と言って食べはじめるまではみな待っていたし、「ごちそうさま」と箸を置いて立つまではみな、膝をくずすことなく座っていた。食事中にしゃべったり、ふざけたりすることは許されなかった。

　母さんはやさしいけど、父さんはこわい――幼いころから、桂二たち兄弟はそれを肌身に感じてきた。できるだけ父の叱責を浴びないように気をつけていたが、ときには拳が飛んでくることもあった。桂二は、「哲を見習え」と、いつもまじめで勉強のできる兄にくらべられるのが嫌だったから、父親の前では黙っておとなしくしていた。一度だけ、事情はわからないが、父親が怒って母を殴ろうとしたことがあった。桂二はとっさに、母を父の拳から守ろうと躍り出て、母の身代わりになろうとした。桂二を見下ろし睨みつけた父を、桂二は負けじと睨み返す。父は、拳を下ろして黙って行ってしまった。

そんな父子であったが、桂二は父に似て手先が器用で、手を動かしてものを作りだすのが好きであった。桂二の工作室はもっぱら歯科技工室で、技工士の笠井さんの横に陣取り、木を削ったり、模型飛行機を作ったりした。その机には、一般の家にはない、よく切れるナイフやガスバーナーなどいろいろな道具があったからだ。技工室で夢中になって何かを作っている桂二に、父は何も小言を言わなかった。

桂二が一歩家の外へ出ると、そこには子供だけの仲間社会があった。親の目の届かないのをいいことにのびのびとやんちゃに振る舞う桂二は、仲間たちから「桂ちゃん、桂ちゃん」と好かれて人気者だった。

「桂ちゃん、絵描いて、ねえ、描いて」

「うん、ええよ。何がいい？」

「馬」

「馬のどこから描く？」

「足」「しっぽ」「たてがみ」

てんでんばらばらの注文だったが、桂二はどこから描いても完璧な馬を描く。それが、仲間たちには驚きであった。仲間たちは、桂二が次々に描く絵を見ては大喜びだった。

子供社会で遊ぶときは、小さい子は大きい子に従うのがきまりだ。上竹町の通りには、ときどき飴屋や一銭洋食（小さなお好み焼き）の屋台が並び、そのまわりに子供たちが群がる。桂二も母さんにもらった一銭を握りしめて屋台をめざす。

「おじちゃん、一銭洋食ひとつ」

「はいよ、熱いで気いつけえや」

威勢よく渡される新聞紙に包んだお好み焼きは、屋台のおじさんの真っ黒な手からしてもあまり衛生的ではなかったので、母親は子供たちの買い食いに眉をひそめていが、焼きたてのお好み焼きをはふはふ少しずつかじるのは、たとえ不衛生だと咎《とが》められても桂二にとってやめられない楽しみだった。

一方、飴屋では、おじさんが子供たちの注文に応じて、次々に小さな犬や鳥を器用に作りだした。飴を買える子も買えない子も、大きな子も小さな子も口をぽかんとあけて、飴屋のおじちゃんの魔法の手に見入った。

子供たちは退屈ということを知らない。外遊びは、スリルがあるほどおもしろかった。なかでも、通りに沿って町屋の屋根から屋根へ跳び移って歩くという遊びは最高だった。まず、下駄を脱ぎ捨てて素足になる。二階の物干し場からよじ登って屋根に立つ。天気がいいと黒い屋根瓦は熱をもち、じっと立っていられない。通りに向かって傾斜する瓦の上に立つと、下を行く大人や小さな子供たちが見下ろせる。その壮快さと緊張が、桂二をぞくぞくさせた。

下からこちらを見上げて、

「落ちるで、あぶないで。瓦が割れるで、下りんか」

と大声を上げる近所のおばさんを尻目に、二十軒ほどの屋根から屋根へ何十メートルも小走りに渡ってゆくのだ。

たまに滑って、地面に落ちることもあった。大怪我をして動けないはめに陥ったことはないが、落ちたことが親にバレたら叱られるだけだ。少々の痛みや擦り傷なんて、つばでもつけておくしかない。もし泥だらけのシャツやズボン、にじんだ血を見つけられたら、母親は、

「桂、どうしたの？」

と詰め寄るだろうし、父親は、

「だちかん（しょうのない）子や、ほんまに……」

と嘆息するに決まっている。できるかぎりそんなことを言われないように隠蔽工作をして、何くわぬ顔で夕食の席につかねばならない。「哲のように、おとなしう家にいろ」と外遊びを禁じられたらたいへんだ、と桂二はまず考える。

子供たちが大人の言うことを聞かないというのは、自己主張のあらわれでもあるのだが、それには大人に甘えたりしないという前提があり、少々のことでは大人の助けを求めたりしない。たとえば喧嘩をして泣かされても、親に言いつけに走ったりする子供はいなかった。喧嘩で怪我をしても、まず親には隠す。同じ町内の子供が隣町の子にいじめられたら、子供だけで仕返しに行く。それほど子供たちは自立していたし、仲間を思う子供どうしの絆《きずな》は強かった。

子供たちの結束は、大人たちにも大いに役立っていた。町内のどこで遊んでいるのかわからない自分の子供を呼びたいとき、そのあたりにいる子供をつかまえて「用があるんやけど、どこにおるやろ?」と聞けば、ほとんど立ちどころに家に戻ってきた。また、どこかの家で何かがあれば、子供仲間のネットワークが瞬時に働いて、町内にくまなく知れわたった。

少年の夢

桂二が近所の仲間とのびのびと遊んでいたころ、子供の想像の及ばないところで、日本は、満州事変以来の中国大陸の戦線で、じわじわと深刻な状況に向かいつつあった。

二・二六事件の起きた翌年、昭和十二(一九三七)年七月、盧《ろ》溝橋《こうきょう》で起きた事件をきっかけに支那事変が起こり、中国大陸での戦線は見通しも立たないままずるずると拡大していった。昭和十四(一九三九)年九月、ついにヨーロッパで、第二次世界大戦が始まった。日本政府はこの戦争に介入しないことを表明したが、一年後の昭和十五(一九四〇)年九月にドイツ、イタリアと日独伊三国軍事同盟を締結する。

このような状況のもと日本では、昭和十五年に、神武天皇即位以来、皇紀二千六百年を祝う行事が全国で盛大に祝われた。ラジオからは「金鵄《きんし》輝く　日本の/栄《はえ》ある光　身にうけて/いまこそ祝え　この朝《あした》/紀元は　二千六百年/あゝ　一億の胸はなる」と『紀元二千六百年』の歌がくり返し流れ、子供も大人もその歌を聴き覚え、口ずさんだ。行事のひとつとして、全国の児童から皇紀二千六百年についての作文が募集された。読書家の兄の作文は、先生にえらく褒められたようで、父は上機嫌だった。この年の春、桂二は三年生から四年生に進級したが、作文など大嫌いだった。兄の哲夫は体が弱かったけれど勤勉で、学業はどの教科もきわめて優秀であった。相変わらず桂二は「哲を見習え」と父親に言われ、そのたびに「はい」と返事はするものの、口を真一文字にむすんで目をふせるだけだった。

桂二が得意だったのは、習字や工作のたぐいだ。字や絵をかくことと、手先を使ってものを作りだすことが大好きな桂二は、外で遊んでいないときは相変わらず歯科技工室の笠井さんの横に陣取り、木を削り、飛行機作りに熱中した。

岐阜の東にある各務原《かがみがはら》*3には飛行機を製造する工場と基地があり、よく岐阜の空を飛行機が飛んだ。飛行機の爆音が聞こえてくると、桂二は外に走り出て空を見上げた。そして、その機影を記憶すると机に向かい、いましがた見た飛行機の三面図を紙に描いて模型を作る。

「桂ちゃん、うまいもんだな」

歯の治療にいつも来ていた各務原基地の試験飛行士の片桐は、桂二と仲よしで、桂二の作った飛行機の模型を手にとっては、いろいろ教えてくれた。基地の見学に桂二を連れて行ってくれたこともある。なにせ桂二は、それまで新聞に掲載された新しい戦闘機のエンジンの性能から航続距離、翼の形まですべて記憶していたから、開発中の本物の飛行機を間近に見たときは、すっかり興奮してしまった。

「ねえ片桐のおじちゃん。あの、新しい飛行機もう乗れる？」

「ああ、『飛燕《ひえん》』のことかな」

「あのさ、ぼくらの学校、月曜の朝八時に校庭で集まるで、そのとき、片桐のおじちゃん、

*3 **各務原**＝各務原台地は明治以降、軍用地として利用され、大正五（一九一六）年、各務原飛行場完成、川崎造船各務原飛行機製作所が建設された。昭和七（一九三二）年に陸軍航空第二大隊が配置され、名鉄各務原線、高山本線の開通とあいまって軍事基地となった。

飛んできてくれんかの」

「月曜の八時か、桂ちゃんの学校は京町か……よし、飛んでやろうか」

この突拍子もない桂二の希望を、片桐はまだ塗装を施されていない新型機の飛燕でかなえてくれた。全校生徒が整列する月曜の朝、京町にある学校の真上を、朝陽に銀色の機体をきらめかせ、体がしびれるような爆音を降らせて飛燕が飛んだとき、桂二の内で、飛行機に乗りたいという思いは、いっそう強くなった。

時代の影は市民生活にもじわじわと及んだ。父はところどころ薄くなってきた頭を坊主刈りにしてしまい、診療中こそ白衣を着ていたが、ふだんは国防色の国民服で過ごすようになった。祖母も母もねえやも、女たちは着物姿でいることはなくなり、動きやすいモンペをはくようになった。

町内防火用見取図

桂二が小学校五年になると同時に、尋常高等小学校は国民学校と改められた。それは、戦時体制下の初等教育を強化するための政策の一つで、日本は逃れようもなく闇の時代に向かっていた。ちょうど同じころ、日本は大陸を南下してくる脅威であるロシアと中立条約を結んだ。

兄の哲夫は優秀な成績で新設された岐阜市立中学校に進んだ。毎日、兵隊服に身を包み、脚にゲートルを巻き、「行ってまいります」と、きりりと兵隊帽をかぶって中学へ向かう兄の姿を、桂二はまぶしく眺めていた。

桂二のほうは、上竹町の子供仲間の親分格になっていて、家の手伝いの買い物をそそくさと済ませると、相変わらず屋根に上ったり飛行機作りをしたりと、日が暮れるまで遊びまわっていた。夏には、学校から帰ると、毎日のように長良川へ泳ぎに行った。川へ出かける前に、

「かあさん、針ちょうだい。昇たちと川行くで」

桂二は、縫い物をする母に頼む。母は針箱から針を三本取りだして、桂二に渡す。

「また、川へ行くの？　気いつけてね。去年、安《やす》さんとこのよし坊が溺れて、えらいたいへんやったで……」

「大丈夫やって、今晩のおかず、たんととってくるで……」

母の心配などどこへやら、桂二は二階の技工室へ駆け上がり、母にもらった縫い針をガスバーナーで焼きなまし、針を曲げて三本をハンダで接合し、魚をひっかける針を作った。その針を棒の先につけると、水中をのぞく箱眼鏡と魚籠《びく》をかかえて昇をはじめとする仲間たちと長良川へと走り、河原でシャツと半ズボンを脱ぎ捨て、フンドシいっちょうになるが早いか川へ入った。

川の流れの中の岩陰のあたり、動きの敏捷な鮎を、箱眼鏡をのぞきながら素早く針にひっかけて獲る。魚ばかりに気をとられていると、思わぬ深みにはまったり、流れにさらわれそうになったりして、ひやりとする。しかし桂二たちにとって、そんな危険な瞬間を味わうことより何倍も、夏日の下で川に身を浸して獲る鮎のピチピチはねる感触が魅惑的だった。

「これがばあちゃんので、これが父さんので、ひい、ふう、みい……これがねえやのと……よし、これでみんなの分ある」

にっと笑って仲間たちと顔を見合わせたとたん、日が傾いているのに気づく。

「あ、あかん。はよ帰って風呂焚かな。だけど、これだけ獲物があれば、母さんもねえやも喜ぶやろ」

桂二たちは意気揚々と長良川をあとにして、駆けだす。

遊んでばかりいるようでも、子供たちは敏感に、親や大人たちの顔色やきびしい表情から時代の様相を読み取っていた。

昭和十六（一九四一）年十二月八日の真珠湾攻撃に始まる大東亜戦争の二か月前に、全国で大規模な防空訓練が行われた。その年の暮れには、空襲の際、焼夷弾に対応して隣組で協力して消火し、いかに延焼をくいとめるかということを通達する冊子が配られた。町の通りには、防火用水の桶が置かれ、家々の戸口には長い棒で作られた火叩きが下げられた。空襲に備えて、町内では救護訓練やバケツリレーなどの防火訓練も行われた。

そんなある晩、桂二は父に呼ばれた。また何か叱られるのかとびくびくしながら、父の前に出た。

「桂、おまえに頼みがあるんじゃ」

父に頼みごとをされるなんて珍しいことだったので、おそるおそる父の顔をうかがう。父の頼みはこうだった。

空襲による火事の消火対策を立てるために、町内の家の内部がどうなっているのかわかっていたほうが都合がいい。家の間取りや井戸、水道などの水まわりの見取図を作りたいが、近所とはいえ、大人が他人の家をのぞきまわるのは都合が悪いから、子供たちで町内の家々を探検して見取図を作ってくれないか、というのだ。

「おまえは、絵が得意やし……」

と父が言いかけたとき、桂二は、

「はい、やります」

と顔をやや上気させて勢いよく立ち上がった。

それからの桂二の行動はなかなか素早かった。さっそく翌日、町内の遊び仲間を呼び集め、桂二たち高学年の言うことならなんでも聞く低学年を手下につけて、受け持ちの区域を割り当てた。仲間たちは数時間もすると、家々を調べて作った見取図を持って現れた。

「桂ちゃん、これでええか？」

「あかんわ。昇、海軍さんちの井戸の場所、書いてないで、そこがいちばんだいじなとこや」

「桂ちゃん、おれのも見て」

「よっしゃ、ああこりゃ図面がきたないわ。でも四年生にしては上出来や。あとは、おれが書き直したるわ」

絵の得意な桂二は、慣れた手つきで線を引き直し、図面を仕上げた。こんな調子で、子供たちの手による町じゅうの家の見取図ができあがった。張り合わせると長い巻き物になった。その巻き物はあまり長いので家の中では見ることができず、通りに広げられた。大人たちは感心してながめ、子供たちは胸を張った。

「ようできとるのう」

近所の人がそう声をかけるたびに、桂二は照れながらにっと笑って下を向いた。桂二は、父親が珍しく満足そうな顔をしてうなずいているのを見て、内心、大いにうれしかった。

誰の目から見ても、桂二が仕上げた町内の見取図は、大人顔負けの出来ばえであった。しかし、この見取図がその後、実際に役に立つことはなかった。

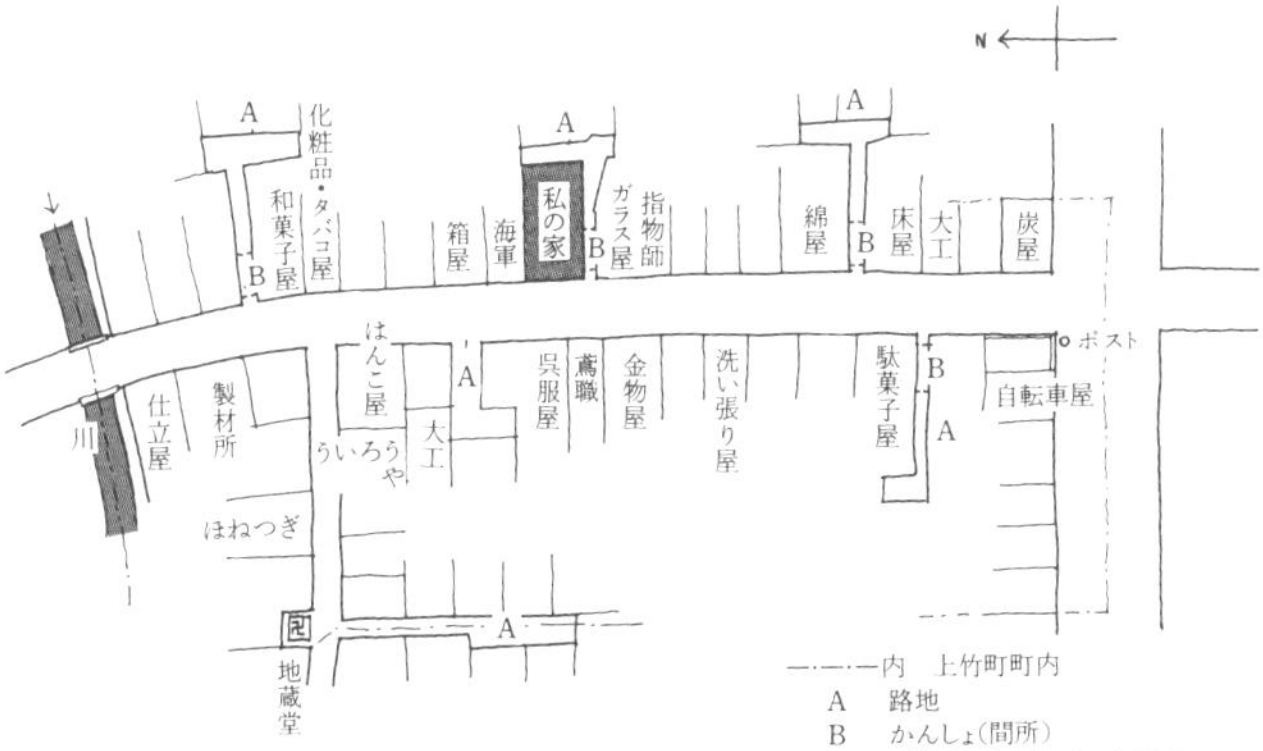

生家界隈の見取図

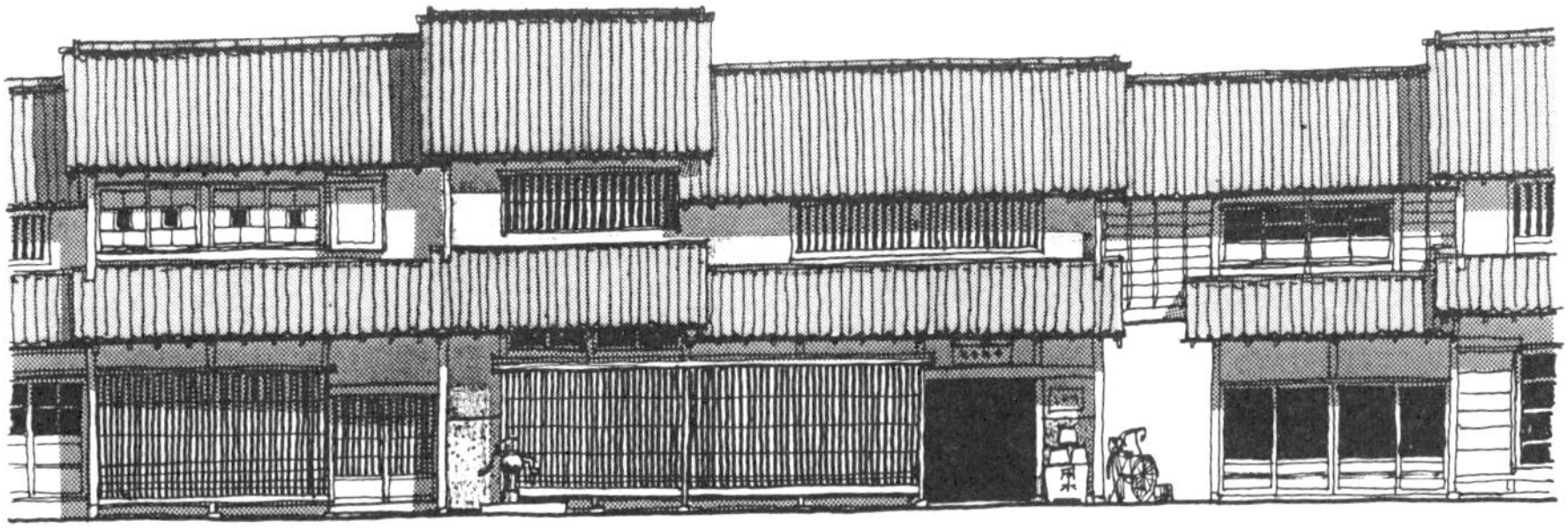

生家界隈の町並み
[1930〜]

第二章

戦争

陸軍幼年学校で迎えた敗戦

岐阜中から陸軍幼年学校へ

二十歳になった青年は、徴兵検査を経て召集された。上竹町内の、桂二らが「兄《あん》ちゃん」と呼んでいる青年たちも同様だ。町民こぞって日の丸の旗を持ち、召集された青年たちを、岐阜市のはずれにある歩兵連隊の門まで見送った。昨日までいなせな鉢巻きをして、左官をやっていた兄ちゃんが、その日は別人のように兵隊帽をかぶり、町内のみんなの前で凛々《りり》しく敬礼して、連隊の門の中へと入っていく。子供たちも大人たちも、ちぎれるほどに旗を振り、声をかぎりに「万歳」をくり返し、兄ちゃんたちを送ったのである。

しかしそれは、兄ちゃんたちの姿の見納めになった。生きて帰った兄ちゃんは一人もいない。誰もが白い布に包まれた白木の箱になって帰ってきた。そのときも、町内総出で出迎えた。「泣くな。泣いたらあかんぞ」と大人たちは前もって子供たちに言い聞かせていたが、そんなことを言う大人たちが、まず泣いていた。

やがて、中国大陸や太平洋での戦争は拡大し、戦況は重苦しさを増す一方になった。食料品や日用品が配給制となって国民は辛抱を強いられ、徴兵の年齢も二十歳から十九歳へ引き下げられた。そのうえ、兵士の見送りも慎むようにと通達がきた。

昭和十八（一九四三）年春、桂二は兄の哲夫と同じ岐阜市立中学校へ入学した。中学校の兵隊帽とゲートルは、桂二の憧れだった。しかし、このゲートルはきっちり巻かなければすぐにほどけてしまうので、なかなか厄介なものだった。

岐阜中学の校長は、朝礼で訓示をするたびに、予科練[*1]（海軍飛行予科練習生）に志願するように生徒たちに勧めた。校長の勧めにしたがって、桂二の先輩や同級生の何人かが予科練へ志願した。また、中学では、二人の軍人が生徒たちの軍事教練を指導していた。この二人は軍人風を吹かせ、遠慮なく「きさまあ、たるんどるぞー」と生徒たちに鉄拳をふるったものだから、恐れられていた。しかし、そのきびきびした軍隊仕込みの敬礼や颯爽とした身のこなしに、生徒たちは畏敬を抱いてもいた。桂二はこの軍人の一人から、将来の士官候補の優秀な少年を集めた陸軍幼年学校[*2]についての話を聞いた。衣食一切の支給があり、全寮制の生活だという。

「陸軍幼年学校から、予科士官学校、そして航空士官学校へと進めるならば……」

飛行機の操縦士になりたいという幼いころからの夢と、士官になって国のために戦いたいという希望が十二歳の桂二の胸に燃えあがった。それに、寮に入ってしまえば、厳しく、うるさい父から逃れられる。兄の哲夫とくらべられることもない。家から大手を振って堂々と出ていける。

「お父さん、陸軍幼年学校を受けてみたいんやけど……」

桂二が父親にこう切りだしたのは、中学二年に進級したときであった。父親は、桂二をまじまじと見つめ、ついこのあいだまで屋根に上って近所の子供たちと遊びまわっていた息子の言葉を反芻《はんすう》した。歯科技工室で飛行機作りに熱中していたこの子が、職業軍人になることを望んでいる。父・弘之の胸中に広がったのは、不安ではなくむしろ喜びに近いものであった。町内会長であり、大政翼賛会[*3]で活躍していた人物でもあった弘之は、

＊1　**予科練**＝旧日本海軍で、飛行搭乗員育成のために昭和五（一九三〇）年に設けられた制度。十四～十五歳の少年に約三か年の基礎教育を施した。

＊2　**陸軍幼年学校**＝旧日本陸軍で、士官を志願する少年を教育した学校。明治三（一八七〇）年設置の兵学寮幼年学舎を前身とし、同五年に改称して独立。修業期間は三年間で、卒業生は陸軍士官学校へ進学した。同三十年、東京、仙台、名古屋、大阪、広島、熊本に地方幼年学校が設けらた。

＊3　**大政翼賛会**＝昭和十五年、近衛文麿らが中心となり、新体制運動推進のために結成した官製組織。全政党が解散してこれに加わった。昭和二十年六月に国民義勇隊へ発展的解消。

「よかろう。おまえは次男やし……。軍人になるのもええ」

とあっさり承諾した。この年、岐阜中学の同学年で陸軍幼年学校を受験して合格したのは、桂二を含めて二名であった。数十倍と言われる競争率をくぐり抜けたということで、桂二は大いにうれしかったし、校長は二人を「岐阜中の誉《ほま》れ」と褒めそやした。岐阜中には校長の息子も在学していたが、この息子は、なぜか幼年学校も予科練も受けなかった。

兄にくらべて落ち着きがなく、机に向かうのは飛行機の模型作りのときだけで、おつかいや風呂焚きを済ませると遊びまわり、自分の前では無口な息子の快挙に、父はやや誇らしげな、それでいて複雑な表情を見せた。母の文江はまだ十三歳の息子の旅立ちに不安を覚えたが、「桂は、思いやりのある強い子やし、言いだしたらきかん子や」とみずからに言い聞かせた。

当時、陸軍幼年学校で三年間の教育を受け、予科士官学校から士官学校へ進み少尉に任官されるというのが、軍人になるエリートコースであった。一時期、軍縮によって仙台、東京、名古屋、大阪、広島、熊本にあった六幼《ろくよう》と呼ばれた六つの陸軍地方幼年学校のうち、東京幼年学校を除く五校は閉校されていたが、紀元二千六百年祭を期に復活開校された。さらに、桂二が合格したとき、幼年学校は定員が二倍になり、やや広き門になっていた。日本は、長期化した苦しい戦いで兵力の補充に追われていたのである。

桂二には大阪河内《かわち》長野《ながの》にある幼年学校の、友人には名古屋の幼年学校の入学通知が来た。昭和二十（一九四五）年二月、大阪陸軍幼年学校へ出発の朝、岐阜駅で中学の校長をはじめ生徒たちに見送られ、桂二は父にともなわれて、心を躍らせながら河内長野へ向かった。

陸軍幼年学校は、軍人を志す少年たちにとって憧れの学校で、幼年学校の生徒は、軍の記章の「星」にちなんで「星の生徒」と呼ばれた。桂二の入る河内長野の千代田台にある大阪陸軍幼年学校は、建武の中興で南朝方《なんちょうかた》にあって活躍した楠木正成の千早《ちはや》城の近く、金剛山の麓《ふもと》にあり、学校の記章には、「星」と楠木正成の旗印「菊水」がデザインされていた。

四十九期生として、大阪陸軍幼年学校の門を一歩入ったところから、桂二と父は言いようのない緊張感に包まれ、硬直した表情のまま、軍服の教官たちの指示に従った。命令と敬礼と返事のみがくり返される、新しい世界に踏み入ったのである。

「着用してきた服は、下着にいたるまで支給のものに着替え、私物はすべて家に持ち帰ってもらうように。これから着用するすべての衣類は三年生の模範生徒の指示に従って、宿舎の寝台の棚に整頓、各自管理すること。父兄は、生徒の着衣を持ってすみやかに退去してください」という指示に従い、入学の記念に父から送られた腕時計は、私物扱いとなり、生徒監と呼ばれる担任の教官に預けなければならなかった。父は桂二の身に着けていた私服を風呂敷に包んで手にすると、

「じゃあ」

と言った。桂二は、まるで「話をするな」と命令されたかのように、ぶっきらぼうにうなずいた。父が宿舎の階段を降りて、最後の別れを惜しもうと階段の上を振り返ったとき、すでに桂二の姿はなかった。

帰りの南海電車に乗り込んだ父の脳裏には、「脱皮」という言葉が浮かんだ。膝にある包みは、まるで桂二の脱皮した抜け殻のようである。父は、まだ桂二のぬくもりが残っている

ように思える風呂敷包みに手を置くと、

「あいつ……」

と、ふと笑って溜め息をついた。

「よほど、わしを嫌っとるものとみえる。……だが、そのほうがあいつのためになるやろ」

これから桂二に始まる厳しい兵隊の訓練を思いながら、これでよかったのだと、父は自分を慰めるように、もう一つ深い溜め息をついた。

憧れと緊張の日々

一方、生まれて初めて父親の目の届かないところに来ることができた桂二は、その解放感と飛行機の操縦士になる夢に一歩近づいた期待で、胸がいっぱいだった。

生徒舎の窓に広がる金剛山と二上山《ふたかみやま》、嶽山《だけさん》を眺めて、「がんばるぞ。いまに颯爽とした航空士官候補生になって飛行機に乗るんだ。この手で、米英の戦闘機を撃ち落とし、駆逐艦を撃沈してやる」と意気込んだ。生まれて初めて親元を離れた桂二であったが、ホームシックになるどころか、父親から遠く離れたことが無性にうれしくてならなかった。

新入生の一人が、桂二に声をかけてきた。

「ぼくは、奈良出身の今井勝。君は？」

「ぼ、ぼくは、岐阜出身の吉田桂二といいます」

今井は、大人びた様子でうなずくと、また聞いた。

「吉田君か。父上のお仕事は何？」

「父ですか？　父は歯医者です」

「なんだ、民間人か。ぼくの父上は市ヶ谷[*4]だ」

自分の父は軍の中枢にいるのだ、と言わんばかりに、今井はやや見下げた口をきいた。桂二は内心むっとしたが、それ以上は何も言わなかった。ただ「こいつにだけは、負けたくない」と強烈に思った。

　入校式で、胸に勲章をずらりと飾りたてた大野校長閣下は、

「陸軍幼年学校とは、天皇陛下のために死することを教える学校である」

と、おごそかにに訓示し、壇上で敬礼し、胸を張った。身の丈は小さいものの、国から支給された真新しい軍服に身を包み、直立不動でそれを聞いた桂二たち生徒は、一途で真剣な覚悟をそれぞれの胸に深く刻んだ。

　桂二たち四十九期生は六つの訓育班に分けられ、それぞれの訓育班に、実戦経験をもつ三十歳前後の若い士官の生徒監一人と、それを助ける二人の曹長クラスの助教《じょきょう》が付いた。六十数名の生徒から成る一つの訓育班は、さらに二つの学班に分けられ、一つの学班に二人の三年生の模範生徒がついて、幼年学校の生活のこまごまとしたことを教えた。

　桂二が配属となった第一訓育班（一訓）の関生徒監は結婚したばかりで、幼年学校近くの官舎に暮らしていた。三年生の模範生徒の露崎は、学科以外の自習、寝食を一年生の桂二たちとともにした。

「六時の起床ラッパが鳴ったら、洗面、身支度をすみやかに整え、校庭の遙拝所へ駆け足。

＊4　**市ヶ谷**＝東京市ヶ谷の明治以来の軍用地。第二次大戦中は陸軍省・参謀本部が置かれ、陸軍の中枢が勤務していた。現在、自衛隊市ヶ谷駐屯地。

第一訓育班（第二学班）。前列左から２人目が吉田桂二

吉田桂二

大阪陸軍幼年学校正門［画・吉田桂二］

大阪陸軍幼年学校／大阪府河内長野

［1945］

宮城、故郷の両親への遙拝のあと、軍人勅諭を唱し、その後、清掃に取りかかる」

命令と訓示は、あとからあとから機関銃の銃弾のように浴びせられ、入学したばかりの少年たちにとっては緊張の連続である。しかし、岐阜中学の軍事教練を担当していた軍人のように、何かというと生徒を殴る教官や模範生徒は幸いにも桂二のまわりにはいなかった。

「叩かれて訓育された指揮官は、かならず部下を叩くようになる。暴力による制裁は望ましくない」と、鉄拳制裁による処分は、よほどのことがないかぎり行われなかった。むしろ、十三、四歳の多感で純粋な少年たちの教育にあたって、若い生徒監たちはつねに威厳をもった温顔で接した。

「深山の大木のようにまっすぐ大きく伸びよ」

「伸びる芽をつまないように」

「枝葉末節にとらわれず、各自の長所を存分に伸ばさせる」

これが若い生徒監たちの教育方針である。いたずらざかりの、まだあどけなさを残した少年たちを訓育する生徒監たちのまなざしは、厳とした軍隊の規律のもとにありながら温かさを内包していた。学校生活に慣れるにしたがって、桂二たちはそれを敏感に察知し、生徒監を慕うようになっていった。

「やがて指揮官となる君たちは、たくさんの部下の生命《いのち》を預かるのだ。寛容にして、徳を備え、部下に心から尊敬される人格を養わねばならない」

「指揮の乱れは、部下の生命を無駄にすることになる。部下の信頼の厚さが隊の質を高める。上官を信頼し、命令には絶対服従」

「衛生兵やラッパ兵（士官ではなかった）にも、国民的先輩に対する常識ある言葉づかいと、敬意をもって接すること」

優れた人格者は、身を謹むものであり、けっして自分の自慢話をしたりしない。それは、軍隊のなかでも例外ではない。生徒監はけっして戦場での武勇伝を生徒に語ることなどなかったが、生徒監が前に立つだけで、生徒たちは緊張した。

桂二らが緊張した相手は、生徒監や教官だけではない。上級生たちもそうであった。とくに、各訓育班に二人ずつ配置され、寮生活の指導にあたる「模範生徒殿」は、最も身近な上官であった。

「起床のあと、遙拝をしなかった者……」と点呼のときに模範生徒から注意が飛ぶと、寝坊してさぼった者は震えあがるほどの恥ずかしさを味わった。

入学したての生徒から見れば、ほんの一、二歳しか年がちがわないのに、優秀な模範生徒たちは、顔だちも態度も凛々しく、文句なく格好いい。桂二たちは、とくに自分たちの学班の露崎模範生徒の一声、一挙一動に耳を澄まし、緊張と憧れの視線を注いだ。少年たちに最も大きな教育効果をもたらしたのは、まさにこういう模範生徒たちであった。

一日の日課と緊張によって、くたくたになった少年たちが夜の点呼のあと、それぞれの寝台に横たわると、消灯ラッパが聞こえてくる。

新兵《しんぺい》サンハ　カワイソウ　マタ寝テ泣クノカネ

と歌われた陸軍の消灯ラッパである。桂二は、ラッパを聞きながら、泣くこともなく、す

とんと深い眠りに落ちていくのだが、しばしば猛烈なかゆみによって安眠を妨げられた。藁《わら》マットや寝台のすきまに潜むシラミや南京虫が、待ってましたとばかりに食いついてくるからだ。南京虫にかまれたら、その激しいかゆみに何も手につかないほど悩まされる。

洗濯はわずかな自由時間に自分でするが、衣服の下着のシラミを退治するために、全員の下着を大鍋で煮沸する日もあった。

また支給された下着、軍服（夏物・冬物）、四種類の靴（運動靴、編上靴《へんじょうか》、営内靴、上靴）、ウールの伸縮する上等なゲートルなどは、寝台の棚に整然と収納し、ときどきその数を点検する員数検査があった。共同の物干し場で、洗濯物をひとつふたつ紛失することがあり、正直な一年生は、真っ青な顔をして紛失したものを探し、見つからないとうなだれて注意を受けたが、要領のいい者は、物干し場から誰かの物を拝借して、素知らぬ顔で切り抜けた。

日課はすべてラッパで刻まれた。起床ラッパの次は食事。「カキコメ、カキコメ、カキコメ麦飯、カキコメ、カキコメ麦飯ヲ」で、そのほか、課業始め、突撃「トテチテター」、待避「ソラキタゾ、ソラニゲロ」、行進中の頭右《かしらみぎ》などが主なラッパの曲である。ラッパが鳴るたびに、桂二たちは、少年の足にはいささか大きめの靴に足元をとられながら、駆け足で移動した。

幼年学校での毎日は、桂二にとって、新鮮で充実したものであった。毎晩、自習のあと、筆で反省日誌を書き、提出しなければならなかった。最初、桂二も同級生もこれには閉口したが、そのうち要領よく書けるようになった。実戦では軍務日誌や報告書を書くことが重要な任務となるし、それを苦にするようでは指揮官はつとまらない。生徒の日誌には、生徒監や校長の生徒への励ましが、日々、書き込まれた。

生徒たちは練兵場の向こうにある遙拝所で、毎朝故郷のほうへ向かって遙拝するが、桂二は父親から解き放たれた学校生活の忙しさのなかで、故郷のことや家を懐かしむことさえ忘れていた。たまに両親宛ての手紙を書かされることもあったが、きまりきった言葉を並べるだけのそっけないものだった。

授業は、午前中は学課で、漢文、数学、歴史、理科、外国語などの講義を受けた。授業中は教科書を見ることも、ノートを取ることも許されなかった。ひたすら姿勢を正して正面の教官を凝視する。「習ったら、その場で見たこと聞いたことを記憶せよ」という命令だった。また外国語は、敵国の言葉を知るということで、桂二はロシア語を学んだ。

午後は練兵場で術課。戦闘服に着替え、背嚢《はいのう》を背負っての行進や、実戦訓練を受ける。日本の陸軍は歩兵が主力で、九五パーセント以上を歩兵が占めていたと言われる。実戦では四十キロ以上の兵器や装備を背負い、時速五キロで行軍する。しかもそのペースで、一日に十時間歩きつづけることもある。そのほかに術課では、戦場でのあらゆる場合を想定して、銃剣など兵器の扱い方はもちろん、さまざまな訓練がなされた。

学校に慣れてくると、さぼる余裕が出てくるものだ。とくに午後の術課はかなり疲れるものだったから、「醬油をがぶ飲みすると熱が出て医務室で休める」という怪しげな情報を実践する者も現れた。

甘味品の支給という「おやつ」の時間もあった。酸っぱいみかん一個であったり、饅頭であったりしたが、故郷の食糧事情からすると、幼年学校の食べ物はすこぶる恵まれていることとを生徒たちは知っていた。

週に二、三回は風呂にも入れた。蒸気で沸かされる風呂は、芋の子を洗うようなありさまであったが、訓練で埃にまみれた体にはありがたかった。

たまの休日には、「金剛山の頂上まで駆け足」することを命じられた。桂二は、身も軽く、いつも笑顔で同級生を励ましながら金剛山の険しい山道を駆け登った。山の上から眺める景色は格別で、鍛練とはいえ、桂二には楽しみでさえあった。相変わらず絵を描くことは大好きで、わずかな自由時間には、金剛山や二上山をスケッチした。

校庭の端の谷になっている斜面には、生徒一人ひとりみずから掘ったタコつぼと呼ばれる待避壕があり、待避の命令が下ると、一目散にタコつぼまで走り、滑り込まなければならない。

米戦闘機撃墜

桂二が幼年学校に入学して一月《ひとつき》が過ぎようとしていた三月十日の真夜中に、東京の墨田・江東地区に三百三十四機のＢ29による絨毯爆撃が行われた。落とされた焼夷弾は二千トン。火で退路を絶たれ逃げ場を失った人々十万人が焼死、十一万人が負傷の大虐殺。非戦闘員の一般市民を攻撃することは国際法違反であったが、当時のアメリカは「日本の都市はすべて軍需工場であり、軍需工場で働く老人、女、子供も戦闘員とみなす」と宣言し、日本本土で激しい空襲をくり返した。

五月七日、ドイツが連合軍に無条件降伏した。連合軍にとって、残す敵は日本だけだ。硫黄島やその他の戦線で多くの米兵が命を落としたことに対するアメリカの報復は、日本本土を戦闘員、非戦闘員の別なく、徹底的に攻撃して壊滅させることにあった。もとより肌の色の異なる人間を徹底して侮蔑してきた歴史をもつアメリカにとって、黄色い肌の日本人の生命は、欧米人の命より明らかに軽かったのである。

日本における空襲は、先にドイツで人類史上初めて無差別絨毯爆撃を行ったルメイ少将が指揮をとっていた。日本のすべての都市を焦土にする。それが、彼の戦術だった。玉砕覚悟で立ち向かってくる日本人への言い知れぬ恐怖が彼をしてそうさせた。「叩きつぶせ！」ルメイは米軍同胞の恨みを掲げて米兵を鼓舞し、作戦を徹底して実行した。ルメイは、のちに語っている。

「広島、長崎に新型爆弾を投下せずとも、爆撃だけで勝利できたと思う」

日本本土の空襲の痛手は、それほど甚大だったのである。

食糧不足を補うため教官と生徒たちは近隣の畑で作物を作ったり、あたりの植物の根や、彼岸花の球根を掘ってきては煮て食べた。

幼年学校の生徒たちは外界との接触がなかったので、ニュースはかなり遅れて彼らの耳に届く。上級生の生徒舎のある場所には、タブロイド版の新聞が掲示されているらしいのだが、一年生には、うわさとして情報が洩れてくるだけであった。

新しいうわさを耳にするたびに、生徒たちは憤慨した。

「B29のやつ……いまにみておれ。そのうちこの手で俺が撃ち落としてやる」

日増しに戦況は悪化、敗色が濃くなっていたが、桂二たちは、日本を守る立派な軍人になる夢に向かっていよいよ意気盛んに文武に励むのだった。

ほどなく桂二たちは、大阪の空にブオンブオンという凄まじい爆音とともに百機ものB29と戦闘機群が飛来し、機銃掃射の雨が降り、花火のように美しく焼夷弾が撒き散らされ、大阪の空に巨大なきのこ雲がそびえ、地上が真っ赤に燃えあがるのを目の当たりにした。

待避ラッパが鳴り響き、生徒たちはタコつぼに待避させられた。しかし、町では、あの火の中をたくさんの人が逃げまどっているにちがいない。

「畜生、畜生。B29め、絶対許さん」桂二たちは、ただひたすら悔しかった。

大阪、神戸は、これでもかこれでもかと、その後も何度も空襲を受け、昼夜を問わぬ空襲のたびに、P51戦闘機が幼年学校の上を低空飛行して機銃掃射してゆく。そのたびに生徒たちは逃げまどう。そして、大阪方面が炎上する。空襲の翌日はかならず黒い雨が幼年学校にも降るのであった。

七月九日正午、P51がまるで楽しんでいるかのように幼年学校に機銃掃射を浴びせて通っていった。

「おい。アメリカのやつら、俺たちを馬鹿にしていると思わんか」

桂二と同級の中瀬と木田は、ささやき合った。

「あいつら、日本人を人と思うとらん。許せん」

「そうだ、馬鹿にしとる。低空も低空。超低空で俺たちを攻撃して、せせら笑っとる。えーい、腹の立つ」

「やるか」

「何を?」

「やるのさ。やつらを……」

「やる?」

「やるとも」

「よし。じゃ、作戦は……」

ひそひそとすみやかに相談はまとまった。

桂二ら三人は兵器庫に入り込み、こっそり機関銃一丁と銃弾を持ちだした。桂二たちは土嚢のすきまに機関銃と弾を隠した。

その日の夜、消灯後、窓から和歌山の空が真っ赤に炎上しているのが見えた。「和歌山もやられたか」桂二は、唇をかみながら目を閉じた。

七月十日、昼食後、B29の大爆音で敵機の襲来を知る。

「来たぞ、来たぞ」

「よっしゃー」

「待ってました」

興奮を抑えきれぬ声。目を輝かせ、三人は隠しておいた機関銃を手に取ると銃弾を装塡し、土嚢の陰に隠れて待った。

機影が見えた。いつもと同じ進路。ノースアメリカンP51戦闘機が接近してくる。超低空。機上の操縦士の顔が見える。いまだ。

「撃てー」

桂二たちは、掛け声と怒声こもごもに、敵機に向かってたった一丁の機関銃にしがみついて撃ちまくった。勝負は一瞬。戦闘機から白煙が出たかと思うと、炎上。あっという間に近くの畑に墜落した。パイロットは脱出を試みたが、パラシュートが開くまでの高度が足りなかった。

「やったー！」

「やったぞ！」

「一機、撃墜！」

桂二たち三人は有頂天になった。桂二たちの喜びと興奮とは裏腹に、学校側は平静を装っていた。

その夜の点呼で、桂二たち三人は関生徒監に自分たちの名前を呼ばれた。桂二の胸に不安が湧き起こった。やはり鉄拳制裁か？　関生徒監は三人の生徒の前に立ち、重々しく口を開いた。

「わかってるな。命令なき戦闘は、軍人にあるまじきこと」

三人は、しおれた。敵機を撃墜したことは、お国のためになることではなかったのか。ともかく桂二たちのしたことが、喜ばれてもいないし、評価もされていないことだけは明らかだった。

桂二たち三人は、身を堅くして不安そうに目をひからせた。同級生たちも模範生徒も、どうなることかと息をひそめて注視している。

関生徒監は、桂二の前に立つといきなり手を挙げ、「このやんちゃぼうずが」と一瞬目をほそめ、指先で軽く桂二の鼻をはじいた。桂二は、拍子抜けした。他の二名も、鼻を軽くはじかれただけで、中瀬などは、いまにも吹きだしそうに唇をかんでいる。関生徒監は、

「したがって、戦利品は没収する」

と続けた。

桂二たちは、墜落した飛行機から、ちゃっかり戦利品を持ち帰っていたのだ。いつの間にそのことが生徒監に知れたのか……。桂二らの戦利品は、座席のクッションのラバーで、入浴のときあかすりに使おうと、すでにハサミで切り分けられていた。ともかくこの事件は、戦利品の没収だけで、その後の処分はなかったが、関生徒監が、「自分の監督不行き届きであります。軍律を乱したすべての責任は、自分がとります。国を思うあまり彼らがやったこと。まだ、判断力の未熟な年齢であります。将来ある生徒への処分は、自分に任せてください」と桂二らをかばい、校長を説得したことを、桂二たちは知るよしもなかった。結局、校長の穏便な処置で、撃墜された戦闘機は柏原《かしわばら》飛行場で攻撃を受けたらしい、ということで収まった。

実は七月十日、午後一時から一時間半のB29九百機による大空襲で、堺市を中心とする大阪南部は死者二千六百人を超え、罹災戸数は三万三千戸を上回る状況で、大混乱になっていた。

阪神への空襲が日常的になっていたのは、阪神の空域を守る日本軍の戦闘機が激減していたからで、米軍機は昼間もわがもの顔で攻撃してきた。幼年学校では、生徒たちの疎開を七

月末に決めた。三年生は、校内の目立たない建物に移動した。

終戦、帰郷

広島と長崎に、アメリカが新型の爆弾を落としたというニュースが伝わってきたが、詳細はわからなかった。しかし、生徒のなかにはその爆弾で家族を失った者もいた。

八月十三日に一、二年生は近くの小学校などに疎開作業を開始した。一度に生徒を何百人も収容することができなかったので、疎開先は何箇所かに分けられた。桂二たち一訓の疎開先は、勧心寺であった。十四日の夜も、大阪は空襲に見舞われ真っ赤に燃えていた。本土決戦に向けて、幼年学校をあげて作業をしてきた裏山への交通壕や、堅固な戦闘指令所も着々と完成していた。

八月十五日午前、急に「本校へ向かって行進」という命令が出た。慌ただしく支度を整え、桂二たちは学校へ戻った。正午前、「全員校庭に集合」という命令が伝えられた。正午に、重大発表があるという。

「何だろう」

「わからない」

桂二たちは、首をかしげながら校庭で待った。

正午より天皇陛下の玉音の放送があるという校長の話のあと、いよいよ正午、静まりかえった校庭に、雑音が混じり、とぎれとぎれのラジオの音が聞こえてきた。

「……タエガタキヲタエ、シノビガタキヲシノビ……ソウリョクヲショウライノケンセツニカタムケ……ヨクチンガイヲタイセヨ……」

これが天皇陛下のお声……、いままで、ここにいる者は誰も聞いたことがなかったにちがいない。その感動に気をとられたのか、雑音がひどかったせいか、桂二は話の内容がさっぱりわからなかった。不思議に思えたのは、放送が終わるなり、ある教官が声をあげて泣きだしたことだ。玉音放送のあといったん解散になり、生徒たちは教室へ戻った。

「おい、いったい陛下は何とおっしゃったのか？」

「ぜんぜんわからなかった」

友人に聞かれて、桂二は首を横に振った。

「おおかた、『もっと頑張って戦え』と仰せになられたんじゃないか？」

「ふーん、そうか」

そんなことを話していると、ふたたび「校庭に集合」という命令が伝えられた。

校長閣下が壇上に立って、玉音放送の内容を解説した。天皇陛下は「日本は『国体護持』以外はすべて、連合国側の示したポツダム宣言を受け入れ、無条件降伏すると国民に告げ、ともに耐え難きを耐え、忍び難きを忍んで、未曾有《みぞう》の国難に立ち向かって行こう」と呼びかけられたのだという。終戦の詔勅《しょうちょく》だった。

「戦争が終わった？」

「日本が負けた？」

桂二たちは、信じられなかった。現人神《あらひとがみ》であられる天皇の国日本が、米英なんぞに負けるわけがない。だが、そういえば、さっき教官がむせび泣いていたじゃないか。ということは、ほんとうに負けたのか……。

さらに命令が続き

「今夜、十二時までに、全員、幼年学校を退去」

と告げられた。

呆然としながらも生徒舎へ引き揚げた桂二たちは、教官たちが燃え盛る火のなかに、ぼんぼん書類を投げ込んでいるのを目撃し、容易ならざる非常事態であることを感じた。

ともかく命令に従い、生徒舎の自室で荷物をまとめていると、突然、模範生徒の露崎が、「開けー！」と怒鳴った。自分の意見を聞け、ということだ。桂二たちは、その場で直立不動の姿勢になり、露崎に注目した。

「ドイツは、第一次世界大戦で敗北したが、見事に復活した。日本もこの戦争には敗れたが、かならず、かならず復活する。そのために、われわれ星の生徒は全力を尽くす」

そう言い放って敬礼した露崎の眼に、涙がゆれた。露崎の言葉をそれぞれ胸にたたみ、生徒たちは黙々と荷物をまとめた。退去の刻限は夜中の十二時。

生徒たちは、軍帽をかぶり、雑嚢《ざつのう》と背嚢《はいのう》を持ち、出身地が同じ方向の者が一団となり、ある一団は嶽山を越えて奈良へ、またある一団は和歌山へと夜の行軍を始めた。

南海電車の線路づたいに大阪方面へ向かう一団の中に桂二はいた。夜道に迷わず大阪へ行く最善の方法だった。夜通し歩きつづけて、空が茜色に染まるころ、

「天王寺の駅だ」

と声があがった。自然、重い足が軽くなる。天王寺駅に着いてみると、地下鉄が動いている。桂二は、地下鉄で梅田へ出て友人たちと別れ、ひとりなんとか東海道線の上り列車に乗ることができた。

「ともかく岐阜へ、帰らなければ……」

桂二の頭の中は、昨日からの一連の出来事が渦を巻き、そのほかのことは、何も考えることができなかった。夜通しの行軍の疲れのせいか、汽車に揺られて、桂二はうとうとと眠りに落ちていった。

目覚めたのが、どのあたりだったのか覚えていない。岐阜へ岐阜へと、思いだけが向かっていた。午後四時をまわったころ、ようやく桂二の列車は岐阜駅に着いた。駅の改札を抜けて駅頭に立ったとき、桂二は、

「あっ」

と声をあげ、立ちすくんだ。

岐阜の町が、なくなっている。

「岐阜までが、やられたのか」

米軍は、東京、阪神だけにとどまらず全国六十四の都市を焼き払っていたのだ。桂二の脳裏に、燃えあがる大阪の街が蘇った。いま眼前に見ているのは故郷の町。見渡すかぎり焼け野原、黒焦げの瓦礫が続いている。桂二は駆けだした。

「母さん、母さん……父さん、ばあちゃん、洋子、……無事だろうか?」

息をきらしてようやく上竹町のあたりに戻ったが、あの瓦屋根が連なり、灰色の漆喰壁の

続いた町並みは、どこにも残っていなかった。吉田歯科医院のあったあたりにたどり着くと、板が打ちつけられた棒杭が立っていた。

「家族一同無事。連絡先〇〇〇〇吉田弘之」

と書かれている。

「ああ、よかった」

桂二は、ほっとして背嚢を下ろした。そのとき、

「桂ちゃん。桂ちゃんじゃないね？」

女の子の声がした。駆け寄ってきた女の子は、近所の幼なじみのあやちゃんだった。

「桂ちゃん……よく……生きて帰ってきたね。うちね七月九日の空襲[*5]で……父さんも母さんも死んでまったの、町内の人も大勢、昇君も……」

それだけ言うと、あやちゃんの目からぽろりと涙がこぼれた。七月九日……和歌山が空襲にあったあの夜か……桂二の目にも、涙があふれた。そして二人は、焼け野原の上竹町の道端に立ったまま、わあわあ声をあげていつまでも泣いていた。

桂二の生まれ育った上竹町の瓦屋根の町並みは、心象としてのみ残るものになってしまった。戦争で失われたのは、日本に生まれた四百万人以上の人々の命や家や町並みだけではない。戦争に敗れたこの国の、すべての生き残った人々は、誇りも自負も価値観も根こそぎ失い、己の立つ場所と行く先を失って、不安におののいていた。

＊5　**七月九日の空襲**＝昭和二十（一九四五）年七月九日の空襲で、岐阜市街地の七八パーセント、一七〇万坪、戸数の六八パーセント、二万四二七戸が焼失。罹災者八万六一九七人、うち死者八六三人、負傷者五一五人を数えた。

第三章

東京美術学校へ

建築家への第一歩

復学はしたものの

戦いの果てに焼け野原となった瓦礫のすきまから、命の芽は天に向かって萌《も》え出《い》でつつあった。生きていこうとする人々の声が、焼け野原の町に戻ってきた。子供の泣き声が響く。焼け跡に高らかな槌音《つちおと》がそこここから聞こえる。空襲の恐怖のなくなった空の下に、バラックの小屋が並ぶ。

桂二の父・弘之も、小屋を立て、診療を早々に開始した。診療椅子は、瓦礫の下から焼け焦げて赤錆びていた椅子を掘りおこし、桂二が座と背に板をつけたものだ。薬品やピンセットなどの診療用の小物は、弘之が空襲の前に瓶《かめ》に入れて密封し、庭に埋めておいたものだ。

こうして診療を始めたものの、弘之は、めっきり口数が減り、戦争中の大政翼賛会で活躍していたころとは別人のように力ないまなざしになっていた。電気のこない粗末な掘っ建て小屋で、患者の治療に打ち込む弘之を黙々と手伝う桂二であった。以前は頭ごなしに叱ってばかりいた父が、桂二を叱らなくなった。よほど戦争に負けたことがこたえたにちがいなかった。

父だけではない。大人たちみんながそうだった。それも戦争中に威張っていた者ほど自信を失っていた。軍人として前線で戦い、かろうじて生きながらえて故郷に帰ってみたものの、そこに待っていたのは、長い戦争で心身深く傷つき、疲れ果てた人ばかり。

「よう、帰ってござった」と近所の人たちは挨拶をしてくれるが、そこにはかつてのような賞賛や尊敬の念は込められておらず、まるで罪人を迎えたような、気まずいまなざしだけがあった。

「俺たちは、この故郷を守るために戦ってきたのではなかったか……」いままで信じて生きてきたものが根こそぎ失われてしまった世の中で、多くの軍人は居場所を失い、絶望と悲しみに打ちのめされた。終戦を境にした社会の激しい変化についていけず、信じて生きてきたことを否定されて、死を選ぶ人々もいた。

しかし十五歳の桂二は、「死にたい」とは思わなかった。桂二は毎日、とまどう両親をはじめとする大人たちを、黙ってただじっと見ていた。とまどいを見せながらも大人たちは、戦争という闇を抜け出て、明らかにほっとしていた。その解放感が、少しでも暮らしを楽にしようと懸命に働く人々の原動力となっていた。

生活に少し落ち着きを取り戻すと、桂二は岐阜市立中学へ復学した。弘之のほうは、家の再建を考えたが、家を建てようにも材木が手に入らない。そんなおり、吉田歯科医院に住み込みで歯科医の勉強をしていた書生の石田の世話で、彼の出身地である岐阜県（当時は福井県）奥美濃の石徹白《いとしろ》村から上竹町に民家を移築して自宅を再建することになった。移築された妻入り*1の間口四間《けん》、奥行き八間の家は、板葺きであった。通りの側の妻壁にガラス窓を入れた新しい吉田歯科医院は、空襲で焼けた家にくらべれば満足のいくものとは言えなかったが、材に使われていたのは腐食しにくい栗の木だった。

上竹町の界隈も少しずつ家が建ちはじめ、細々ながら商いを始める家も出てきた。しかし、金がない、物がない、すべてがないない尽くしの暮らしのなかで、かろうじて手に入るもの

*1 **妻入り**＝屋根勾配が見える側を通りに向けた家の建て方。

で家を建てるしか手だてがなく、上竹町にかつての町並みが戻るすべはない。わずかな食べ物を、親が子供たちに分け与え、飢えをしのぐ日々に、人々はかつての風景を思いだす余裕さえなかった。

さて、桂二は岐阜中学に復学したものの、学校に彼の居場所はなかった。あれほど熱心に「予科練に行け」と生徒たちを鼓舞し、「学校の誉れ」と万歳を唱えて桂二たちを幼年学校へ送った校長や教師たちも、桂二たちが予科練や幼年学校から戻って復学したことを歓迎していなかった。むしろ教師たちは、桂二たちに腫れ物に触るように接し、避けようとしていた。

「先公らは、許せん。俺たちが戻ってきたのを、嫌っとるで」

「俺たちに、予科練へ行けゆうたのは、あの校長や。俺たち少年飛行兵の先輩たちは、何のために何十万人と死んだんや？　俺たちだって……悔しいで」

「あの校長は、自分の息子をよそに出さんかった。自分の子は、死なせたくなかったんやないか」

学校で疎外され、身の置き所のないことにいらだつ桂二たちの迷走が始まった。教師に反抗的な、突っ張った生徒になることは、桂二たちの精いっぱいの抗議だった。そんな気持ちを理解する教師は一人もいなかった。桂二たちは気に入らない教師の授業をボイコットした。授業に出てもうわの空。教師たちは、頻々と問題を起こす桂二たちを、いよいよ避けて指名さえしない。職員会議のたびに、問題生徒の筆頭に吉田桂二の名が挙がった。

学校から呼びだされた父の弘之は、そのたびに「申し訳ございません」と校長に頭を下げた。しかし、弘之は家に帰って、桂二を叱責することはなかった。それは桂二のやり場のない気持ちを察していたからだが、それをどうしてやることもできず、さりとて、桂二に「だちかん（いけない）ことをするな」と諭すこともできないでいた。

唯一、桂二の慰めになっていたのは、近所の幼なじみのあやちゃんの笑顔だった。空襲で両親を失ったあやちゃんは、親類の家から女学校へ通っていた。登校の時間を見はからって、あやちゃんとすれちがえるように家を出る。

「桂ちゃん、おはよう」

「おはよう」

桂二は、はにかみながら口の中で言って、にっと笑ってみせる。あやちゃんは、うれしそうに、にっこり笑ってすれちがうのだ。あやちゃんの笑顔を見たさに、桂二は遅刻だけはすることなく登校した。

中学でのおもしろくない日々に、桂二は一度だけ、校長に褒められた。斑鳩《いかるが》の法輪寺の三重塔の精巧な模型を作ったときだ。この作品の出来ばえが見事で、天皇の岐阜訪問の際、天覧の栄に浴することになったのだ。父が、ガラスを調達してきてくれた。桂二はそのガラスで、高さ四十センチの三重塔の模型を納める、鍵付きのケースを作った。

しかし、その出来事はほんのひとときの慰めにすぎず、それで桂二たちの乱行がおさまったわけではない。それどころか教師への不信はつのる一方で、教師たちを困らせる事件はエスカレートするばかりだった。

「こんな学校、いつでもやめたるわ」

桂二たちは掛け声のように言い交わした。そしてとうとう、いちばん気にくわない教師を長良川に突き落とすという事件を起こした。教師に怪我はなかったが、事件はすぐに大問題となり、職員会議が開かれた。桂二は、職員室の窓の下で、会議のなりゆきを盗み聞きした。

「もう、今度という今度は処分を決定せねばなりません。このようなことを許すわけにはいかない」

校長は、ものすごい剣幕でまくしたてた。

「では、採決を……」という段階まできた。そのときだ。

「待ってください」

聞き覚えのある声は、桂二の担任の美術の教師、渡《わたり》だった。渡は奄美大島の出で、言葉にいつも島の訛《なまり》があった。

「校長先生、先生方。たしかに、吉田桂二らは処分されてもしかたのないことをしました。しかし……しかしです。今回のこともふくめて、彼らが問題を起こす気持ちの原因を、考えられたことがあるでしょうか。彼らは、戦争中に『お国のために死のう』と志願した者たちです。そうするように教えたのは、われわれではなかったのですか？　それが、戦争が終わったとたん、手のひらを返したように、前に教えたこととはちがうことをわれわれは生徒たちに言っとるわけです。彼らが問題を起こしたことには、われわれ教師にこそ責任がある。彼らを処分する資格が、われわれにあるでしょうか？」

職員室がざわめいた。窓の下でじっと聞いていた桂二の目から、ぽろっと大粒の涙がこぼれて、握りしめた手の甲に落ちた。あとからあとから落ちる涙は、手の甲を濡らし、さらに流れ落ちて、地面に吸い込まれていった。桂二は、歯を食いしばり、声を殺して泣きつづけた。

その日を境に、桂二の迷走はぴたりとやんだ。リーダーであった桂二がおとなしくなったので、仲間たちも彼にならった。長良川に教師を突き落としたことに関しては、桂二たちが反省していると見て、学校側の処分の話はいつの間にか消えた。

受験

桂二は、担任の美術教師の渡を、素直なまなざしで仰ぐようになった。

昭和二十一（一九四六）年の夏、桂二、旧制中学四年のことである。旧制中学は五年制であったが、四年になると、上の学校（旧制高校や旧制専門学校）を受験することが許されていた。すでに兄の哲夫は、旧制第八高等学校（現・名古屋大学）へ進学していた。桂二も、将来の進路を決めなければならない時期にきていた。

吉田の家は、歯科医という手に職をもつ父のおかげで、なんとか暮らしが成り立っていた。祖母、両親、きょうだい五人という大家族は、貧しくはあっても食えないということはなかった。長男の哲夫は歯科医を継ぐ気持ちがないらしく、その道の学校へは進まなかった。父の弘之は、手先の器用な桂二にほんの少し期待していたかもしれないが、それを口にはしない。桂二のことを、誰よりも心配しながら見守ってきた母の文江もそうであった。文江には、桂二が立ち直ってくれたことがなによりうれしく、それ以上のことを望む気持ちなど微塵もなかった。

ましてや、戦争というとてつもない嵐にあっけなくもぎとられてしまった、二百万人を超える若い命の運命を見てしまった直後なのだ。平和な世の中に子供たちの命があって、人生を切り開いてゆけるならば、母親にとってそれ以上の幸福はない。

秋になると、桂二は渡先生と、進路について話し合った。

「吉田、君は実に美術が得意だね」

「はい。できれば絵描きになりたいです」

「絵描きか……。しかし、絵描きでは食っていけんなあ」

桂二は顔をくもらせて黙った。ほんとうは飛行機の操縦士になりたかったのだ。しかし終戦後、GHQによって、世界でも最高水準の性能を追求してきた日本の飛行機は、ことごとく破壊されていた。

「どうだ、絵も描けて食っていける建築科を受けてみないか?」

「建築科ですか?」

渡先生は、そうだ、とうなずきながら続けた。

「戦争で焼けてしまった建物を復興するために、建築家なら仕事がたくさんある。吉田の絵はかならず役に立つと思うよ」

桂二は、渡先生の目をまっすぐ見つめて即答した。

「はい。それでもいいです」

「よし。じゃあ、東京の美術学校(現・東京芸術大学)の建築科を受けてみなさい。難しいけど、君なら、行けるかもしれない」

「先生、美術学校の建築科って、お寺でも建てるんですか？」

先生の目は一瞬笑い、すぐに真剣になった。

「いや建築は芸術です」

父は、桂二からその話を聞いたとき、わかった、とうなずいただけだった。そして、ぼそりとつぶやいた。

「歯医者は、俺の代まででいい……」

十一月に受験を決めてから、ようやく桂二は受験勉強を始めた。入学試験まで三か月しかない。美術学校の試験には、学科試験のほかにデッサンの試験があるという。桂二は中学の図書室から、セザンヌやルノアール、安井曽太郎といった画家のデッサン集を探しだして借りてきては、一つひとつ毎日模写した。光の当たり方、線の重ね方、筆運び。じっと見つめていると、どのようにしてそのデッサンが描かれたのかが、わかってくるような気がする。父親譲りの手先の器用さ、母親譲りの書の巧みさを、桂二は受け継いでいた。桂二自身は、そんなことを意識したことはない。ただ、模写したり、絵を描くということが、好きで好きでたまらなかったから、それを受験のために堂々とやれるというのは楽しかった。

目標が定まると、そこへ至る道程が困難に満ちたものであっても、桂二はまったく気にならない。苦しいとかつらいとかは、すんなりと通り越して、無意識のうちに楽しみに変えてしまうのが桂二の性分らしかった。桂二は、冬の三か月間、学科も含めた受験勉強に明け暮れた。

東京の美術学校の受験。それは、戦争に敗れ、士官になって飛行機に乗る夢が消え、生まれ育った町を焼き払われた十七歳の少年の、新しい未知の新世界への旅立ちの扉にほかならなかった。

　二月になって、桂二は友人が受けるというので新潟高校も受験することにした。三月に入るとまず、新潟で受験して、そのまま東京へ向かい、美術学校を受験する。その旅のことを考えただけでもわくわくした。見知らぬ土地を訪れるのは、楽しみでしかたがない。しかし、目的地へ向かう列車は人であふれ、大きなリュックを背負った小柄な少年にとって、かろうじてデッキにぶら下がりながらの旅は過酷なものだった。

　桂二が受験のためにたどり着いた東京では、牛込薬王寺町に焼け残っていた、兄の八高《はちこう》の友人の実家に世話になった。なにせ焼け野原で食糧不足の東京で宿を借りるのだ。母の文江が方々工面して、背負えるだけの米を持たせてくれたので、桂二はその米をまず差しだした。友人の弟というだけの縁にもかかわらず、家族全員で、桂二の世話を焼いてくれた。

　試験当日、満員の電車で上野の東京美術学校へ向かう桂二は、思いがけない人に出会った。その人を電車の中に見つけたとき、桂二は息をのんだ。

「露崎さん」

　声にならなかった。あの大阪幼年学校で、桂二の憧れの模範生徒であった露崎。終戦の日、全員退去の命令で荷物をまとめていた生徒舎で「聞けー！」と叫び、涙をこらえて演説したあの先輩と、こんなところで、こんな日に会うなんて……。満員電車の人々にはばまれて、言葉は交わせなかった。ただ一瞬、目と目で互いを確かめただけであった。大都会の東京で露崎に出会ったことで、なぜかしら勇気を得た桂二は、上野の森の美術学校をめざし、軽快に歩いた。桂二はその後、二度と露崎に会うことはなかったが、くしくも露崎はそのころ、建築を学んでいたのである。

　古い木造の校舎の中で、美術学校の入学考査は始まった。何百人かの学生が全国から集まっている。一日目の学科のほうは問題なかった。二日目、今日は実技と面接試験と張り切って教室へ入ったとき桂二は、試験に必要なものを、そっくり忘れてきたことに気づいた。

「まいったなあ。まあ、なんとかなるさ」桂二は、あまり動揺しなかった。試験官が教室に入ってきた。さっと桂二は手を挙げる。

「はい、君。どうしました？」

「絵の具、筆、パレット全部忘れました」

「君いー」

　あきれたね、困りますねという響きの声を試験官はあげた。

「ぼくのを使ってください。いろいろありますから」

　隣の受験生が、親切に言ってくれた。

「しょうがないですねえ。隣の君、貸してやってくれますか？」

　試験官は、予想に反しておおらかであった。このやりとりで、緊張がみなぎっていた教室内の空気がいっぺんにやわらいだ。くすくす、しのび笑いする者までいる。桂二は、やあ悪いね、と隣の生徒に頭を下げた。

　問題が配られた。それぞれに物体の立面図と平面図が与えられ、その見取図を完成させ、表面に桜の模様を描きなさい、というものだった。桂二に与えられた問題の立面図と平面図は、土台の部分が八角形で円柱がのった図だ。周囲を見まわすと、それぞれ別の図面が与えられていて、道具の貸し借りをしていても、なるほどカンニングは成立しない。桂二は感心しながら、遠慮なく筆や絵の具を隣から拝借した。そして難なく見取図を書きあげ、桜の模様をどんなふうに入れようかと楽しみながら図面を仕上げた。それでも、試験時間は余ってしょうがなかった。人の絵の具を拝借したことなど、桂二の試験の出来には何の影響もなかった。

試験の最後は面接だった。三人の先生が正面に座っている。岡田捷五郎《しょうごろう》*2、吉田五十八《いそや》*3、吉村順三*4。どの先生も日本で屈指の建築家なのだが、桂二はまだそれを知らない。

吉村先生が尋ねた。

「君は、合格したとき、岐阜から東京へ来て住むところがありますか？」

なかった。けれどここでないと答えれば、不合格にされるかもしれない。桂二は即座に、

「住むところは、ちゃんとあります」

と言い切った。

「そうですか。東京は、たいへんだよ」

先生たちは、申し合わせたようにうなずき合った。

試験を受けたわずかの時間であったが、桂二は美術学校の試験官の様子や学校の雰囲気がとても気に入った。そして心の底から、この学校に入学できることを願った。

結果は、新潟高校も美術学校も合格であった。桂二は、迷うことなく美術学校への進学を決めた。両親や家族はもちろん、担任の渡先生も、桂二の合格を心から喜んでくれた。終戦

*2 **岡田捷五郎**＝一八九四～一九七六。東京美術学校卒。実兄の岡田信一郎の事務所に勤め、明治生命館などの設計を手伝う。その後、母校の教壇に立ち、吉村順三ら多数の逸材を世に送りだした。

*3 **吉田五十八**＝一八九四～一九七四。東京日本橋生まれ。東京美術学校建築科卒。欧米遊学を契機に日本の伝統を再認識し、「吉田流数寄屋」と呼ばれる近代数寄屋の創始者となる。吉屋信子邸、川合玉堂画室、中村勘三郎邸、吉田茂邸など文人・芸術家・政治家の住

から二年目、昭和二十二（一九四七）年の春。桂二はみずからの手で、未知の新世界の扉を開いたのである。

上野の森での学校生活

桂二にとって、親元を離れるのは初めてのことではない。しかし、陸軍幼年学校へ入学したときとは、世の中の状況が天と地ほど変わっている。アメリカは、民主主義を日本にもたらした、と満足げに占領国として君臨していたが、日本にとってアメリカの文化や民主主義といったものは、戦後初めて出会ったものではなく、戦争が始まるずっと前の大正時代や昭和初期にも存在したものであった。

ただ、国家総動員といった戦時体制のもとで十年あまり耐えしのび我慢してきた日本全体が、戦いに敗れ、アメリカの占領によって一気に解放されたことは確かだ。日本人は、飢えてはいたけれど、なにかしら明るかった。しかし、これまで築きあげてきたすべてを、戦争に使い果たしてしまっていた。

一方、アメリカは二つの世界大戦を通して、本国が無傷であったから、世界一の強大な経済国家になっていた。そのアメリカの後ろ盾を得て、ある意味で、日本はほっとしていたのかもしれない。

アメリカのジープ、冷蔵庫、洗濯機といった生活の豊かさに日本人は驚き、羨望し、アメリカの文明、消費経済のすべてを享受しようとしはじめた。急速なアメリカ文明化の波に時

宅をはじめ、つる家、新喜楽など料亭、歌舞伎座（復興改築）、日本芸術院会館、明治座（復興増改築）、成田山新勝寺大本堂などの作品がある。一九四六年、美術学校教授、一九四九年、芸大教授。

*4 **吉村順三**＝一九〇八～九七。東京本所生まれ。東京美術学校建築科卒。在学中からアントニン・レーモンドに師事。一九四〇年渡米、翌年帰国して吉村設計事務所設立。四五年、美術学校助教授、六二年、芸大教授。主な作品は、ニューヨーク近代美術館日本館、国際文化会館（共同設計）、NCR本社ビル、皇居新宮殿（基本設計）、奈良国立博物館など。

代は呑み込まれ、日本独自の文化は失墜していったが、ともかく、今日、明日の食料を手に入れようとそのことに追われている人々には、そんな時代の波が見えるはずもなく、なんとか生きていくのが精いっぱいであった。

　桂二も、アメリカ兵の乗ったジープを見かけるたびに、

「日本は、こんなすごい物を乗りまわしているやつらを相手に戦っていたのか、とてもかなうわけねえや」

　と目を見張り、よく戦ってきたものだ、負けたのはあたりまえだと思った。

「東京では、自分でなんとかやっていくで……」

　生活費の心配はしなくていい、と両親に話をつけた。自分の遊学のために、家の生活をこれ以上苦しいものにするわけにはいかない。俺一人くらい、何か仕事を探して食っていこう。桂二は、そう覚悟していた。

　しかし、入試の面接で吉村先生が心配していた桂二の住むところはない。どうしようか、あてもなくいたところ、兄の岐阜中の友人で早稲田大学に行っている石川が、高田馬場近くの焼け残ったアパートに住んでいるという情報をキャッチした。相談もへったくれもない。先手必勝とばかりに桂二は、布団をその住所へ送りつけた。四畳半の部屋だった。

「困ったときはお互いさま。住むところが見つかるまで居ていいよ」

　と坊っちゃん育ちで人のいい石川は言った。ところが、桂二と同じように、もう二名がこの部屋に転がり込んできたから、石川の部屋は、一人のスペースが一畳になった。桂二は、向こう十二年のうちに、東京を転々と二十二回引っ越しする。

食うものはなかった。あるとき、同じアパートに住む道産子《どさんこ》の拓殖大生の猛者《もさ》のところに、北海道からニシンが送られてきた。ところが、そのニシンにはうじがわいていて、みんな、どうしたものかとのぞきこんでいる。

「焼いたら食えるさ」

桂二が、平気な顔でそのニシンを食ってから、猛者らは、桂二に一目置くようになった。

東京美術学校へ入学した日、桂二は、死ぬために学ぶのではなく、生きてゆくために学べる喜びを、上野の森でかみしめた。この春の建築科の合格者は九人。そのなかに、借りた絵の具のお礼をもう一度言いたかった、あの受験生の姿はなかった。

美術学校（以下、美校）の一年間は予科である。いわゆる適性を見る期間なのだと、入学のときに言われた。

「予科のあいだ、才能の進展と可能性を認められない者は、退校を命ず」というのだ。一度、退校になった者は、二度と美校の門をくぐることは許さないという。ずいぶん厳しいな、と桂二は思ったが、それが岡倉天心[*5]以来の美校の方針なのだろう。

桂二には、たった三か月の自己流の受験勉強で、美校に合格できたことが幸運としか思えない。芸術というものについて深く考えたことはなかった。絵を描く才能と実力がほんとうにあるかどうか、自信もない。たしかに建築はおもしろそうだ。好きな絵も描ける。なによりも、いままで味わったことのない、のびのびとした学校の雰囲気が、たまらなく好ましかった。

若葉が萌える森で、見る物、出会う人、すべてが生き生きとしている。桂二は、自分の内

＊5　**岡倉天心**＝一八六三～一九一三。横浜生まれ。東京外国語学校を経て、東京開成学校（のちの東京大学）に入学。文学部を卒業後、文部省入省。以後、美術教育制度、古美術保護制度の確立、創作美術の指導者、美術史家、思想家として活躍。一九二三年、東京美術学校の校長となる。

側が柔らかく溶けて、液化していく感じがした。それは、新しい自分が生まれる、脱皮の前兆のようでもあった。

　入学早々、

「ああ君は、試験のとき、絵の具を忘れた人だね」

と、試験官だった先生に声をかけられた。それは中村登一《とういち》助教授だった。中村先生は夏になると、どこにいても目立つ真っ赤な半ズボンをはいてきた。桂二たち学生は、それを見た日から「赤パンツの登《とう》ちゃん」と中村先生を呼ぶことにした。吉田五十八教授の親類でもあった登ちゃんは、おおらかな人で、そんなことで学生を叱ったりしなかった。登ちゃんだけではなく、美校の先生たちは自分自身がつねに創作に携わっている立場にあったので、いわゆる教育者という構えたところがあまりなかった。

　予科のあいだは、日本画科や油絵科などの学生もいっしょに講義を受ける。同じ教室に、のちに東京芸術大学の学長になる平山郁夫や、未来の平山夫人がいた。平山は広島の出身で、おとなしい人物だった。未来の夫人のほうは、ほっぺたの赤い活発な女性で、たいへんな頑張り屋であった。彼女は、そのころからずっと首席で、

「とっても、かなわねえなあ」

　とまわりの男子学生たちはささやきあった。

　入学して間もないころは、みんなまじめに講義に出席していたが、東京での生活や学校に慣れてくると、大半の学生は講義よりも働くことに精を出しはじめる。地方から上京して、親類や知人の家に居候したり、寮に厄介になっている者はみな貧乏学生ばかりだった。食べ

ていくのさえやっとの親に甘えることなど、毛頭考えられない。桂二も、美校の入学金だけは親に出してもらったが、講義が終わるとせっせと仕事を探した。ようやくにぎやかになりつつあった銀座のあたりを歩きまわり、これはという店に飛び込んでみる。

「美校の学生ですが、何か仕事はありませんか？」

「美校の学生さんねえ。そうさね。絵は描けるかい？」

「描けます、描けます」

「それじゃ、これ。この店のマッチに、絵を描いてもらおうか。しゃれたやつをひとつたのむよ」

大きな袋いっぱいのパイプマッチだった。

「やります、やります」

桂二は、一晩でマッチ箱に紙を張り、絵を描いた。もらえる仕事は、何でもやる。わずかの金でも、自分で稼げるのはうれしかった。

この頃すでに、絵にしても建築のパースにしても、桂二の描くスピードは誰よりも速かった。桂二は中心になるものからは描かない。下書きをせずに景色全体の左上から描きはじめ、ほとんど筆を止めることなく右下で終わる。「ペンのインキで、手と紙が汚れないようにさ」と桂二はこともなげに言うのだが、誰にも真似できなかった。

予科から本科へ進むころ、桂二は一日の大半を美校で過ごすようになっていた。桂二は、生活費を稼ぐことよりも講義を優先する学生だった。陸軍の幼年学校で鍛えられたせいだったかもしれない。少年時代についた習慣と、学ぶに足る自分よりはるかに優れた人間への敬意や目標があったからでもある。けれど、桂二が美校に心底惚れていたから、というのが最も自然な理由といえる。惚れた人とはいつもいっしょにいたいというのが、人間の本能的な心情だろう。

建築科の九人の学生は、生活費稼ぎの仕事に行くためか欠席が多く、講義に出るのは多くて五人、少ないときは二人という状況だった。学生の出席率がどうであれ、講義はおかまいなしに進められた。課題をきちんと提出し、試験を受けさえすればなんとか及第させてもらえたので、同級生の多くは、桂二を頼りにしていた。

桂二は、講義の内容や課題に「これこれをやってこい」ということを、親切に惜しみなく友人たちに伝えた。

構造力学を講義する東大のM教授は、自分の書いた教科書を学生に買わせていたが、出席した二、三人の学生を前にしてこんな調子で講義した。

「みなさんたち、どうせ勉強なさらないんでしょうから、たいせつなところだけ申しあげましょう。教科書の三十頁を開いて……。はい、そこの右側の頁の式を覚えておいてください。その次は六十頁の……」

桂二たちはせっせと頁をめくったが、肝心の構造力学については、さっぱりわからなかった。M教授の試験のときには、さすがに生徒九人全員がそろった。M教授は教室へ入ってきて問題を配り、

「久しぶりにみなさんおそろいですね。では、始めてください」

と言うなり出て行った。たちまち教室は騒がしくなった。

「こんなの知らねえぞ。ぜんぜんわからねえ」

「桂ちゃん、わかるか」

「そこんとこが、こうじゃないか」

「そうか、よし。これでいこう」

できあがった答案は、九人とも同じものだった。後日、試験の答案を返すとき、M教授が、

「先日の試験ですが……」

と言いだしたので、桂二たちは、いささかぎくりとした。まさか……カンニングで全員不可？　しかし平然とM教授は続ける。

「残念ながら、みなさん間違っておりました」

最悪だった。

「まあ、でも、単位は差しあげましょう。みなさんもたいへんですから」

それを聞いて学生一同は安堵し、M教授の評判はいっぺんによくなった。

都市計画のY講師は、出席した四人ばかりの学生を、たまに上野の「鈴本《すずもと》」という寄席に連れて行ってくれた。

また、赤パンツの登ちゃんは「資本論で建築を意味づけする」という講義をしていたが、マルクスの資本論をすでに読んでいた桂二たち学生に、

「登ちゃん、そこはちがうんじゃないの。そんなこと、資本論は言ってないんじゃない」

と反論され、そのたびに鼻を赤くして汗をかきかき、懸命に応戦した。美校の学生たちは生意気で個性的であったが、講師陣はそれにもまして多彩である。

建築の設計について教授たちは、ほとんど講義らしい講義はしない。課題にもとづいて製図をしている学生のあいだを歩きながら、ほんの一言つぶやいたり直させたりするだけだった。親方と徒弟の関係がそうであるように、師匠の技は見て盗め、一を聞いて十を知れ、それも才能のうち、ということなのだろう。

あるとき、桂二たちが「八《はち》さん」と呼んでいた建築家の吉田五十八先生が、桂二の図面をしげしげと眺め、

「君、プランのエレベーションがきれいですね」

と言った。何がきれいだと五十八先生に言われたのか、桂二にはよくわからなかった。

そのころ五十八先生は、五十四、五歳だったが、十年ほど前に静岡一の美人と言われた若い奥さんをもらったといううわさで、美校へ講義に来るとき、いつも奥さんの手作りの重箱の弁当を下げていた。桂二たちはからかい半分に、「先生、弁当を分けてください」と頼んでみたが、「ダメダメ」と断られた。

すでに近代数寄屋の独自の手法を確立し、多くの著名な文化人が吉田五十八に設計を依頼しようと、何年も順番を待っている状況のなかで、五十八は、上野公園に建てられる日本芸術院会館の設計を手がけていた。五十八は、桂二らをつかまえてこんなことを言った。

「作っているうちになあ。だんだん、あれもいらない、これもいらないって思えてくるんだ。だから、今度は屋根を取ってみたのさ」

なるほど、日本芸術院会館の屋根の図面はフラットだった。そのとき桂二には、日本を代表する建築家の一人である八さんの言うことが、少々乱暴なように思えたが、その言葉の意

味がほんとうにわかるのはずっとのちのことだ。

五十八が、新しい材料と手法を建築に試みては、大工や経師屋《きょうじや》と葛藤《かっとう》をくり返すのを桂二は目の当たりにし、創造の現場の厳しさを学んだ。五十八ら教授たちから出される製図の課題を、桂二はいつも美校でやることにしていた。教室には、何台もの製図板がある。製図板をたくさん使えば、課題を一気に仕上げることができるというわけだ。桂二の製図の速さにかなう学生は、誰もいなかった。

腹が減ると学内の食堂に飛び込んで、食堂のおばちゃんに、カツ丼などを作ってもらって食べた。学内には二つ食堂があったが、ツケにしてくれるので、貧しい学生たちは大いに助かっていた。

桂二が本科に進んで間もなく、新しい学制によって、東京美術学校は東京音楽学校と統合され、東京芸術大学と改められた。

そこで桂二は、仲間を集めて新聞部を作り、「東京芸術大学新聞」の発行を始めた。新聞を作って芸大の関係者や学生に売りつけても、たかだか五百部だ。それでは採算が合わないし、発行のしがいもない。そこで桂二たちは、全国の高等学校に、芸大新聞の購読を勧めるダイレクトメールを出した。

「芸大入試最新情報を掲載」などという誘い文句につられてか、目標三千部の発行部数に対して、全国から五千部の申し込みが舞い込んだ。これで、新聞部の運転資金を確保したら、残った金は山分けして……そうだ、食堂のおばちゃんに、たまったツケが返せるな……と桂二たちは大いに張り切った。

気になる入試の最新情報が、どのように取材されたかというと、まず編集長兼記者である桂二が、教授のところへ行って質問する。

「先生、新聞部の者ですが、入試問題の情報を教えてください」

「そんなもん教えられるか、馬鹿！」

「先生、問題を教えていただきたいと言っているのではありません。どんな勉強をして、対策を立てるかということでいいんです。たとえばですね。『デッサンがすべての基礎である』とかですね」

「そうだ。デッサンがすべての基礎だ」

教授がそう言うと、たちまち、「某教授談　デッサンがすべての基礎である」という記事が、入試情報として新聞に掲載されることになる。ほとんど誘導尋問もどきの記事だ。

桂二たちの作戦は、実にユニークだ。誰の知恵か定かでないが、そのころ共同通信社には、不要になった芸術関係記事のゲラをそっくり入れてもらう、芸大用の箱が置いてあった。それをときどき回収に行っては、中から使える記事を拾いだして芸大新聞に掲載した。「ピカソ、地中海で泳ぐ」などという海外情報を記事にするのである。

さらに、女子学生を広告部員に任命して、スポンサーのもとへ送り込んだ。美術雑誌の大手A社ではM社が広告を出すと言わせ、M社ではA社が広告を出すと語らせては広告掲載を取りつけ、

「広告のデザインは、こちらでやらせていただきますので」

と巧妙に、両社から広告料とデザイン料を頂戴したのである。

記事を書くのは、楽しい仕事だった。なにせ、陸軍幼年学校で毎日書かされた日記のおかげで、書くことは苦にならない。読者を喜ばせる紙面作りや記事を書くためのアイデアを、桂二は次から次へと考えた。

桂二は、時間を十二分に生かして段取りよく、どんな仕事でもこなす。桂二に頼めば、何でもうまくやってくれる。心やさしい桂二には、どんな話もできるし頼みやすかった。そんなこんなで、学生たちの桂二への信頼は厚かった。

アルバイトはもちろんのこと、頼まれたことは何でも引き受けた。早稲田大学演劇部のフランス語劇「マリウスとファーニー」の舞台の設計・製作から、スポットライトの操作までこなすこともあったし、またあるときは、

「桂ちゃん、座っているだけでいいから、なあ、頼むよ」

と友だちに拝み倒されて、

「俺、野球のやり方、知らねえよ」

と言いながら、野球部の監督にされた桂二であった。

なにせ、大学対抗とやらで、選手九人をやっと集めた急ごしらえの野球チームだから、

「吉田監督。球を打ったら、右に走るんですか左に走るんですか？」

「知らねえよ、俺に聞くな」

というありさまだった。ただ、まともだったのはピッチャーで、同じ学年の油絵科にいる勅使河原宏だ。体格のいい勅使河原は、なかなか堂に入ったピッチングで、監督をほっとさせた。

桂二は、思い切ったことをにこにこしながら平気でやってのける度胸のある男だった。仲間たちと屋根から屋根へと駆けまわっていた少年時代の桂二のやんちゃぶりは、成人しても相変わらずだったのである。

桂二は、上野の森のレンガ造の学び舎《や》の自由な空気のなかで、見事に脱皮し、健やかで若若しく力強い自身の翼を広げはじめていた。

第四章

協働《きょうどう》作業への途

池辺研究室を経て独立へ

ブルーノ・タウト、桂離宮との出会い

夏休みになると、桂二は、設計事務所の製図のアルバイトで蓄えた金で、京都や奈良の神社仏閣、茶室を訪ねては、スケッチし、間取りを書き取った。そのころ京都には、朝、掃除の手伝いをするという条件で、宿坊に泊めてくれる寺があった。朝早くからたたき起こされ、寝ぼけまなこのまま掃除をすると、朝食の粥もそこそこに、

「はよう、勉強に行きなはれ」

と追い立てられる。寺の和尚は、愛嬌のある貧乏学生をかわいがり、桂二が長く世話になっている間に、

「芸術を学ぶお人は、茶のたしなみくらい必要や。ここへ来て、見とおみ」

と茶道の手ほどきをしてくれたりした。

当時の京都では、拝観料を取る寺などなく、境内をうろついても咎《とが》められることはなかった。桂二は、京の町を上《あが》ったり下《さが》ったり、あちらこちら歩き、ここは、というところでスケッチをし、間取りを書いてまわった。疲れると高台寺の時雨《しぐれ》亭の二階で、のんびりと昼寝をさせてもらう。

「東京は、やはり京都にはかなわない」

立ち並ぶ古い建物を仰ぎ、茶室の中に身をおくと、否応なく古都の歴史と文化の堆積に圧倒される。

桂二は京都や奈良の古い寺の塔も描いたが、なかでも最も重厚な法隆寺の五重塔は四尺ほどの紙に描いて、岐阜の母方の祖父、眼科医の山田永俊に贈った。永俊はその絵を大いに喜んで筆をとり、桂二の描いた五重塔の上隅に賛《さん》（絵に書き添える詩句）を書くと、軸装して床の間に飾った。

桂二が見てまわったおびただしい京都と奈良の歴史的建造物のなかで、格別すばらしかったのは桂離宮だった。ここは他の寺社とはちがい、宮内庁の管理になっていて、薄汚い貧乏学生がふらりと訪れても中に入れてもらえない。桂二はまず京都御所に行って宮内庁の役人に、吉田五十八教授が一筆書いてくれた名刺を渡す。すると翌日の朝の指定の時間に、桂垣《かつらがき》の中へ入る許可を与えられた。

離宮の中は自然美にあふれている。それは人に造られた自然美であった。隅々まで手入れされ、神経の行き届いた庭と池が広がり、案内にしたがって進めばさまざまな景色が展開する。松琴亭《しょうきんてい》、月波楼《げっぱろう》といった茶室は趣が異なり、それぞれにおもしろい。なかでも桂二が好きだと思ったのは、軒の深い笑意軒《しょういけん》だ。やはり写真で見るのと実物はまったくちがう。建物というものは見るだけではだめなのだ。内部の空間に身をおいて感じなければわからないと桂二は気づいた。

増築されていまの雁行《がんこう》*1の形に至ったという書院は、庭から眺めるとき、その美しさに息を呑む。また書院の内をゆっくり歩いてみれば、部屋に暗闇の部分を作らぬように、雁行して配置された部屋部屋の庭側と裏側に稲妻型の縁側が続き、渡ってゆくにしたがって展開する部屋と庭の眺めを楽しむことができる。

＊1　雁行＝空を飛ぶ雁の列の形。

かつてこの離宮の主であった人は、この美しい景色を眺めながら、心穏やかな日々を送ったのだろうか……。桂二は、池に遊ぶ鳥の羽音しか聞こえない静けさの中でふと思った。

「桂離宮を作らはった智仁《としひと》親王[*2]というお方は、太閤はんの養子でな」

逗留している宿坊の和尚は、桂二が桂離宮を拝観したというのを聞いて、茶をたてながら話しだした。

「養子になったものの、実のお子が生まれたあとは邪魔者や。人の心は変わるもの……そやから、変わらないものを求めて、あの離宮を作ることを、生きる楽しみにしてはったんやろな」

あの離宮は小堀遠州《こぼりえんしゅう》[*3]の造営でしょう、と桂二が言うと、

「そうらしうおすな。あんた。あんたさんは美校の建築科の学生さんやろ。小堀遠州があの離宮の造営を引き受けるにあたって、どないな条件を出さはったか、知っといやすか？」

桂二は、知らないと首を横に振った。

小堀遠州の条件は三つあったと和尚は言う。

一、労費おしまざれ

二、成功を急がざれ

三、成功にいたるまで来たり観《み》給わざれ、恐らくは作意ふんしゅつして妨げを為さん

金や人をおしむな、ゆっくりやれ、できあがるまで見にこないでくれ、などと設計者が施主に対してよく言えたものだと桂二は思う。和尚は織部《おりべ》[*4]の茶碗を丁寧に拭きながら、さらに桂二に問うた。

＊2 **智仁親王**＝一五七九〜一六二九。四親王家のひとつ桂宮の初代。はじめ豊臣秀吉の猶子となるが、秀吉に鶴松が誕生したため宮家を創立。桂離宮は智仁親王が創設した別邸で、二代智忠親王によって完成された。

＊3 **小堀遠州**＝一五七九〜一六四七。江戸初期の大名茶人。多くの作庭、建築に不滅の名をとどめる。その代表作が桂離宮。

＊4 **織部**＝織部焼。桃山時代、美濃地方で産した陶器。その名は、茶人吉田織部好みの奇抜な形・文様の茶器を産したことによる。

「実はわしも、この三か条のことを知らなんだ。昔、ここに来られたタウト先生から教えられたことや。あんたさん、タウト先生を知っといやすか？」

「タウト先生というのは、ブルーノ・タウトのことですか？」

思わぬところで、思わぬ人の話を聞くものである。およそ建築を学ぶ者で、ブルーノ・タウトの名を知らない者はいないだろう。伊勢神宮と桂離宮の美を世界に発信した建築家ブルーノ・タウトの名が、急に生き生きとした存在感をもって現れたことに、桂二はやや緊張して座り直した。

「タウト先生は、ものの真実がよおく見えるお人やった。そやから、日本人には見えない日本の本質を見抜かれたのやろ。タウト先生は、日本が、欧米の真似をすることを残念がっておいやした。それから『最大の単純の中に、最大の芸術がある』とも言わはった。これは、禅の心に相通じる、忘れられへん言葉や……ところで、あんたさんは、建築家にならはったら、どんなもん作るおつもりや？」

桂二は考えながら答えた。

「ぼくは、モダニズムの……新しい建築をやりたいと思います」

「さようか」

和尚は、穏やかにうなずいた。

「しっかり勉強しなはれ。そして、よおく覚えておきなはれ。新しいもんは、伝統を通り抜けて初めて生まれるもんや。根や幹を持たぬ木に、花は咲かぬ」

和尚は、織部の茶碗を両手でそっと押し戴いて静かにしまった。桂二は、首をかしげて考えた。

「和尚はこんな古い由緒ある寺にいるから、伝統にこだわるのかもしれない。ヨーロッパの建築家たちは、伝統に反逆して斬新な建物を作りだしている。グロピウスは近代の『工業生産』を建築構成の基本とし、ミースは『鉄、ガラス、コンクリート』の新しい建築素材を使って構想する。ル・コルビュジエだってそうだ。彼は『住宅は住むための機械だ』と言っているじゃないか。彼らはそれを前提に過去の建築を否定して、近代化のために戦っているんだ。どんな建築を新しい工業製品や工法で作れるかというところが、建築のおもしろさというものだ。これからの時代に、おれたちが、こんな寺なんか作るわけはない。鉄骨や鉄筋コンクリートで作るものに伝統は必要だろうか。新しい素材で創造する時代に、伝統は古くさいだけであまり意味をもたないのではないか……」

師・吉田五十八の仕事

桂二だけでなく、戦後に建築を志した学生のほとんどは、一九二〇年代ヨーロッパの建築家たちの革新的で説得性をもった建築理論と、鉄、鉄筋、コンクリート、ガラスを用いた作品の美しさとに魅了され、それらの作品にめざすべき社会の建築の理想を見ていた。

ところがタウトは、日本を実際に見て、日本が欧米の真似をすることをよくないと言ったのだ。桂二は、吉田五十八先生が何気なく口にした言葉を思いだした。

「タウトに『日本建築』と言われるまでもない。私が昭和の初めからやっていることだ」

たしかに吉田五十八は、日本的デザインにこだわっていた。五十八の師である岡田信一郎が、大正時代に歌舞伎座を鉄骨・鉄筋コンクリートで設計したときの「われわれは今日の借りものの西洋建築に満足するわけにはいかない」という精神を、吉田五十八が継承しているとも言える。五十八が「屋根をとっちまった」という日本芸術院会館の設計は、京都御所や平安時代の建物から日本的であることの要素を自己化した上で合理化した、象徴的デザインとなった。

吉田五十八は、日本橋の太田胃酸で知られた薬屋の息子に生まれた。建築にうるさかった父が建てさせた京風の数寄屋《すきや》*5に育ち、幼いうちから謡《うたい》だの絵だのと稽古事に親しみ、京都をよく知っていた。「まず日本をよく見ろ」と五十八は学生に言う。五十八の言うところの日本は、貴族や大名文化の遺産である建造物をさす。だからこそ五十八は、桂二が「京都の桂離宮へ行きたいんです」ともらすと、「これを御所の宮内庁の役人に見せなさい」と名刺に書き添えた紹介状を持たせてくれたのである。

近代数寄屋と言われた吉田五十八の作品は、真壁《しんかべ》*6造りの木割りを脱して大壁《おおかべ》*7とするなど、従来の大工の技の伝統に挑戦するものであった。五十八は戦前に、築地の新喜楽《しんきらく》や作家の吉屋信子邸、日本画家の鏑木清方《かぶらききよかた》、小林古径《こけい》、山川秀峰、川合玉堂《ぎょくどう》、伊東深水《しんすい》、山口蓬春《ほうしゅん》らの家や画室を請われて設計している。

吉田五十八は、ともかく建具、壁紙、床、照明のディテールのデザインにまでうるさかった。施主の求めるものや条件に応じて、新しい素材や大胆な発想を、次々に試さずにはいられないたちらしかった。現場での変更はたびたびで、大工や経師屋を泣かせた。

*5　**数寄屋**＝茶室建築で創始した、自然木などをそのまま使った建築手法。

*6　**真壁**＝壁を柱と柱の間におさめて、柱を露出させた壁の造りよう。

*7　**大壁**＝柱にかぶせて壁を造り、柱が壁内に隠される壁の造りよう。

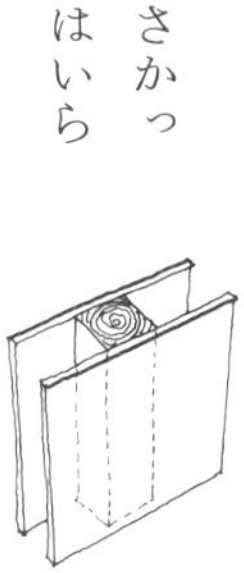

桂二は、吉田五十八を建築家として尊敬はしていたものの、師の作品である近代数寄屋は好きになれなかった。大壁によって構造材を隠すという手法が、どことなく、偽物で人をだましているように思えたからかもしれない。しかし、学生である桂二の眼で見る吉田五十八の作品は、一つひとつ、障子一枚にいたるまで、その空間で誰が主役となるかが配慮されており、さすがに美しかった。吉田五十八の手法のなかでも、建具をすべて壁の中に押し込む「押込み戸」[*8]は、桂二の眼にしっかり記憶された。

戦後の復興期、グロピウス、ミース、ル・コルビュジエの拓いた先進近代建築の線を範として追っていた日本の建築界で、吉田五十八はきわめて特異な作風の、ある種、異端の建築家と見なされていた。しかし、伝統日本建築の独創的革新を大成せしめたとして、昭和二十七（一九五二）年六月に日本芸術院賞を授与される。

美校の助教授と生徒は、年齢が七、八歳しかちがわないこともあって、すぐに親しくなるような家族的雰囲気だった。昭和二十四（一九四九）年、新しく東大の大学院から来た建築構造と建築史を専門としている山本学治もそうだ。学生たちは、たちまち「学治《がくじ》さん」と親しくなった。学治さんは、日焼けした顔に大きな眼をぎょろつかせていたが、悠々とした温かい人柄だった。桂二は学治さんの自宅へお邪魔したり、共同で下関市役所のコンペ作品を作ったりした。

ちょうど同じころ、戦争中の建築の空白期のあと、鉄骨、鉄筋コンクリート、ガラス、軽金属など近代的な材料を使用してビルが建ちはじめた。リーダース・ダイジェスト東京支社（レーモンド）、鎌倉の神奈川県立近代美術館（坂倉準三）、東京・八重洲口のブリジストン

＊8 **押込み戸**＝壁の中に引き込むことのできる建具。

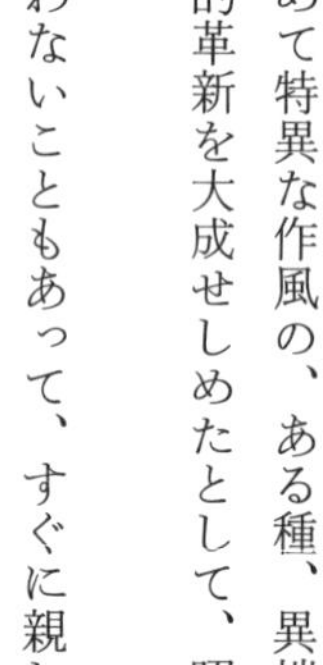

ビル（松田軍平）、東京・鍛冶橋近くの日本相互銀行（前川國男）、広島の平和会館（丹下健三[*9]）などである。これらに刺激を受けて、山本学治は桂二らと、建築家と構造家の連携した総合力によるこれからの建築についてたびたび議論しあった。

卒業設計「芸大改造計画」

美校時代、桂二の楽しみのひとつは登山であった。

たまに、級友で信州の松本出身の鳥羽壌也《じょうや》と「山に行こうか」と語らっては、休みの前日、新宿駅の最終列車に飛び乗った。

庄屋に生まれた鳥羽は少々のことには動じない鷹揚《おうよう》な雰囲気の男で、「僧正《そうじょう》」というあだ名だった。信州の山に詳しい鳥羽と、桂二は五月に南アルプスの甲斐駒ヶ岳に登った。標高三千メートルに近い山で、朝から登りはじめ昼を頂上で食べたが、軽装備の桂二と鳥羽を季節はずれの吹雪が襲った。沢づたいに下りはじめたが、この判断が失敗だった。身動きがとれない。しかも軽装備だ。二人は「おいカエルが鳴いてるぞ」「あそこに白い御札が見える」といった幻聴、幻覚と戦いながら、もがきもがき必死に下山した。遭難しても不思議ではない二人だったが、強靱な精神力と体力で駅にたどり着いた。ストーブのそばで、ずぶ濡れの凍《こご》えた体を暖めさせてもらい、最終列車に飛び乗って目覚めてみれば新宿だった。桂二は、懲《こ》りることなくそれからも、山仲間たちとたびたび登山や縦走の計画を立てては登った。

よく学び、よく働き、よく遊ぶ充実した学生生活は、桂二の個性に、いっそうの磨きをか

＊9 **丹下健三**＝一九一三〜。愛知県生まれ。東大建築学科卒。前川國男設計事務所に勤務ののち、東大大学院に入学。一九六四年、都市工学科教授となる。設計活動は東京都庁舎（新・旧）など多数。

けた。

昭和二十七年、桂二は、奥村昭雄と共同で、卒業設計に取りかかる。終戦のとき、桂二は幼年学校にいたが、奥村は難関中の難関と言われた海軍兵学校にいた。美校に入学したてのころ、桂二は幼年学校のとき支給された兵隊服しか着るものがなかったが、奥村はきちんと洋服を着て、こぎれいにしていた。しかし、ともに軍隊教育を受けていたことで、奥村と桂二は気が合った。奥村と桂二は、卒業設計を「買い上げ」、つまり首席を取って賞金をもらう、という金儲けの計画を立てる。

設計タイトルは「芸大改造計画」。実はそのころ、芸大音楽部の敷地が拡張して美術部の敷地を脅かしつつあった。桂二たちはその打開策を提案したのだ。その「芸大改造計画」を模型で製作し、芸術祭でなかなかの評判を得た。そこで調子に乗った桂二たちは、それを図面にしてやろうともくろんだのである。桂二らのもくろみは遊びのように無邪気で楽しげで、卒業設計というシリアスな状況にそぐわないのだが、二人はかまわずデザインを練り、まとめあげていく。

卒業設計には規定がある。

「ケント紙に烏口《からすぐち》*10でインキングすること」

例年、卒業設計で提出する製図の枚数は、十枚前後というところだ。

「烏口はやっぱりまずいぜ。図面が汚れる」

戦後、紙は貴重品だった。とくにケント紙は神保町の文房堂《ぶんぼうどう》でしか手に入らない。汚してボツにするのは、もったいないし金もない。

*10　烏口＝二枚の金物の刃の間にインクを溜め、一定の太さの線を引く道具。刃の間隔で線の太さを調節する。

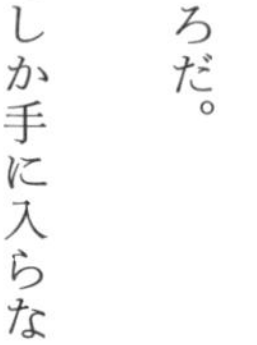

「時間がかかりすぎるよな。なんとか青焼き（青写真）で出せたらなあ」

奥村と桂二は考えた。そして、青焼きでの提出を認めてもらおうと画策する。卒業設計を審査するのは、岡田捷五郎、吉田五十八、吉村順三の三人の先生だ。主任教授である岡田教授に奥村と桂二はかけあうことにした。岡田先生が猫を飼っていると耳にしたので、猫の好物をみやげに岡田の自宅を訪ねた。

「先生、卒業設計を青焼きで出したいんです」

まさか、そんな相談だと思わなかった岡田先生は、目を白黒させたが即座に、

「それは、無理だ」

と首を横に振った。

「そこをなんとか……」

桂二たちは、敵を攻略するために一歩もひかない、という姿勢で熱心に自分たちの計画を岡田先生に訴えた。岡田先生は、とうとう、

「わかった」

としぶしぶ承知した。

奥村と桂二は、先生ありがとうございますと、最敬礼した。作戦成功である。

あとになって、他の先生たちが、

「青焼きでは永久保存に耐えない。困ります」

と騒いだが、岡田先生は、

「ぼくが、いいと言ってしまったんだ」

と、とりなしてくれた。結局、吉村先生が、

「コンセプトだけは、ケント紙に図入りで書いて出しなさい」

という妥協案を示し、一件落着した。

奥村と桂二は、下級生らを助手にして、百枚というべらぼうな枚数の図面を完成させた。これは、美校・芸大の歴史の前にも後にもない、大作の卒業設計となった。

最終審査に臨んだ奥村と桂二を前にして、吉村先生が質問する。

「どこまでが奥村君の担当で、どこからが吉田君の担当ですか?」

桂二はむっとした。

「どこからどこまでと、分けられるものではありません。最初から最後まで、共同設計であります」

吉村、吉田五十八、岡田の三先生は、困ったように顔を見合わせた。

結局、奥村と桂二には九十五点以上の点数がつけられ、二人の共同作品の超大作「芸大改造計画」は、見事に首席、買い上げとなった。この卒業設計は、芸大に永久保存されることになった。賞金一万数千円は、製図を手伝ってくれた下級生たちと、上越の猿ヶ京温泉へ遊びに行って、全部使ってしまった。

こうして桂二は卒業するのだが、学費、千八百円を納めていなかった。学費を払っていない者に卒業証書は出せないと、学校側は言う。しごく当然の言い分だった。桂二はそれでも、「卒業証書なんていらねえ」と払わずに通した。

池辺陽研究室での修業

昭和二十七年春、東京芸術大学を出た桂二は、東京大学生産技術研究所（建設工学研究会）の池辺陽《きよし》＊11建築計画研究室に入ることを希望していた。ところが、その話を池辺先生につけてくれるはずの山本学治先生が、うっかり忘れていたのである。そこで桂二は、

「池辺さんのところに行かないなら、ぼくを手伝ってよ」

と言ってくれる「赤パンツの登ちゃん」こと中村登一先生の事務所に、ひとまず行くことにした。その事務所で桂二は、登ちゃんの弟子連中に誘われて、メーデーのデモに参加した。メーデーは昨年までは皇居前広場で行われていたのだが、今年はそれを禁止された。それに抗議する声とともに、皇居前広場を奪還しようと五千人のデモ行進が進む。ところがデモ行進は警察と衝突し大混乱になった。

桂二も警察に追われて、命からがら逃げた。この日、二名の死者と千四百人の負傷者、千二百人の逮捕者が出た。世に言う「血のメーデー事件」である。

芸大の学生も捕まった。教授が学生の身元引き受けに警察に出向いた。後日、逮捕者はおおかたは釈放されたが、この事件は、破壊活動防止法（破防法）の制定を促すことになった。

それからほどなく、山本学治が池辺陽に話をつけてくれたので、桂二は六月から、希望していた池辺の研究室へ入れることになった。

「給料は、月八千円です」

＊11　**池辺陽**＝一九二〇～七九。東大建築学科卒。同大学院を経て、一九四四年、坂倉建築研究所入所。東大第二工学部助教授。モデュール研究会を設立、モデュラーコーディネーション活動を展開、東大生産技術研究所の教授となる。生涯を通じて約百戸の独立住宅を設計し、空間の寸法体系である「GMモジュール」をまとめた。

ル・コルビュジエ風に蝶ネクタイをしてベレー帽をかぶった池辺先生は言う。月八千円というのは、当時の大卒の初任給だった。

「先生、おことばですが、月一万円はないと生活できません」

と桂二は生意気にも主張した。

「君も言いますね」

しぶしぶ池辺は承知した。ところが実際はうまくいかなかった。池辺は建築家として、造形に対する情熱で仕事をする人だった。だから研究室の経済状態には無頓着で、給料の出ないことが多かったのだ。桂二は骨身を惜しまず働いたが、生活のためには、よそから設計や製図の仕事をもらって、アルバイトをしなければならなかった。少しでも安い下宿を探しては、リヤカーでたびたび引っ越した。

桂二が池辺研究室に入ったのは、フランスの建築家ル・コルビュジエに憧れていたからでもある。

コルビュジエは、一九二五年あたりからドイツのグロピウスとともにヨーロッパ建築界の双璧と言われていた。そのコルビュジエのもとで、日本からも前川國男（昭和五年帰国）、坂倉準三、吉阪隆正[*12]の三人が学んだ。池辺陽は、その一人である坂倉準三の弟子だ。つまりコルビュジエの孫弟子ということになる。それゆえ池辺は、コルビュジエの尺度、モデュロールの手法を濃厚に継承していた。それまでの建築手法は伝統的で国粋的、コルビュジエの唱える機能主義は伝統に対する革新であり国際的、という思想が建築界の若者たちの心をとらえていた。コルビュジエの平面図はとても美しく、若い建築家たちのあいだではコルビュ

＊12　**吉阪隆正**＝一九一七〜八〇。東京生まれ。ジュネーブ・エコール・アンテルナショナルを卒業後、早大理工学部建築学科卒。五九年、早大教授。主な作品に日仏会館、アテネ・フランセなど。六五年以降、「大学セミナーハウス（八王子）」計画に携わる。探検家・登山家としても知られた。

ジエの模倣、ピロティ（支柱）があったり、白い立方体に窓がついた形の建物ばかりの図面が流行《はや》っていた。

建築界の巨匠ル・コルビュジエは、昭和二十九年、四角いうずまき型の国立西洋美術館の設計者として来日している。

桂二が池辺研究室（池辺研）で初めて担当したのは沼津市の公会堂である。沼津市から依頼を受けた池辺は、入所したばかりの吉田桂二と吉田秀雄を沼津に派遣した。池辺研の基本設計を、市役所の建築課で実施設計にするにあたり、詳細部分を、桂二たちが説明する仕事だった。桂二たちがあまりに若いので、市役所の建築課の職員たちは「大丈夫だろうか？」と先行きを危ぶんだ。桂二は、そんなことは一向に気にならない。初めての仕事に張り切っていたが、実施設計は課の職員たちがみんなやるので、昼間、桂二はほとんど透視図《パース》ばかり描いていた。細部についての質問を受けると、夜、研究室の先輩に電話をかけて、教えてもらいながら猛烈に勉強した。

ある日、建築課課長の山《やま》さんが言った。

「桂ちゃん、どうだい。市民病院を建てるんだけど、池辺研でやってくれますか？」

「やります。やります」

桂二は、満面の笑みで即答した。すぐに池辺先生に電話をした。

「先生、沼津市民病院の設計の仕事が取れました。基本設計は、僕にやらせてください」

ああ、そうかね……池辺はあきれながら、こいつ……としかたなく笑うしかなかった。桂二の勢いに気《け》おされた感じだった。が、不思議と不快ではなかった。桂二の基本設計はそのまま採用された。

その後、桂二はさらに池辺研の小宮山雅夫と女子校建設にかかわったが、この仕事はあとで問題が起こった。校長がアメリカ帰りの女性で、その校長の希望もありアメリカの女子校で使っているという、女子用小便器を取り付けた。ところが、日本人の生活習慣から生徒たちに不評で、このトイレは作り直しを余儀なくされた。

「大失敗よ」

と桂二は苦笑いするしかなかった。

町づくりの原点――町方町での奮闘

沼津の仕事で桂二がそのバイタリティを発揮したのは、なんといっても都市計画による、町方町《まちかたちょう》の道路拡幅工事だろう。公《おおやけ》の補助金も出るが、住民の自己負担の部分もあるこの仕事の対象地域は、松菱デパートを含む、道を挟んだ五十軒の商店街であった。道路の両側に歩道を確保するための工事で、まず道路中央に仮設店舗を作り、道の片側の店舗群をその仮設店舗に移転して道を拡幅。片側が完成した正月に、いったん道路中央の仮設店舗を壊し、反対向きに建て直す。そして、道の反対側の店舗群をこの仮設店舗に移転させ、もう一方の側の道を拡幅するという工事手順だ。

五十軒の商店は組合を作っていて、ほとんど毎晩のように会合が持たれ、桂二はそのたびに住民の話し合いに参加した。桂二は、工事担当業者に決まった清水建設に頼んで、現場に寝起きする場所をこしらえてもらった。

町の人々と顔を合わせるうち、桂二はすっかり馴染んで人気者になり、何軒かの飲食店を営むおじちゃん、おばちゃんたちのあいだで桂二の争奪が始まった。桂二は、朝食、昼食、夕食と店を平等にまわり、おじちゃん、おばちゃんたちの顔を立て、ただ飯にありついた。桂二がゆくところ、にぎやかな笑い声がついてまわった。

沼津市役所もいつの間にか、住民の桂二への信望を頼りにして、あらゆる面倒な交渉や説明事項を、桂二に頼んでくる。

「桂ちゃん、頼むよ。あそこのじいちゃんは、頑固で、三十センチだって譲れんと、すごい剣幕さ。おれら、行っても何も聞いてくれん。こじれるばかりなんだ」

「桂ちゃん、八百万と魚木がもめて、組合やめるって言いだして……」

桂二は、仲裁や説得に奔走しながら、町方町の二つの映画館の看板を仮設店舗の二つの妻壁[*13]に出すアイデアで映画のただ券をたくさんもらい、ちゃっかり『七人の侍』や『ローマの休日』といった映画を見たり、冷房のきいた館内で涼んだりした。かと思うと、

「おい、コンクリートプラントを動かすの俺にやらせてくれよ」

と、運転席に滑り込み、レバーを操作した。このコンクリートプラントは、組まれた足場の上に、下のミキサーで練ったコンクリートのバケットを持ち上げるしくみだ。

足場の上ではおじちゃんたちが、下から上がってきたバケットの中のコンクリートを、ネコ車に受けて運ぼうと列をなして待っていた。コンクリートが水っぽかったりすると、プラントの上では「こりゃ、なんじゃー」と荒っぽい声があがった。コンクリート打ちのおじち

＊13 **妻壁**＝家の屋根勾配が見える側を妻側といい、その壁を妻壁という。

ゃんたちの楽しみは、町の人たちの差し入れの酒を夜、飲むことだ。桂二は「兄ちゃん、まあ一杯飲めや」と勧めてくれるおじちゃんたちにもかわいがられていた。

たまに池辺先生が検分にやって来ると、桂二らは先生に現場を見せて状況を手短に説明し、「それでは先生、お疲れでしょうから、この車でお宿のほうへ」

と、池辺がいろいろ言いださないうちに、温泉旅館へ追っ払ってしまうという作戦にしていた。ここまできて、先生にあれこれと何か言われたらかなわないからだ。

弱冠二十三歳の若い桂二に、住民がこぞって信頼を寄せ、桂二の言葉に納得する。それは、不思議な光景だった。桂二のどこに、これだけ地元の人たちを引きつける力があるのだろう。それは、桂二の私心のない無邪気さにあったかもしれない。小柄な体に、「これからこの町を、みなさんのため、訪れるたくさんの人のために、きれいに住みよくするんです」という情熱をみなぎらせた桂二にひっぱられるようにして、町方町は生まれ変わっていった。桂二が社会に出て初めてこの仕事を経験したことは、のちに多くの町づくりにかかわることになる桂二の運命に、周到に用意されたもののようにも思える。

ペンキ屋・大工に学ぶ

沼津での仕事を足かけ二年で終え、二十四歳の桂二は昭和二十九（一九五四）年、東京に戻った。

戦後の混乱も落ち着いてきて、焼け野原だった東京にもビルや住宅の建築ラッシュが始まっていた。プレハブ住宅が終戦の年に発売され、昭和二十五年からは、住宅金融公庫の融資が始まり、住宅を手に入れようと、市民が申し込みに殺到した。池辺は住宅金融公庫のための新しい家を次々に設計していた。池辺の設計した住宅には通しナンバーがつけられており、桂二はナンバー8から20までかかわっている。

池辺陽の住宅は、十五坪ほどのコンパクトな家で、機能主義にもとづく構造の合理化を図り、女性の家事労働を考慮した、食寝分離の暮らしを提案した。それまでの台所は、薄暗く寒い北側というのが常であった。それは封建社会の女性蔑視によるもので、戦後の民主化による男女同権といったヒューマニズムにもとづく考え方こそ近代化であり、それを住宅に反映させることこそ建築家の民主化運動の形なのだという。池辺は、リビング、ダイニング、寝室にはベッドといった部屋の機能に加えて、日本にはいまだなかったアイランドキッチン（壁から独立してシンクやコンロなどを備えた調理台を島のように配置したキッチン）やシステムキッチンのような家具や道具まで設計した。

桂二は、一人暮らしなので、茶碗をいつも自分で洗う。岐阜の実家では母親やねえやが、洗いあげた茶碗をふきんで拭いていたから、自然にそうすべきだと思っていた。

「池辺先生、流しにはやはり、ふきんかけが要りますよ」

「桂ちゃん。茶碗はな、洗ったら伏せて乾かしとくのさ。ふきんなんて、雑菌がついてて不衛生なだけだ」

横から池辺夫人も口をはさむ。

「そうよ、桂ちゃん。これからの流しには、ふきんかけは要らないの」

という調子で、夫人の言葉や民主化の時流を受け、女性解放という謳い文句まで持ち出す

池辺陽は台所や水まわりの設計に熱心だった。昭和二十五年に発売された電気釜は、当初は庶民の手に届くものではなく、昭和二十年代の終わりのころはまだ、電気コンロ、練炭や七輪で煮炊きしていた。桂二も七輪コンロや電気釜ワゴンの設計をさせられた。池辺はしぶるブリキ屋に無理を言って、角が曲面のシステムキッチンに見られるような流しを作らせた。

桂二は、ようやく手に入れた自分の電気釜を研究室に持ち込み、自分の飯を炊いた。

「君は、何をしとるのかね？」

と池辺は怪訝《けげん》な顔をしたが、桂二は平気な顔をしていた。研究室で炊けば、電気代がそのぶん助かる。横着なようだが、給料がほとんど出ないのでしかたなかった。

池辺の実験住宅は、軽快な垂木《たるき》構造[*14]で、乾式工法[*15]の板張りの壁だった。一九二〇年代、ドイツでタウトが表現派的に色彩建築を提唱し、鮮やかな色のペンキで建物や町を彩ったことがあったし、コルビュジエも赤、青、黄色といった色彩を作品に使っていたから、池辺はその影響を受けたのかもしれない。無垢の板にはステインを、合板にはペンキを塗らせた。

桂二は、シベリア帰りのペンキ屋、慎《しん》ちゃんのつぶやきを聞いたことがある。ある住宅の現場で、池辺先生はペンキ屋慎ちゃんに、空を指差して言った。

「この壁には、あの空の色と同じ青を塗れ」

池辺先生が居なくなったとたん、慎ちゃんはつぶやいた。

「空の色なんか、塗れるかよ。そうだ、明日塗ろう。明日は曇りだ」

聞いていた桂二は、思わず吹きだした。慎ちゃんは実に愉快な人で、戦争中、抑留者とし

＊14　**垂木構造**＝屋根葺材を固定する野地板をじかに支える角材を垂木と呼ぶ。垂木だけで屋根の主構造とする簡略化された構造方式。

＊15　**乾式工法**＝水で練った材料を使うことなく、釘打ち、糊づけなどの手法で短期間に工事できる工法。

て暮らしたシベリアで見た女の、色っぽい話を聞かせてくれたりした。池辺先生のメガネにかなっただけあって、慎ちゃんのペンキ屋としての腕は相当なもので、色の作り方が実にうまかった。桂二は、慎ちゃんの仕事を見て、ペンキの塗り方を学んだ。

サーモンピンク、ミルクコーヒー、モスグリーン、グレー。ペンキ屋慎ちゃんは苦心して七度も塗り重ねるのだが、桂二には、池辺先生の指定する色がモダンだとも美しいとも思えなかった。

池辺陽の設計した住宅は、大工の棟梁、渡辺常雄（常《つね》さん）か、藤枝工務店の大工の藤枝誠治が建てることになっていた。打ち合わせに池辺の事務所に出入りする常さんが、桂二の机をのぞきこんで、

「桂ちゃん、やっぱ図面ばかりじゃだめよ。教えてやっから仕事場へ来な」

と大きな体をゆすり、ワハハと大声で笑いながら声をかけてくれたのを幸いに、桂二は時間をつくって、恵比寿駅前の材木屋にある常さんの作業場へ通って大工修業を始めた。

「いいか桂ちゃん、まず木を見ることができなきゃいかんぞ。こっちが表、こっちが裏、それから……」

という具合に、木の見方、材種、木組み、継ぎ手、仕口《しぐち》など、大工仕事のひと通りを、常さんは桂二に仕込んだ。桂二は、木の香に包まれて木を扱いながら、木の生まれ育った山を思った。山から切りだされ、人の住みかとなって木は生き続ける。

「杉は、材になるのに五十年、五十年以上かかるんだぞ。だいじに使ってやらにゃ」

常さんが言うのを、桂二は聞くともなしに聞いていた。

協働の場

池辺研究室に入って五年目の昭和三十二（一九五七）年に、給料が出せなくても一向に気にしない池辺先生のもとから、桂二と吉田秀雄、峰岸泰夫、小宮山雅夫は独立することにした。無給で働くことに限界を感じた桂二たちの選択だった。

桂二らは独立した自分たちを、一応格好をつけるために、建築集団「團《だん》建築設計室」と呼ぶことにした。

「ビューロクラシーと天才の建築」という池辺陽の論文がある。ライトやコルビュジエといった天才による個人の建築設計ばかりでなく、日本ではビューロクラシー、すなわち逓信《ていしん》省といった官僚組織の技師たちによる仕事を評価すべきだ、といった内容だった。この論文が、建築技師集団による共同設計への桂二たちの関心を喚起した。

桂二たちは、

「共同設計は、可能だと思うよ」

と飲むたびに議論をくり返した。峰岸泰夫は結局、共同設計には反対で、

「俺は一人がいい。桂ちゃんだって、一人でやったほうがいいぜ」

と言って、一人の道を選んだ。吉田秀雄、小宮山雅夫と桂二は、

「いっしょにやっていこう。連合設計って名前はどうだ？」

「なかなかいいじゃない。それに決めよう」

連合設計社の旗揚げである（昭和三十四年に連合設計社市谷建築事務所に改組）。桂二、二十七歳のことである。

ようやく戦災からの復興に落ち着きが見えはじめ、日本はアメリカに追いつこうと経済成長にやっきで、建築ブームに業界は活況を呈していた。連合設計社の事務所に金はなかったが、みんな張り切っていた。

独立したことで、これまで、桂二の上にあった池辺先生という「重し」がなくなった。なによりも自分の翼で飛べる自由は、すばらしく思えた。それは、重しの重さを十分味わい尽くした者のみに与えられる解放感であった。これからは、仕事を探し、自分たちの手で稼ぎだしていかねばならない。ささやかな事務所を構えて営業を始めたことで、桂二らの仕事も、つきあう友人も新たな広がりを見せはじめた。

翌年、東京芸大を卒業した後輩、戎居研造が桂二らの事務所に入ってきた。戎居研造は、昭和二十七年のベストセラー『二十四の瞳』の著者、壺井栄の甥で、栄と詩人・壺井繁治夫妻のもとで育った人物である。戎居研造自身、壺井栄の『母のない子と子のない母』という作品のモデルでもある。

壺井夫妻は、中野重治、宮本百合子、佐多稲子など多くのプロレタリア文学者と親交があった。戎居研造が強力な仲立ちをしてくれたおかげで、まだあまり仕事のなかった桂二らの事務所は助けられた。桂二らは中軽井沢の沓掛《くつかけ》に、壺井夫妻の別荘を造りはじめた。

当時、文筆家の別荘は仕事場と見なされ、課税の対象にならなかった。また、壺井栄は喘息の持病があり、東京よりも空気のきれいな軽井沢のほうが体にいいという、健康上の必要もあっての別荘である。別荘とはいうものの、なけなしの金で建てる簡素な家であった。

壺井栄の別荘が建つと、それに続いて、田中澄江、源氏鶏太などから次々に設計依頼が舞い込んだ。設計の評判がよかった証《あかし》だ。五年のうちに、その数は、いつの間にか二十棟にものぼり、沓掛は文筆家の別荘が散在する、文人村のようになった。

「桂ちゃんの造ってくれた家は、とても居心地がいい。なんというか……清々《すがすが》しくて、落ち着くのよね」

住む人に喜ばれる。それが、桂二のなによりの励みだった。

「俺たちが、軽井沢で建てた家は屋根が低くて、広い土間を取ってある。農家の床構成をモデルにしてたんだ。実際の農家と、都会人が自然の中で過ごす家というのはさ、生活内容がまったくちがう。農家の人にとって自然は、生きていくための舞台だし、都会人はふだん味わえない自然を楽しみ、安らぎを得る。だけどそこに、共通性を考えてみると、家の内と外の連続性を求める生活、ということじゃないかと思うんだ」

軽井沢の別荘を「建築文化」という雑誌に掲載するため、写真を撮りにきた村沢文雄に、桂二は、彰国社の立松久昌を紹介された。

「この人は、いまに彰国社を背負って立つ人です」

と村沢は言った。酒を飲みながら話しているうちに、立松と桂二は、同い年とわかり、初対面から意気投合した。ダンディな立松は、弁護士の息子に生まれた江戸っ子だ。麻布中、早稲田大学で学び、麻布中時代は小沢昭一らと芝居をしていたから、飲んでいてもいなくても腹の底から声を出す。立松の人を見る目は厳しい。若いが見どころのある建築を志す者を前にすると、話に一段と力が入り、酒量もぐっと増える。

「人も建築も、結局のところ『好きか嫌いか』だ」

立松久昌は吉田桂二と、建築への思いを、時を忘れて語り合った。

第五章　欧州見聞

風土と建築への開眼

建築は人なり

昭和二十五（一九五〇）年に朝鮮戦争が始まり、特需景気に日本は沸いた。それにともない、東京に企業や大工場が進出し、人口が急増した。自然破壊、交通渋滞、木賃《もくちん》アパートの乱立など、都市計画など立たないうちに、都心は収拾のつかない過密都市への道をたどりはじめる。

前川國男、丹下健三、レーモンド、村田政真、海老原一郎といった建築家と、横山不学、武藤清、岡本剛ら構造家との協働による建築活動は、新しい構造技術を消化しながら、新時代の日本の建築形式の追求を展開したビルや公共建築を次々に生みだした。耐震構造の進化やビルの高層化を日本独自の技術で推進する時代を迎えたのである。

一方、住宅建築では、終戦を境にそれまでの住宅を封建的と否定するようになった。「床の間はいらない。玄関という名も使うまい」と言う者があらわれ、「ヒューマニズムの建築」という言葉が語られた。第一線で活躍するのは、合理主義や機能主義を掲げた建築家たちである。

規格化、工業化の理論のもとに、コルビュジエの弟子、前川國男のプレハブ住宅「プレモス」や、吉田桂二の師匠、東京大学の池辺陽の「立体最小限住宅」が注目を集めた。

海外建築家の関心が「日本的な近代建築」に寄せられるようになると、清家清[*1]が、南の庭に面して広い開口部をもち、勾配のゆるい屋根に深い軒、間仕切りなしの板敷きワンフロア、

*1 清家清＝一九一八〜。京都市生まれ。東京美術学校建築科卒、さらに東京工業大学建築学科卒。東工大教授、東京芸大教授を歴任し、プロフェッサー・アーキテクトとして多数の住宅作品を手がけた。一九五一年のデビュー作（森博士邸）以来、ヨーロッパ的美学と日本の伝統的建築素材とを融合させて注目を浴び、以後、このデザイン原理を追求。

畳、障子、丸い柱という和風の流れをくむ住宅（森博士の家、斉藤助教授の家）を発表する。この時期、住宅に新風を吹き込んだ建築家に増沢洵《まこと》＊2（最小限住宅）、広瀬鎌二《けんじ》（自邸）、吉村順三（有富邸）らがいた。

工業化住宅バウハウスの生みの親グロピウスは、清家清を「日本の伝統と近代技術の結合に初めて成功した」と評している。

東京が過密都市への道をたどりはじめたころ、岐阜から桂二の七歳下の妹、洋子が上京してきた。洋子は、もの静かで控え目な母の文江によく似ていた。自分のことのみに精いっぱいの生活に明け暮れ、岐阜のことなど思いだすことさえ忘れていた桂二であった。岐阜の母にはずいぶん会っていない。父はまあ、元気だろうとたかをくくっていたが……。

「みんな変わりない？　母さんは？」

「うん、母さんは季節の変わり目に、どうしても喘息の発作が起こるけど、まあ元気。父さんもおばあちゃんも、英輔や潤子もみんな元気にしてる」

そりゃよかったと桂二は、兄らしい笑顔でうなずいた。内気で無口な妹は訥々《とつとつ》と、

「兄さんの行った学校へ入りたい」

と言う。洋子も芸術系へ進みたいという希望を抱いていた。

「学科はいいとして、実技が大事だ。デッサンを習わなくちゃ。デッサンはね、もののすわっている形をしっかりつかまえたら、影を描くんだ。影を描けば光のあたり方があらわれる。そこがポイントだよ」

桂二は、洋子にできるかぎりのことをしてやりたいと思った。そして次の年の春、洋子は

＊2　増沢洵＝一九二五～一九九〇。東京生まれ。一九四七年、東大建築学科卒。鹿島建設に入り、最高裁判所の現場を体験。レーモンド事務所に移籍。自邸、原邸、稲村隆正邸、新宿・風月堂などを手がけたのち独立。最小限住宅を提唱。

めでたく東京芸大の彫刻科に入学する。自分が合格したとき以上に、桂二は喜びと安堵を覚えた。

昭和三十（一九五五）年の下半期から昭和三十二（一九五七）年の上半期までの神武景気《じんむ》の間に「もはや戦後ではない」と言われるようになった日本経済は、高度成長期に入り、住宅の建築もピークの時代に入っていった。プレハブ住宅がもてはやされ、うさぎ小屋と揶揄《やゆ》されながらも小さな家が無数に建ち並んだ。都市部では核家族化が進み、所帯を持った人々は団地での生活に憧れた。電気冷蔵庫、洗濯機、掃除機が家庭の三種の神器《じんぎ》と言われるようになったのもこのころだ。

昭和三十一（一九五六）年、桂二は、近くの設計事務所で仕事をしている、芸大建築科の後輩の和子と結婚した。そのころはまだ収入も不安定であったから、結婚後も共稼ぎが続いた。その後、和子とのあいだに、千尋と千枝というかわいい娘に恵まれる。桂二は、仕事のよき理解者である伴侶を得て、いよいよ設計の仕事に没頭した。

連合設計社市谷建築事務所は、仲間の共同設計もありとしながらも、それぞれの得意分野での仕事が自然と決まり、お互いに補い合う意味での協働が機能していた。

人間の一生は、死ぬまで学びの連続と言えるのかもしれない。ことに、創作を生業《なりわい》とする者は、一つの作品を作り、それを終えるたびに自分の中に新たな問いと答えを見出だすものだ。

ところが建築という作品は、そうはいかない。自問自答だけで作品は作れない。かならず施主の希望や意向が反映されなければならない。小さな別荘もそうだ。限られた金、土地、施主の意向の制約のなかでの創造である。そして、作られた作品の内側で、人々が暮らしを営む。

タウトは、三十年前のドイツでジードルングという集合住宅に初めて着手した。この緑あふれる町の機能主義にもとづく美しい集合住宅に、日本の若い建築家たちは新時代の住宅の理想を描いていたが、ヨーロッパでは人々がこれら新建築を受け入れるまでには、たいへんな批判や葛藤がくり返された。

タウトでさえこの問題に直面しているとき、これから新しい伝統を創らねばならない建築の仕事の困難さを将棋に例えて、「建築家は『歩』であって『桂馬』になることは許されない」と嘆いている。

ところが、「俺は名前からして、桂馬から取ったんだからな」とうそぶく三十歳を超えたばかりの桂二とって、建築の制約や困難をクリアしていく創造はおもしろかった。制約のなかでも十分に自分のイメージは展開できる。それが、施主の意向を超えた美しさと機能性を備えてはじめて、プロの仕事と言えるのだと桂二は思う。その家に暮らす人が喜んでくれることが、設計者としての桂二の生き甲斐であった。

桂二が軽井沢の沓掛で手がけた別荘は、どれも屋根の勾配をゆるく低く抑えたもので、池辺陽の研究室の住宅の屋根構造の延長上で設計していた。だがこの時期、桂二には、池辺流のやり方の限界のようなものが見え隠れしていた。軽井沢の仕事をともにしている大工の山本が言いだした。

「これは、『かぼちゃ束《づか》』*3にしたらいいよ。こういうふうにすると、梁がなくても持つんだ」

*3　かぼちゃ束＝方形（ほうぎょう）屋根（屋根の頂点が一点に集まる屋根形）を迫り持ちで支えるため、材の集中する頂点を連結させる短い材のこと。

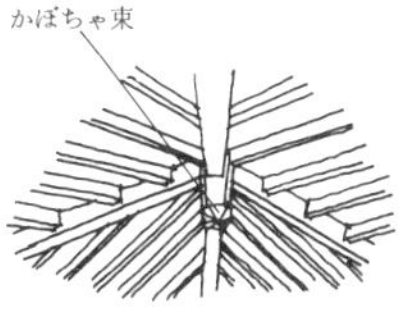

内部から見たところ

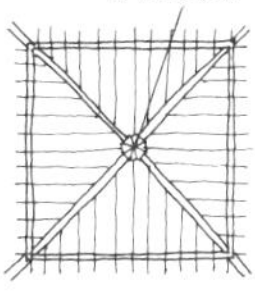

上から見たところ

かぼちゃ束とは、大工の伝統工法のひとつである。桂二は、大工の山本の意見を試すことにした。かぼちゃ束の架構を自分のものにすることで、桂二の造型表現に新たな豊かさが加えられた。一つの住宅ができあがるたびに、新たな発見やアイデアを会得する。三十代、四十代の建築家が、まだ駆けだしのひよこだと言われる理由は、建築という創造が、経験によって養われたものを如実に反映する仕事だからだ。

「設計を頼みにくる人に会うだろう。いろいろ話しているうちに、その人の求めている建物の形が浮かんでくる。それを、さっと図面に描いてみる。老父母、夫婦、子供が二人なんていうと、間取りは自然と決まる。その人がどんな家を望んでいるのか、相手が全部話さなくてもわかるね。『こんな間取りの家が欲しかったんです』って言われると、こちらまでうれしくなっちまう。俺の仕事はさ、人の金で遊ばせてもらってるようなもんだよ」

と桂二は立松久昌に話す。月刊「住宅建築」の原稿などを依頼にたびたび連合設計社を訪れている立松は、桂二や仲間の仕事ぶりを見て言った。

「あなたはそうやって楽しそうに仕事をやってるけど、金のことは、あまり考えてねえだろう」

そのとおりだった。事務所の経営については、吉田秀雄や戎居研造の領分になっている。桂二にとって、事務所の資金繰りに悩むことなく、設計と現場に没頭できる環境はありがたいものにちがいない。

「ま、そうでなきゃ、いい作品はできないかもしれんな」

そう言う立松の気性に信頼を寄せる桂二は、仕事の失敗さえ笑って話せた。

「この前の台風にはまいったよ。俺の設計した国立《くにたち》の家さ」

「どうした？」

「台風で屋根がふっ飛んじまった」

立松は、心配するどころか大声で笑う。

「あわてて大工連れて、飛んだ屋根を近所に引き取りに行ったさ。一日で元どおりになったけど、ひやっ、ひやっとしたよ」

「ひやっとしたのは、屋根がふっ飛んで空を見たやつだろう。そういうこともあるだろうさ。自然には勝てねえ」

立松は、桂二のいちばんの理解者だった。けれども他の編集者や建築をやっている連中は、鋭い目つきでずばりと意見する立松を恐れていた。

立松は仕事柄、多くの建築家に会う。吉田五十八、前川國男、山口蚊象（文象）、吉阪隆正、大谷幸夫、大高正人、鬼頭梓、菊竹清訓《きよのり》、小町和義、磯崎新《あらた》、岩本博行、西沢文隆、原広司……。建築家たちは、多士済々である。そのなかでも立松は、庶民の住宅にまじめに取り組む才能ある建築家たちを追っていた。

打ちっ放しコンクリート住宅（吉阪隆正「Ｖｉｌｌａ　Ｃｏｕ　Ｃｏｕ」）、高床の「スカイハウス」（菊竹清訓）、「栗の木のある家」（生田勉、宮島春樹）、塀と外壁を一体化した「正面のない家」（西沢文隆）などが次々に発表されて反響を呼んだ。

このころ、すでに大家の域にあった吉田五十八は、彼の名を騙《かた》る偽物の住宅の売り買いが横行するほどの人気であった。五十八は公共建築ばかりでなく、皇族、吉田茂、岸信介といった元首相の邸宅や、画家、歌舞伎や新派の役者の邸から寺、料亭などまで広く手がけ、住み手の個性を生かすさまざまなスタイルの建築を試みて、絢爛《けんらん》たる手腕を奮《ふる》っていた。

「文は人なり」と言うが、時代を経て技術や様式が変化をとげる建築作品にも建築家の人間性が表れるし、また語られると立松は見ている。

その立松久昌にとって吉田桂二は、大きな男だった。見たところは小柄だが、立松は桂二の持つダイナミックで飾らない美的表現力に、得がたい才能を感じていた。それに惹かれるかのように立松は、桂二の設計で新しい建物ができるたびに、建築カメラマンを連れて取材に出かけてゆくのだった。

「軽井沢の別荘はわりと小さめで、雑木林や雑草の茂る風景の中にあったから、ああいうデザインになったけど、町中ではああはいかない」

桂二は考える。

「池辺研の住宅の垂木構造[＊4]の屋根では、大きな家の構造は無理だ。やはり、民家の小屋組み[＊5]のほうが奥が深いということか」

桂二の建築は、池辺研からの脱皮の時を迎えていた。

昭和三十五（一九六〇）年、時の池田内閣は国民所得倍増計画を発表した。それは向こう十年で、国民の所得を二倍にし、日本国民の暮らしを欧米諸国の豊かさに追いつかせようという国家目標であった。

このころ、桂二は小宮山雅夫と一級建築士の国家試験を受けている。この国家試験は数年前に始まり、一級建築士認定第一号は田中角栄だった。この試験を受けるにあたり、東京美

＊4　**垂木構造**＝一四〇頁を参照。

＊5　**小屋組み**＝屋根を形づくるための木組み。図はその一例。

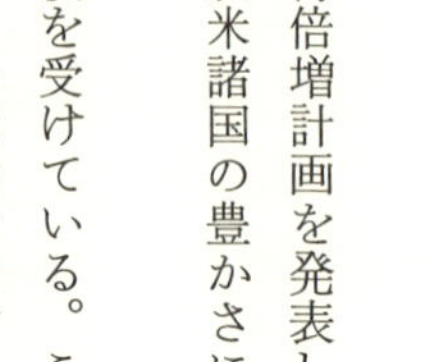

術学校の卒業証明書が必要だということが判明した。

「しまった。俺、美校の授業料を払わずに出ちまったから、卒業証明書もらえないぜ」

桂二は、学費未払いで卒業証書をもらっていなかった。

「どうしよう」そう思いながら、ともかく東京芸術大学の事務室に出向いて卒業証明書を申し込んでみた。桂二の卒業証明書は、すぐに発行された。「ああ、きっと俺の授業料……五十八さんが払ってくれたんだ」

桂二はなぜかそう思った。教授たちのなかでも裕福な吉田五十八教授は、黙ってそういうことをする。ありがたいことだった。

一級建築士の試験は一次が学科で、答えを選んでいく。試験勉強なんてする暇などなかったから、選択肢のなかから確かそうな答えをエイヤッと勘で選んだ。桂二も小宮山も運よく一次試験を通過した。二次試験は製図だった。与えられた課題の平面図と、立面図か透視図《パース》を一日かけて描きあげる。この日、桂二は、定規を使わず、すべてフリーハンドで図面を描きあげた。

「できました。帰っていいでしょうか？」

「えっ、もうできたんですか？」

試験官は目を丸くした。試験開始からまだ二時間ほどしかたっていなかったからだ。この年、桂二と小宮山はめでたくそろって合格した。桂二の一級建築士登録番号は二八三二四号である。

母の死

昭和三十九（一九六四）年十月十日の東京オリンピックに先だって、十月一日には東京――新大阪間を三時間十分で結ぶ、東海道新幹線が開業する。新幹線は、桂二にとってこの上なく好都合な足となった。これまで泊まりがけでなければ行けなかった出張を、日帰りで済ませることもできるようになった。

昭和四十一（一九六六）年七月、桂二は岐阜の養老にある「滝元」という旅館の、新築・改造工事の現場へ向かうために東京から新幹線に乗り、岐阜羽島へ向かっていた。「滝元」は、吉田歯科医院の歯科技工士、笠井さんの娘の嫁ぎ先だった。岐阜羽島の駅に下りた桂二は、迎えに来ていた「滝元」の主人から、母・文江の急逝を告げられた。

「お母さんが、今朝、亡くなられたそうです」

「え？　まさか……」

「早く、早く。この車で岐阜まで送りますから」

桂二には信じられなかった。死に至った原因は、喘息《ぜんそく》の発作だという。母の笑顔はもう見られない。「母さん……」眠っているような母の枕辺に桂二の涙が落ちてにじんだ。岐阜に仕事があるときは、母の喜ぶ顔を見に上竹町の家に立ち寄っていたのだが、こんなに早く母との別れが待っているとは……。

「桂。桂は外ではやんちゃで人気者なのに、家では何もしゃべらんの。けど、桂は、しんの強いやさしい子や」

いつも穏やかに微笑み、子供にはわからない心配や苦労は山ほどあっただろうに、それを口にすることもなく、やさしく静かな母だった。幼いころ、服や靴を破ると、母が丹念に繕ってくれたことが思いだされ、桂二の胸は悲しみの波に揺れた。桂二は母の形見に、母のたいせつにしていた黒い抹茶茶碗を持ち帰った。

東京での暮らしに戻ると、桂二には、母の死がまるで別の世界でのことのように思えた。人の生も、その喜びも悲しみも、瞬間の出来事でしかない。戦争中は、桂二自身とて、いかに死ぬかという目的に向かって生きていた。

「人間は、いつか死ぬ。死ぬからこそ、自分の生、いま目の前にあることに懸命に、真面目になれるのではないか」

母の死によって、桂二はそんな思いを深くした。

母の死後しばらくすると、父・弘之は親類の世話で、後添えを名古屋から迎えた。父の養母きみは、それを期に東京の桂二の家に移り、数年後に亡くなっている。

スーパーマーケットをつくる

連合設計社の仲間、吉田秀雄、小宮山雅夫、戎居研造のそれぞれの活躍や、立松が建築雑誌に桂二の作品や原稿を掲載してくれたこともあって、連合設計社への設計依頼もぼつぼつ増えてきた。事務所も軌道に乗り、所員を雇えるだけの余裕も出てきた。

「何だってやるさ。何だってやってみせる」

桂二は、仕事の依頼を受けて断ることなどなかった。果敢なチャレンジ精神は、どんな仕事でも楽しいものにしてしまう。そのなかにジンジャーエールの工場というものもあった。できあがったジンジャーエールの工場を見てその設計者である桂二を訪れたのは、私鉄沿線に店舗を広げつつあったOマーケットのオーナーだ。

「この店舗は、賃貸の五年契約にしますから、できるだけ建設コストを落としたいんです。できますか?」

「やってみましょう」

このオーナーはやり手だと思った。なぜなら、五年だけもつ建物であればいいというのだ。どうころんでも、このオーナーは損をしない。

「坪二十万円でやってくださったら……もっと安ければそれに越したことはないけど、安くできても設計料は坪二十万円分払いますよ」

桂二は、鉄骨構造の徹底した合理化を考えて設計した。柱を使わずにどれだけとばせるか、軽量化が勝負どころだ。それは、マーケット内の陳列ケースのスペースを最大限に取るための工夫だった。壁の内装はしなかった。品目ごとに色を変えた陳列ケースを並べることによって壁面を見せない工夫をし、ケースメーカーに作らせた。天井には、照明のあら隠しにネットを張った。その結果、買い物スペースの広がりとコストダウンが実現した。

昭和三十年代に桂二は、スーパーマーケットに関して、当時、誰も試みたことのない独自のノウハウを作りだしていた。開店後の評判もよく、スーパーの売上げも上々で、桂二に設計を頼んだオーナーが満足したのは言うまでもない。

ヨーロッパ見聞

昭和三十八（一九六三）年、三十三歳のころ、桂二は、かねてから行きたいと思っていたヨーロッパを一か月あまり旅してまわった。一ドル三百六十円の時代である。一日の食費を一ドルに決めて、桂二の初めてのヨーロッパの旅はロンドンから始まった。日本からの観光客などあまり見かけない。どこへ行くのもひとりだ。大英帝国の都ロンドンは、そびえ立つ重厚な建築物と歴史をもって、小柄な桂二を圧倒した。そこには、同じ地球上にありながら、日本とは別の世界の風景が広がっていた。

事務所の仕事を忘れ、日常のしがらみを離れ、好奇心の赴くままに歩きまわる。貧乏旅行は、学生時代から慣れたものであった。安宿に泊まり、ロンドンを見たあと、スペインへ飛ぶ。当時、日本ではまだあまり知られていなかったアントニオ・ガウディ[*6]の建築が、どうしても見たかったのだ。有名なサグラダ・ファミリア聖堂の塔に登った。桂二は、ガウディを生み育てたカタルーニャの空気を胸いっぱいに吸い、バルセロナの町にガウディの作品を見てまわった。グエル公園、カサ・ミラ、パラシオ・グエル、フィンカ・グエル。

「ああ、これがガウディか」

桂二は、その命の躍動する造形に息を呑んだ。

職人の子に生まれ、働きながら苦労して学び、建築家になったガウディ。そのスポンサー

＊6　**アントニオ・ガウディ**＝一八五二～一九二六。スペインのレウス生まれ。バルセロナ大学付属建築学校で学び、アール・ヌーヴォー運動の一派であるカタルーニャ「モダニズム」の最も有名な唱道者となった。サグラダ・ファミリア教会の建築に一八八四年から死にいたるまで従事した。

カサ・ミラ

（アントニオ・ガウディ 1906-1910）

Casa Milà, Barcelona [Photo by Keiji Yoshida/1967]

となったグエル。独創的で、奇異な雰囲気のガウディの作品は、カタルーニャの風土から生まれ出たように、見事に周囲の景観に溶け込んでいた。桂二がそれを実感したのは、めざすガウディの建築物をうっかり見過ごして、通り過ぎてしまったからである。

晩年のガウディは、「独創的であろうとして、脇道にそれてはならない。通常なされていることを観察し、それをよりよくしようと努力すればよい。……様式は各個人が内に持っており無意識のうちに自然と出てくる」と言った。その独創性を衆人に認められ、ある境地に達した芸術家だからこそ口にできる言葉だ。

若い無名の建築家が、まず求めてやまないのは、自分だけの独創性であり、自分の様式であることとは、彼が芸術を志す者であるかぎり、自然の欲求と言える。桂二もまた、その欲求を内に抱いて旅をしていた。

ヨーロッパの歴史は、闘争の歴史である。つねに強国が近隣の領土の侵略をくり返してきた。しかし、千年という長きにわたり、その領土を保ちえた帝国はない。王朝はたびたび倒され、革命でおびただしい血が流れた。それゆえ、戦闘に備えて、各地の街々は城郭の中に造られた。いまも石造りの中世の町並みそのままに暮らしている町もある。

桂二は、バルセロナから列車でマルセイユへ、マルセイユからバスを乗り継ぎ、コートダジュールへ向かい、さらにジェノバ、ミラノ、コモ、ルツェルン、チューリヒとまわり、北欧へ飛ぶ。ストックホルム、ヘルシンキを見てアムステルダムへ。アムステルダムからロッテルダムへ、列車に乗りブリュッセルに来て、パリで旅を終える。各地の歴史については、日本にいるあいだにあらかた勉強している。地図を持ち、あらかじめリストアップしてきた、これはという建築、美術館、博物館、町並みや民家を片端から訪ね、見て歩いた。

桂二が、公園のベンチでパンをかじっていると、「うちへいらっしゃい」と声をかけてくれた人もいる。もちろん、喜んでついて行く。桂二は、水が変わろうが、何を食べようが、まるっきり平気な胃袋の持ち主だから、見知らぬ食べ物がテーブルに並んでも、好奇心にまかせてその土地のものを食べ、涼しい顔で人なつこく笑う。

その一方で桂二の目は、壁にほどこされた彫刻さえも克明に記憶した。スケッチをすることで、さらに建物の細部、構造をつかむ。スケッチをしていると、かならず土地の人がのぞき込む。話しかけてきたりすると、桂二も知っているかぎりの英語やフランス語、イタリア語を駆使して、

「美しいこのお宅の内部を見せてほしいんです」

と言う。桂二の憎めない笑顔と度胸と愛嬌は、相手の警戒心や表情を溶かし、建物の内部に入れてもらえることもたびたびだった。案内された部屋では、驚くべき早さでスケッチし、家人と話しながら間取りを書き取り、写真を撮らせてもらう。旅が終わるころには、何冊かのスケッチブックと、何十本かのフィルムが、桂二の鞄の中に納まった。

ヨーロッパの石造りの組積造《そせきぞう》*7の家は、日本家屋の木造の軸組造《じくぐみぞう》*8とちがい、部屋の造りが閉鎖的である。日当たりをまず考える日本人とは、根本的に住まいに対する意識がちがうことを桂二は目の当たりにし、肌で感じたのだった。

*7 **組積造**＝石、煉瓦、木材などを横積みした建築の主構造。

*8 **軸組造**＝横架材（梁や桁）と柱で構成される立面の木組み。図はその一例。

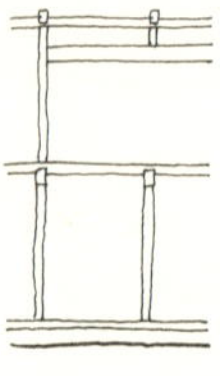

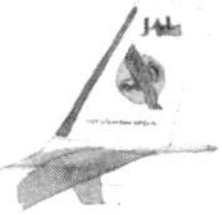

欧州探訪の旅

[Painted by Keiji Yoshida]

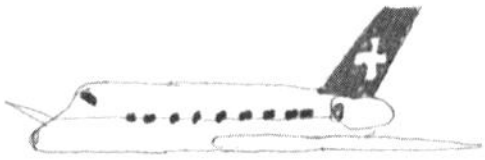

風土と薄皮《うすかわ》保存

もちろん、桂二が美術学校時代から二十年近く憧れていたル・コルビュジエの設計した建物も見てまわった。「人間と尺度」からコルビュジエ独自のモデュロールにより算出して建てられた、パリにある一九二三年のラ・ロッシュ邸から、一九二九年のサヴォア邸といった白い箱型の住宅。蟹をイメージし、赤、青、黄、緑の散乱光が暗い堂内に射す一九五五年の作品ロンシャン礼拝堂。マルセイユのユニテ・ダビタシオン。

日本で建築を学ぶ学生たちが、その写真集を開いては思いを馳《は》せてきたコルビュジエの白い殿堂は、壁面の塗装も汚れ、桂二の目には、薄汚い小さな無機質の箱にしか見えなかった。

「これが、コルビュジエ?」

桂二は、失望を覚えた。これが胸を高鳴らせてはるばる見にきた、あの大建築家の作品か。これが機能主義というものか。マルセイユのユニテなどは、その建物だけで一冊の写真集が出るほど、日本では建築関係者の関心を集めていた。しかし、実際にユニテの建物の中に入ってみると、薄暗く、小さな明かり取りの赤や黄、青といった窓ガラスを通して、奇異に感じる原色の光線が射し込む。

信奉してきた建築家の作品を、その風土の中の風景として実際に自分の目で確かめ、感じることの大切さを痛切に感じた。桂二は、自分の内に育てた虚像の正体見たり、といったおかしささえ覚えた。

しかしコルビュジエが、ヨーロッパの風土、自然、ジュラの森、伝統建築を純化させたエスプリ・ヌーボーの天才的建築家であることは、彼の思想をその著作に求め、作品の機能的な美しさを見れば理解はできる。

桂二が訪ねる二年ほど前、コルビュジエは水泳の最中に亡くなったが、彼は二十世紀の半ば、建築家としての円熟期にこう語っている。

「二十世紀の人類は思慮もなく途方もなく発展拡張したために滅びゆくしかないだろう……。明らかに問題はこうだ。複雑さをものともせず、単純に達すること、人生の破壊を貫いて失われた夢を見ること、若くとどまるのではなく、若くなっていくこと」（富永讓『ル・コルビュジェ　幾何学と人間の尺度』）

コルビュジエの作品にはやや落胆させられたが、桂二が北欧の町で見たフィンランド人建築家、アルベル・アルトー[*9]の作品はすばらしかった。アルベル・アルトーは一九三〇年代、地方主義がグロピウスによって説かれはじめると、北欧の伝統的情緒と地元の材料や手工業を生かした風土的色彩の濃い建築を生みだした。

桂二が道ゆく人に、アルベル・アルトーの名を告げ、建物の所在を英語で尋ねると、「こちらです」

と胸を張って案内してくれる。

「彼は国民的建築家なのだ」

桂二は、すぐれた建築作品がこのように人々に愛され、誇りとされていることに感動を覚えた。

＊9　アルベル・アルトー＝一八九八～一九七六。近代建築家の巨匠の一人、母国フィンランドにおける第一人者。スカンディナヴィア表現を使った新古典主義で出発したが、傑作ヴィープリの図書館、パイミオのサナトリウム、スニラの工場労働者住宅で国際近代様式に転じた。フィンランドの木材を広く用い、曲げ板による家具もつくる。パリ万博フィンランド館やノールマルックマイレア邸にも木材が顕著に使われた。戦後は、うねる壁面と片流れの屋根による力強い表現、レンガと木材のまったく独自の使い方による表現を展開。マサチューセッツ工科大学宿舎ホール、セイナヨキの市民ホール、ヘルシンキ文化ホールなど。

ヘルシンキ文化ホール

(アルベル・アルトー)

Culture Hall in Helsinki [Photo by Keiji Yoshida/1967]

しかし、ヨーロッパの国々のゴシック建築や石造りの中世の町並みは、やはり圧倒的にすばらしかった。どこの町を訪れても、その町に堆積した歴史があり、石造りやレンガ造りの家と町に住んでいること、住みつづけていくことは、人々が食事をするようにあたりまえのことなのだ。桂二は、ゲーテが自伝『詩と真実』に書いていることを思いだす。ゲーテの少年時代、父親が家の内装工事を発注して、その工事の進む様を回想する場面があるのだ。外観はけっして変えないが、内部は新しくする。外観に手を加えないのは、それが地域や町全体の共有財産であるからだ。桂二は、この地での町並み保存を饅頭《まんじゅう》に見立て「薄皮《うすかわ》保存」と呼ぶことにした。

桂二は、ヨーロッパ人の住まいや町並みを通して、ヨーロッパを理解した。その視座から今度は日本を考えはじめる。そして、建物が風土の産物であることを実感したのである。天候、気温、湿度、地勢、風土の違いは人の暮らしにあらわれる。家造りの素材が違えば、構造も形も違う。石やレンガではなく、木で造られる日本の家屋は、湿度の高い気候のなかで、朽ちて廃墟になるか、建て替えをくり返さなければならなかった。それでも日本の森林資源は、ヨーロッパにくらべればはるかに豊富であることも確かなのだ。

「風土というのは、特定の広がりをもった土地の自然的状況のみで語れるものじゃない。太古以来の人間の営みや行為のさまざまを濃厚に含んでいて、歴史的経過が堆積したものだ。だから風土は、その土地のアイデンティティ（存在証明）とも言うべきものだ。だから、風土はつくろうとして造られるものではなく、失えば二度とかえらない、かけがえのない大切なものなのだ」

桂二の風土についての思索は、結論に至った。

ところが、日本はどうだろう。記録に残るだけでも、千五百年以上連綿と続く国家の歴史をもちながら、海の向こうから渡来したものこそよいものだ、とする傾向がある。明治以来の西洋礼讃もさりながら、終戦後は、アメリカ占領下にあってアメリカ文化が怒濤のように押し寄せ、素直な日本人は、あっさりその文化に浸りきってしまった。アメリカの真似をすること、アメリカの繁栄に追いつくことが日本人の価値観を支配した。

敗戦によって、日本人はアイデンティティそのものを喪失した。風土、文化、国民性すべてを、自虐的と言えるほど否定してしまった。否定させられた、というべきかもしれない。新しくアメリカから入ってくるものに憧れ、飛びつき「ああいいものを手に入れた」と喜んでいた。自分の存在、居場所が、いかなる歴史の果てにあるかを忘れた。それゆえに、ほとんどおめでたいとしか言いようのないほど、異文化の流入を警戒も節操もなく受け入れ、古いものを切り捨て、脈々と培われてきた美的感覚は混乱した。建築についても同じことだ。高度経済成長に突っ走る日本で、いま何が起こっているかを考えたとき、桂二は愕然とした。

タウトは『建築とは何か』という論文で、言っていたではないか。桂二の頭に、その一節が蘇った。

「東西の二大文化領域は、いずれも自分の領域を徹底して掘り下げていないからこそ、そこに幾多の矛盾や相反が生じるのである。若い人たちは、まず日本固有の文化を確実に把握し、そこから出発して冷静にまた友誼的に西洋の文化を理解すべきである。日本は、建築をこの国特有の風土から発展させないかぎり、独自の日本建築を創造することはできない。日本の建築家たちは、外国の優れた部分を吸収し同化したうえで、異国風なものに対する異常な興味をすべて捨て去らねばならない。日本で役立たせ得るかぎりにおいてのみこれを利用するという冷静な態度で、外来の文化に批判的に対しなければならない。そうすることによってのみ、現代的であると同時に日本的であり、それ以外のなにものでもないような建築が生まれるのである」（篠田英雄訳）

桂二の学生時代、京の老僧も言った。

「タウト先生は、物事の真実がよおく見えるお人やった。……新しいものは、伝統を通り抜けて生まれるもんや。根も幹もない木に花は咲きまへん」

桂二は、タウトと和尚の言葉の意味が、初めてわかったような気がした。外国に来て急に里心が起こり、日本が愛《いと》しく思えることはよくあることだ。それは、外国に出た者がたいてい味わう、日本再発見的慕情ともいえる。しかし、味わいはするものの、その刹那の感情の揺れに終わるのが人の常であるが、桂二の場合はどうなるのか。

高度経済成長を成し遂げた日本は、先進国の仲間に入り、アメリカ型の消費文化大国になりつつあった。昭和四十三（一九六八）年には、ＧＮＰ（国民総生産）世界第二位にのし上がった日本であった。

しかし、その陰で深刻な公害、環境破壊、都市と地方の生活格差、過疎、農業従事者の激減、交通事故の爆発的増加、都市部の住宅不足などの問題をかかえていたのである。

第六章——大平宿との出会い

保存と創造の現場

日本民家探訪

日本に帰ってみれば、住宅メーカー各社は、競ってプレハブ洋風住宅を消費者に売りさばき、日本の町は色も形も多様な住宅や、思い思いのビルが立ち並んでいる。ヨーロッパの端整な町並みからすると、「これは何だ。これが日本か」と思わず言いたくなってしまう桂二である。

とはいうものの、ヨーロッパから日本に帰った桂二の主な仕事は、大手K銀行が設立したハウジングセンターに依頼してくる木造住宅の設計であった。設計から工事まで、システム化した内容と過程を用意し簡略化された設計方式の注文住宅として桂二が案出したものだ。一九六〇年代の終わりから七〇年代にかけて、その仕事に忙殺された。

その仕事の合間をぬって、桂二は、日本国内の各地に残る古い民家や建築を見る旅に出歩くようになった。

「民家を見て歩くなら、まず、ていじさんの話を聞いて行きな」

建築関係の編集者として活躍し顔の広い立松久昌は、そう桂二に助言した。伊藤ていじ[*1]は、建築史の専門家で、民家研究でも第一人者と言われた学者だった。

「ていじさん、この男が先日ちょっと話した私のダチ……いや、友人の吉田桂二です」

「吉田さんですか。伊藤です」

伊藤ていじは、気むずかしい学者ではなく、温厚で謙虚な人だった。桂二らが、東北の民

＊1　伊藤ていじ＝一九二二〜。岐阜県生まれ。東大建築学科卒。ワシントン大学客員教授を経て、工学院大学教授。民家、都市史、デザイン史と幅広い研究をなし、評論家としても民家論、伝統論、文明論に健筆をふるう。

家を見てまわりたいという話をすると、

「吉田さん、民家ってのはね。その地方の身分証明書のようなものです。風土、歴史、暮らしぶりの証《あかし》、生き証人ですからね」

伊藤ていじの穏やかな語り口に、桂二は身を乗りだして聞き入った。

「東北地方に行かれるのでしたら、津軽の弘前の近くに黒石というところがあります。この町には見事な『こみせ』が見られまして……」

「こみせ？」

「越後で『がんぎ』[*2]と呼ばれているものです」

桂二らはなるほどと納得する。

「黒石には明治の西洋建築もわりによく残っていますが、尾上町の盛美館には、ぜひ寄られるといいです。清藤さんという方の家でね、なかなかおもしろい建物です。それからね、吉田さん。人の家を見せてもらったら、かならず礼状を書いてね。筆で……」

伊藤は、いつも桂二らの質問に丁寧に答えてくれた。桂二は伊藤ていじの教えどおり、あちらこちらで民家を見せてもらって東京へ帰ると、時を移さず筆で礼状を書くのだった。

伊藤ていじには多くの優れた著作がある。一九五九年には写真家・二川幸夫との共著『日本の民家』で毎日出版文化賞を、一九六一年には日本建築学会賞を受賞している。

仕事の休みに、北へ南へと民家を訪ね歩く吉田を、おかしなやつだと思うのか、建築仲間が尋ねる。

「どうして、民家が好きなんですか？」

＊2　がんぎ＝雁木。多雪地で道路に積雪しても通行可能とする屋根のある通路。越後の呼称。津軽では「こみせ」という。アーケード。

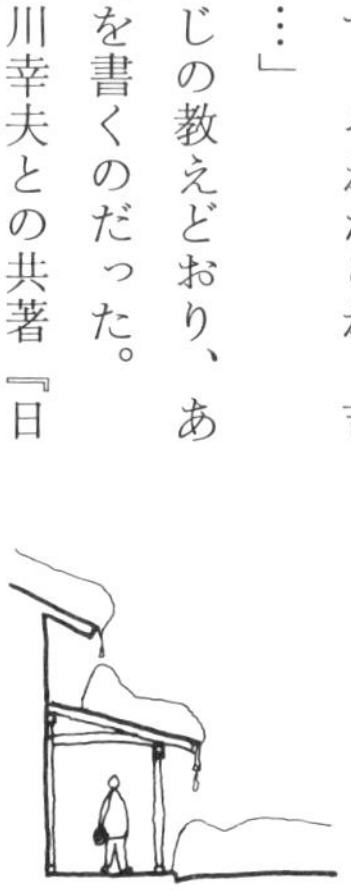

「んー、どうしてって……木造の家を設計してるとさ、民家がご先祖様のように思えるからかな。ともかく旅が好きってこともあるなあ」

桂二はこれという理由を思いつかなかった。それは「どうして彼女が好きなんですか？」と尋ねられてとまどうのと同質のことなのだ。

「惚れちまったものに、理屈もへったくれもねえぜ。ともかく会いたいんだ」というのが本音というべきか……。桂二は、このころの民家への思いをのちに『家づくりから町づくりへ――吉田桂二の仕事』（建築資料研究社）という作品集にこう記している。

「風土と化した民家の姿は、それが見事な姿であるよりも、崩れんばかりで生き続けている姿の方が、なお、感動的なまでの愛しさを感じる。……高度経済成長期だったその頃の、自然と歴史環境の破壊は凄まじかった。日毎に消えてゆく民家を追い求めて、駆け歩く旅を繰り返していた」

失われてゆく家への愛情をこめて、桂二は幾百枚のスケッチを描いたことだろう。古い民家が次々に姿を消してゆくのは、桂二にとってやるせないことであった。けれども、旅人として眺め惜しむことしかできず、それらを残し保存してゆくなどということは、桂二の力の及ばぬことなのだ。ただ、毀《こぼ》たれてゆく民家を見つめる桂二の胸の底で、ちりちりと線香花火のようなものが燃えては消えた。

スケッチはもとより、文章を書くことも嫌いではない桂二は、建築雑誌などの原稿を頼まれることが多くなった。すべてに几帳面な桂二は、原稿の締切りをきっちり守る。移動中の新幹線や飛行機の中で構成をメモしたり、原稿を書いたりすることもあるが、たいていは昼

民家探訪の旅

Hida-Takayama [Painted by Keiji Yoshida]

間、事務所で仕事をし、夜、自宅で原稿を書いていた。

「やるべきことはいっぱいあるんだから、段取りよくやらないとね」忙しい男は自然に、時間術の達人になるのだろうか。桂二の一日は朝昼夜と軽快に刻まれてゆく。

「こんなにあちこち飛びまわって忙しいのに、いつ絵を描いたり原稿を書いたりされるのですか？」

と尋ねる人がいると、

「なあに、ちょろちょろっとね。原稿書きは鬱憤《うっぷん》ばらしみたいなもんよ。仕事のストレス？感じないね。ぱっとやってみて、だめならだめでいいの。後悔とか反省とかしねえんだ。くよくよしたって何も生まれないよ」

桂二の初めての単行本『間取りのひけつ』は、一九七〇年に実業之日本社から刊行された。この年、桂二は四十歳。小学生のころ、父親に頼まれて防空対策に町内の見取図を描いた日から三十年近い月日が流れていた。

桂二はその後、一年に一、二冊程度のペースで執筆を続けている。

日本列島のあちらこちらへ旅をして見てまわった民家は、何百にのぼるだろう。K社のハウジング誌「家づくり」に、八年にわたって連載された桂二の民家探訪記は、『なつかしい町並みの旅』というタイトルですずさわ書店から出版された。

「旅の楽しさは、見知らぬ土地を訪ねて自分なりの発見をすることだと思う。紹介記事やガイドブックの写真の内容を確認しに行くのではなく、見つけ出すことが楽しさだ。……旅の用意はまず地図であるが、何よりも重要な用意はその土地の歴史を知っておくことだ。

……歴史を知って地図を眺めてみると眺め方も違ったものになってくる」（『なつかしい町並みの旅』前書きより）

この本はのちに新潮文庫となったおり、解説が立松久昌の手で書かれた。

「町や土地の歴史、民家や町並みの固有の形成原理について、吉田さんは、気張らず淡々と解説してみせる。土地には土地の歴史があり、町や村に住む人々の哀歓にみちた生活の痕跡がある。吉田さんの旅とは、その生活の源にふれ、そのありようを感得することなのだろう。建築家吉田桂二を語るとき、旅をとおして彼が求めつづけている生活者としての確かな目を思わないわけにはゆかない」

桂二は、立松の書いてくれた解説を、とてもうれしく読んだ。ふだん語らない心の内が、行間に温かくあふれていたからだ。

桂二は、請われて日本大学建築科の講師を引き受け、学生に講義をするようになった。建築を学ぶ若い学生たちと接する時間も、桂二にとってはなかなか楽しい時間だった。

信州伊那谷・大平宿へ

建築を設計する仕事のかたわらの旅とはいえ、桂二の民家や町並みを見て歩く旅は、ただ「好きだから」とか「趣味で」といった言葉で説明のつくものではないような気がする。惚れた女への激しい恋慕のごとく桂二の胸を占め、彼を旅へと駆りたてたものは何だったのか。それをさせたのは、桂二の少年時代に見た、生まれ育った町の、意識外の美の記憶であったかもしれないし、研ぎ澄まされた芸術家の感性と、持って生まれたやさしさのせいだったかもしれない。設計の仕事と旅はいつしか桂二にとって、生きてゆくことと不即不離のものになっていた。

仕事をすることによって出会う人がいる。出会った人と仕事によって、さらにさまざまな縁がもたらされる。予想だにしない縁の広がりは、人生に喜びと豊かさをもたらしてくれる。

「おれ、自分の友だちには自信あるの」

そう言う桂二は、連合設計社の仲間、雑誌の編集者・建築家、大工や職人、造園家とさまざまな友人に恵まれている。縁が縁を呼ぶ。出会った人間どうしが、互いの人柄に惚れて広がる縁は温かい人生模様を描きだす。

桂二は、旅先から立松に宛てた手紙に書いている。

「不思議なことというか、また当然というか、ごくわずかな時間、多くの人にいつも初対面で会うだけで、特別な時間を共有したわけでもないのに、心を通わすことのできる人があらわれることを、ぼくは自分の生き甲斐、支えにしています」

吉田とルポライター本多勝一との出会いも、そのひとつと言えるだろう。桂二と本多が初めて出会ったのは、本多の親類の家を桂二が手がけたおりである。新築祝いの席で、話が弾んだ。本多は、長野の伊那谷の出身で、京都大学から朝日新聞社へ入り、のちに北海道のアイヌや中国、東南アジア、アメリカと次々に新鮮な切り口のルポを発表する。本多勝一は話題が実に豊富だった。その本多が桂二に言った。

「今度、信州のほうに仕事場を持ちたいと思うのですが、設計をお願いできますか?」

「ああ、いいですよ」

桂二が快諾したのは言うまでもない。本多は、故郷脱皮を過去に経験した人間だ。田舎というところは、地域に堆積した人間関係の歴史を引きずりながら時が過ぎてゆくところだ。ことに、都会へ出て成功した者への、羨望と嫉妬の裏返しの、悪意を含んだうわさ話の材料はいくらでもある。そんな故郷は、居心地のいいところとは言いがたいけれども、生まれ育った場所への慕情は別である。本多が望んでいたのは、故郷の人々のなかへ戻るのではなく、故郷の大自然のなかへ回帰して、著作に没頭する仕事場であった。

ほどなく桂二は、本多の運転するジープで、飯田へ向かう旅に出た。昭和五十一（一九七六）年、伊那谷には早秋の気配が漂っていた。飯田市の手前から少し山に入った尾根に、本多が仕事場を建てようという土地はあった。草が茂っていたが、草を踏み分けて歩きながら、桂二は以前、家があったらしい痕跡を見出だした。桂二は本多に向かって言った。

「ここの風景のなかに、前からあったような家にしませんか？」

「いいですね」

「こういうふうにね……」

桂二がその場で山荘の絵を描きはじめると、本多がのぞきこみ、感嘆の声をあげた。

「うまいですねえ、吉田さん。いつか僕は『伊那谷の民話』という本を書いてみたいと思っているんですが、そのときは挿絵をお願いしたいなあ。どうです？」

本多は生まれ故郷にほど近いこの自然のなかに、桂二が設計してくれるであろう、ささやかな居心地のいい自分の住家《すみか》への期待をふくらませていたが、そのときふと、放逐された木造の古い集落のたたずまいを思いだした。

「吉田さん、飯田市内から一時間ばかり走って、中山道《なかせんどう》の妻籠《つまご》に抜ける古い街道に、峠と峠に挟まれた大平《おおだいら》という小さな集落の廃村がありましてね」

「ほう」

「去年出たぼくの本に『そして我が祖国・日本』というのがあるのですが、その冒頭に書いた村なんです。江戸時代には、脇街道としてそれなりににぎわっていたんですがね。戦後は林業や炭焼きなんかで生活をしていました。石油が使われるようになると炭は値が下がり、量産するためにチェーンソーが使われて山は丸裸になった。離村当時はあと一年分の木しか残っていなかったといいます。いろいろもめましたが、一九七〇年に、村人が集団で離村したんです。もちろん、村人のみんながみんな、そうしたかったわけじゃない」

「そうせざるを得なかった。そうさせられた……というわけですか。殺された村というわけですね」

桂二は、本多の言葉を継いだ。

「そうです。一時は名古屋の観光会社が別荘地として、坪あたり一万五千円で売り出そうとしたんですが、その会社がオイルショックで倒産したんですね。これはよかったというべきかもしれない。観光化とは、田舎に住む人々にとって、地域活性にはいちばん身近な手段なのですが、いわば身売りで、へたすると村はそこに生活してきた村人のものでなくなってしまう。極端な言葉で言えば、村人は生きながらそれまでの生活を破壊され、生きているけど殺された状態になりかねない」

桂二は、そのとおりだと黙ってうなずいた。

「大平には、まだ三十戸ほどの建物が残っているんです。どうです。もしご覧になりたければ、これからご案内しましょう」

「それはぜひ、拝見したいですね」

桂二は、本多の語る大平宿に興味を惹かれた。おそらくは、江戸時代のおもかげを残した建物もあるにちがいない。願ってもない本多の申し出だった。

飯田から大平まで、十一月末になると降雪で不通になるという山道を登っていく。途中、道が崩れていて、旧道へとまわり道を余儀なくされた。行き交う車一台とてない寂しい山の一本道。

一時間ほど走っただろうか。

「着きましたよ」

本多の言葉を待つまでもなく、集落は桂二の視界に入っていた。

「ここの集落は、旅人の休憩する茶屋と、山に入って仕事をする杣《そま》や木挽《こび》きとの兼業が江戸時代から続いていたんですがね」

エンジンが止まり、本多の声がとぎれると、あたりはひっそりと静まりかえる。しかし、まったくの無音ではなく、木立ちの奥からときおり鳥の声がするし、せせらぎの音も聞こえてくる。現在、集落は二十七戸。昭和四十五（一九七〇）年春、村民離村前の大火で十棟ばかり焼失したという。その半年後の十一月三十日、雪の降りしきるなかで離村式が行われ、無言のまま村人たちは山を下りていった。桂二の胸に、村人と打ち捨てられた住家の痛みがよぎる。

旧道から入って集落最初の家は八丁屋、二、三軒おいて大蔵屋とそれぞれ屋号を持っているというが……。割れた窓ガラス、破れた屋根。家々は黙して、朽ちゆくにまかせている。人の住まぬ里になったあと、幾度かの豪雪を耐え抜いた痛々しいありさまであった。すでに倒壊しかかっている建物もあるが、板葺き屋根に石を置いて押さえてある緩い勾配の屋根屋根は悲しいほどに美しく、桂二の目をとらえて離さなかった。屋根の棟には、最後の誇りのような棟板のスズメオドリ[*3]。

「どうもこれがこの集落ではいちばん古い造りだな。十九世紀初頭、江戸時代後期のものだろう」

桂二は、往時のにぎやかな大平宿に思いを馳せた。行き交う人々、茶屋から呼びかけるおかみさんたちの声、囲炉裏のまわりで体を休め、憩う旅人たち。

「この家々をなんとかしたい」

無人の大平宿の無人の街道に佇《たたず》みながら、桂二は、体をめぐる血が熱くなっているのを感じた。

本多が教えてくれたのは、この大平宿を残していこうとボランティアでがんばっている人たちの存在だ。彼らは飯田市の水源でもあるこの大平を、かつての生活の原体験の場、囲炉裏の里として市民に利用を勧めるために、屋根を補修し、ここまでたどり着くのも命がけという雪のなか、雪下ろしにやってきているという。

桂二は「その運動に加わりたい。いまなら、この集落を救えるかもしれない」という強い

*3　スズメオドリ＝板葺きの屋根の妻側の頂点に取り付ける飾り板。

思いにかられた。桂二は本多の紹介で、その日の夕方「大平宿をのこす会」の事務局をつとめる、登山用品店「アルスポーツ」の主人・羽場崎《はばさき》清人や勝野順らに会った。その翌日、東京へ向かうバスの車中で、桂二は次なる作戦を考えていた。「大平の集落の保存を、世の中や行政にアピールしていくためには、まず学術的な調査報告が必要だ」

民家生存の行方《ゆくえ》

桂二は翌年（昭和五十二年）、五月から七月にかけて日本大学の民家研究会の学生たちを連れてたびたび大平を訪れ、地元の「大平宿をのこす会」の羽場崎たちの協力も得て、建物の実測や現状などの調査を行った。

「大平宿とのかかわりは、まず調査に始まり、この集落の保存価値を多くの人に知ってもらうための活動へと連動した。市民が手弁当で取り組む保存だったから、それへの協力も当然ながら手弁当。しかしこうした市民による自主的な保存運動は高い評価を受けた。当時、全国的な規模に結集しつつあった『全国町並み保存連盟』への『大平宿をのこす会』の加盟は一九七九年、この運動を支援するために東京を中心に組織した『大平宿を語る会』の加盟はその二年後のことになる」（『家づくりから町づくりへ』）

実際には、わずか数行におさめられるような桂二の活動ではなかった。東京から信州の飯田まで、学生の車で十時間あまりかけて行くか、中央線で岡谷か辰野まで行き、辰野から三十四駅行けば飯田。飯田から大平まで車で小一時間。そのはるかな道程を、いったい桂二は何十回往復したことだろう。夏休みには、学生たちと集中的に合宿したが、ふだんは、土日を利用して二泊三日の予定で通いつめた。

立松は「吉田の大平狂い」と言って笑ったが、桂二の大平への思いを誰よりも親身に支えたのは、立松の友情だった。東京で桂二の大平宿保存運動を支援するために「大平宿を語る会」を発足させたときも、立松は大いに力になってくれた。大平宿を語る会の会員登録手形の一号は吉田桂二、二号は立松久昌である。

しかも桂二は地元の出身でもなければ、住民でもない。そんな土地で市民運動に参加したところで、何の得にもならない。それなのに、なぜそこまで桂二が大平宿の保存に夢中になったのだろう。それは、高度経済成長期に消えていった、数知れぬ民家の弔い合戦だったのか。それとも、空襲で一夜にして消えた、故郷の上竹町の町並みの原風景の記憶と共鳴するものがあったのか、桂二自身にもわかってはいない。ただ桂二にわかっていたことは、「自分がやらなければ、確実に大平宿は消えゆく」ということと、「いまなら救える」ということだけであった。

桂二は「おしかけ保存」となかば照れながら、市民運動に参加した。

「よそ者の風来坊が、物好きにやってきて……」

「あれでも、大学の先生なんやと」

「行政に金ねえのに、また、よけいもんがいらんこと言いだして……」

「まあた、市役所に来とるで、かなんなあ（かなわんな）」

「大平宿いうが、どうせ、ぼろ屋ばっかずら。ほっとけえな」

桂二が飯田市役所を訪れるたびに、聞こえよがしに言う者がいた。

しかし、桂二は何を言われても平然としていた。人は、もともと自分勝手な生き物なのだ。しかし、人は風土の自然のなかに生かされている生き物だ。それを忘れ、風土を破壊して、拝金主義の文明生活に浸りきった人間が自分勝手を重ねていくと、どうなるのだろう。名も残らぬ民の父祖の歴史や暮らしが営まれた民家にだって生きてゆく権利はあるのではないか。大平の民家は、人や時勢に捨てられても、まだ死んではいない。まだ死んではいないから、いまなら間に合う。このときの桂二には、「町並みを保存するんだ」という意識は皆無で、ただただ大平の家を救いたいと一心に思い、行動していたにすぎない。

とはいえ市民レベルの活動には限界がある。ここはなんとしても行政を動かさなければ、と飯田市役所に通う桂二であった。

「市長さんに会わせてください」

と行くたびに頼んだが、会ってくれるのはいつも助役だった。

小さなグループが環境保護、景観保存を唱えてみても、お役所は忙しくて、なかなか親身に耳を傾けてくれない。ましてや、さしあたって大平宿がどうなろうと、市民生活になんの支障もきたさないし、住民のいない集落の保存などにかまっていたらたいへんだ。一票にもならぬどころか、かえって市民の反感を買うかもしれない。桂二たちの存在は、おそらく役所にとってはいい迷惑だっただろう。しかし、桂二は引き下がらなかった。

国は昭和五十（一九七五）年に歴史的な町並みや建物に文化財的な価値を認め、それを柔軟に保存してゆくことを制度化することにようやく腰を上げ、伝統的建造物群保存地区（伝建地区）制度を定めた。しかし、伝建地区選定には、何年もの時間がかかる。

「民家は、その土地の身分証明書ですよ」

と教えてくれた伊藤ていじは、昭和五十四（一九七九）年十月、桂二の案内で飯田市役所と大平を訪れたとき、定住権という言葉を持ちだした。

「昨今、人口の流出を考慮した定住権構想ということが論議されていますが、飯田市はどのような見解をお持ちですか？」

伊藤ていじは、市役所の役人に尋ねたが、役人は定住権という言葉に面くらい、答えが出ない。話にならないなとあきらめた伊藤は、

「吉田さん。まず大平宿の家を一軒、自分たちのものにすれば定住権が生ずる。それならば、いますぐにでも修復して保存することが可能ですよ」

「そうだ。それならやれないことはありません」

桂二はさっそく賛同してくれる有志に、このことを訴えた。立松や本多も協力してくれた。六百万円ほど集まっただろうか。その六分の一は桂二自身の身銭であった。

また、ナショナルトラストが大平宿保存調査に乗りだし、桂二たちの奔走で、大平宿のなかほどにある満寿屋《ますや》が共同出資者の所有する建物となった。大平はナショナルトラストの調査の対象となったが、桂二たちによってすでに調査されており、調査報告書に新たな資料は必要なかった。桂二が渇望した大平宿を保存する第一歩が踏みだされたのである。

改修なった満寿屋に集う保存活動家

[Painted by Keiji Yoshida]

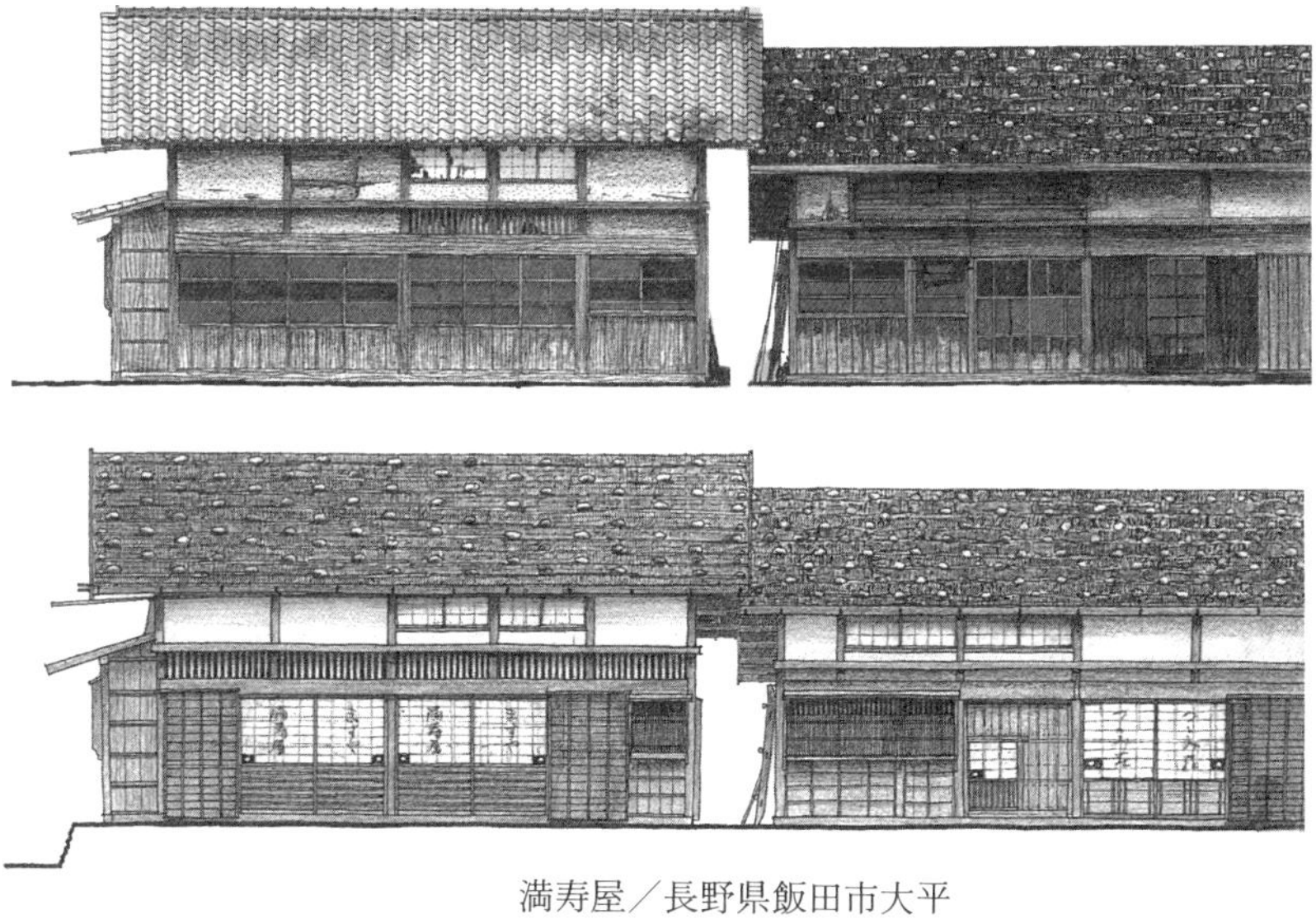

満寿屋／長野県飯田市大平

Masuya [Painted by Keiji Yoshida/1983]

上：改修前　下：改修後

凍結的保存の打破

いよいよ保存改修に着手することになり、桂二は、実測をもとにあっという間に満寿屋の図面を仕上げ、改修工事ではみずから屋根に登り、作業にあたった。使えるわずかな予算では、完全な板葺きにはできないので、下にまず波型の鉄板を敷いて表面に一枚だけ割板を置き、石をのせることにした。新材と古材が入りまじるので、全体の色をそろえるために、赤色顔料のベンガラと松煙《しょうえん》を柿渋《かきしぶ》で溶いて塗っていった。

桂二を慕い、手弁当で東京や各地から大平での修復に参加してくれる若い連中も集まってきた。

寺社や塔、桂離宮といった文化財級の建造物は、忠実な修復や復元を求められ、凍結的保存となる。人々はそれを見て歴史をしのぶにとどまり、そこで生活することはない。桂二は大平宿を、見せ物の町並みにしようとは考えていなかった。町並みは、でき得るかぎり、人の生活の場でありつづけることによって保たれることが自然で好ましい。しかし、現代人の生活からかけ離れた不便さは人を遠ざけるものでしかない。大平宿をどのように保存してゆくのかと、桂二らは囲炉裏を囲み、夜が更けるまで、酒を酌み交わし仲間たちと語り合った。

桂二たちは一生懸命なのだが、大平宿を保存する運動にかかわって何の利益を得るわけでもない。自分たちの能力と労働と時間を差しだして分かち合えるのは、伝統的木造家屋にじかに触れる学びと、ともに流す汗だけだった。けれど、桂二も参加者もそれで十分に満足だった。

「大平で民家の保存に取り組み始めた当初の頃は、自分が日常的に行っている設計活動とそれがどうつながるのかについての認識がまだ薄かった。……

民家の保存は、その民家に具現している歴史性を明確化して整備し、残してゆこうとするのだが、一方、日常的な設計活動は新しくものをつくってゆくのだから、これは、創造ということができる。……

町並みのように日常的な生活の場であれば、凍結的保存はできるわけがなく、動態保存と呼ばれる創造的要素の濃厚なものにならざるを得ない。

保存するのは歴史性だから、それは形なのであって、必ずしも残された物に拘泥することでもない。それなら全くの新築の場合にも、それを意識するしないにかかわらず保存の要素は存在することになる。

してみると、保存と創造という相反するように考えられている二つの要素は、実はゆるやかに連続しているのだといわなくてはならない。だから、これをつなぐのが自分にとっての設計活動なのだ、ということに気付いた」（『家づくりから町づくりへ』）

桂二は大平宿にかかわっているうちに、自分の求めているものの形をはっきりと意識した。自分の仕事の形、自分という人間の生き方を大平宿との出会いで自覚した。

「おれのしたいことをして、おれの作りたいものを作って生きていければいいさ。おれは金も地位も名誉なんてものとも無縁だね。なんとか食うには困らないからな」

民家を訪ね歩き、間取りを書き取り、スケッチをするようになってから十数年を経て、桂二の頭には、風土の存在証明（アイデンティティ）と言われる日本の民家の情報がおびただしく蓄えられていた。

「日本の現代建築家たちが新しい材料へ、また新しい形態へ移行しなければならないとすれば、それはまず、古い形態を現代語に翻訳する必要がある。そうすることによってのみ形態のすぐれた原則を見出だすことができるのである。しかし、彼らがこれを見出だすか否かは、彼自身の思索の深さにかかっている」（ブルーノ・タウト『建築とは何か』篠田英雄訳）

　一九三六年に記されたタウトの言葉が、四十年の時を経て、大平宿との出会いに遭遇した桂二の仕事で具現されようとしていた。

　桂二は行動しながら思索する。旅の途中、車窓の景色を眺めながら、居眠りしながら、人人との語らいの刹那刹那、ふっと小さな気づきが桂二の心に浮かびあがる。他の人間が日常の雑事に追われての気ぜわしさのなかで見逃してしまうことも、不思議に、つねに穏やかに凪《な》いだ桂二の心の鏡面は見逃さなかった。

　昭和五十四年一月、朝日新聞の月曜ルポに木原啓吉が一頁全面を使い「市民が守る宿場跡、身銭切って修理・管理」と題して、大平宿を日本全国に紹介し、桂二たちの運動に大きな力を与えてくれた。

　満寿屋竣工の日、建物を見た瞬間、以前のその哀れな姿を知る人々は、涙さえ浮かべてつぶやいた。

「あのボロ屋がこんなになるなんて、嘘ずら……奇跡や」

「大平宿を語る会」会員登録手形二号の立松久昌は、その後の大平宿をこのように語る。

「吉田さんは『大平をのこす会』の人と連動して、飯田市を動かし、ついに一九八四年に市の同調を得て『第七回全国町並みゼミ』の大平での開催にこぎつけてしまうのである。ゼミの会場になったこの廃村、大平宿に、全国から三百人を越す町並み狂いが集った。数年前には考えられないことである。二号の私も、一号のお供をして参加した。昼間の行事を終えて、夜は満天に星をいただく大平宿で懇親会が開かれた。同席した都市計画家の林泰義さんの言葉を借りれば、『町づくり運動のポテンシャルは汲み交わした酒の量に比例する』という。ご多分にもれずこの町並みゼミでも、北は北海道から南は沖縄まで、馳せ参じた会員が各地の地酒を抱えてやってきた。例えば、酒蔵の存続を願う伏見は、美形のお姉さんがたがお酒を振る舞って他を圧倒した。中でも『桃の滴』とかいう幻の銘酒は忘れられない」（『なつかしい町並みの旅』新潮文庫）

全国町並みゼミでは、改修の完成した満寿屋や大平宿の集落全体が会場になった。満寿屋の囲炉裏には、大平名物のじゃが芋で作るシューシュー芋の大鍋がうまそうな湯気をたてていた。立松の言葉から、大平宿会員登録手形一号と二号が、この夜、いかに美味い酒を酌み交わしたか、知れようというものである。

桂二が草案を起稿した「大平憲章」の第三項（保存再生の道）を読んでみよう。

「自然保護と歴史環境保全を保存のふたつの柱とし、誰もが自然の中で古民家に生活して生活の原体験に学び、歴史的遺産にふれて考え、登山やスキーなどスポーツを楽しむという、教育・観光・スポーツをむすぶレクリエーション地域として、その再生を位置づける。大平におけるすべての行為は、これと矛盾するものであってはならない」

桂二は憲章のなかで、修理、改造、新築にあたり、歴史的形態の尊重、伝統的建材の使用、景観を乱さない色彩の指定をしている。歴史的形態の尊重はうたっているけれども、復元厳守とはしていない。実際の改修にあたって桂二は、厳しい予算のなか、建物の耐久性優先の合理的な工夫をあの手この手で使ったことを、立松に楽しげに語る。

遊びをせんとや生まれけむ　たはぶれせむとや生まれけむ
下天は夢か……ただ狂え

源平騒乱の時代、後白河上皇が編んだという『粱塵秘抄《りょうじんひしょう》』を、立松は盃を手にしては愛唱する。人の世にある男の生が何かに惚れて狂うとき、それは金であったり、女であったり、仕事や趣味であったりするわけだが、何に狂うかで、その人物の人生の壮大な図柄が決まる、そうしたものだと立松は思っていた。何かに狂う……それは人生のある瞬間において「何のために生きるのか？」ということの答えでもある。立松は、桂二の織る図柄がどういうものか見当もつかない。しかし、桂二に対して、「おれは、この男のためなら狂ってみてもいい」と思える立松だった。立松は、編集長をつとめる「住宅建築」の誌面に、吉田桂二の仕事をたびたびとりあげた。桂二もまた、立松の筋の通った豪快さに全幅の信頼を寄せていた。

大平宿では満寿屋に次いで、ナショナルトラストによる「紙屋」の改修が始められた。こうして飯田市の行政も徐々に対応を高め、「ふるさとづくり特別対策事業」を打ちだした。飯田市の一連の事業が完成をみれば、旧街道沿いの民家群は、飯田市の施設として多くの人々に利用され、大自然に抱かれた安らぎの里として蘇り、ふたたび生きつづけることになる。

桂二の大平での運動は、すでに十年になろうとしていた。桂二は五十歳を目前にしていたが、大平宿にかかわってきた年月に、桂二の情熱、馬鹿に近い欲のなさ、温かい人柄とその仕事ぶりに惹かれ、共鳴する若い世代の建築家たちが集まってきていた。彼らは、大平宿の保存再生事業に嬉々として参加したし、桂二とともに協働し、飲むことを楽しみに集まった。益子昇もその一人である。桂二が、鎌倉の古都保存についての会合で大平宿での運動について話をしたおりに益子と知り合った。益子は大工であり建築家でもある。栃木県大田原市でアカンサス建築工房を主宰し、みずから設計したものをみずからの手で建てる、アーキテクト・ビルダーと自称し、宮澤賢治を敬愛し、みずからも詩を書くという感性の豊かな男で、桂二に心底共鳴していた。

桂二が、ヨーロッパを巡り、日本の民家を訪ねる旅に夢中に過ごし、大平に出会うまでの一九六〇年代後半から七〇年代という時代は、日本にとって、アメリカの繁栄を目標に、豊かさを目標にしてがむしゃらに突き進んできた時代だった。国民の暮らしは、数字の上ではたしかに豊かになったが、公害問題も深刻で、地方は過疎により廃村が次々に生まれていた。「大型公共事業をフル回転させ、全国を新幹線と高速道路網で結び地方を豊かに」と、田中角栄は首相になる直前に『日本列島改造論』を出し、八十万部のベストセラーになる。昭和四十八(一九七三)年には、中東戦争による第一次オイルショックが起こり、日本経済は大混乱になった。

田中角栄の招いた地価の高騰で、庶民のマイホームの夢は遠いものになったが、桂二の設計の仕事がとぎれることはなかったし、オイルショックのおかげで、桂二は大平宿と出会うことができた。変動相場制になり、円高が続いたことで海外旅行が容易になったことも桂二にはありがたいことだったと言えるだろう。

戦後のどん底の貧しさから出発し、アメリカの豊かさをめざして高度経済成長をとげた日本は、時代とともにアメリカ型大量消費社会へと変貌していた。焼け跡に雨露をしのいだバラックから出発し、住宅産業が盛んになるにつれ、家は二十年、三十年で使い捨て、スクラップ・アンド・ビルドをくり返す「モノ」になってしまっていた。

戦後、乱伐で底をついていた国産材の不足から、大量の外材が輸入されるようになり、その流通体制の持続が日本の山を荒廃させた。国産材の流通の変革も急務と、桂二は行動を起こしはじめている。

左：紙屋、改修前　右：改修後

左：からまつ屋、改修前　右：改修後

左：八丁屋、改修前　右：改修後

大蔵屋改修後室内

大平宿をのこす会の会員による満寿屋の雪下ろし

大平宿／長野県飯田市

Oodaira-Juku［1992～93］

昭和45年に焼失した大平宿の復元パース

Oodaira-Juku [Painted by Keiji Yoshida]

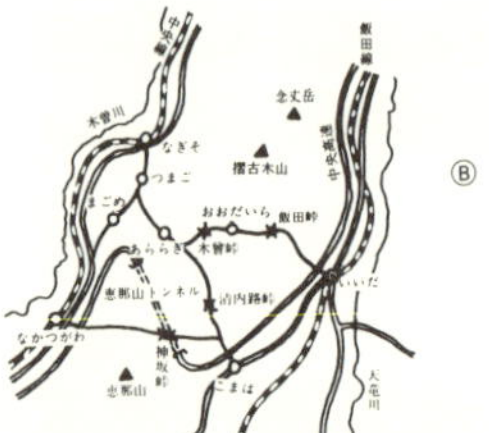

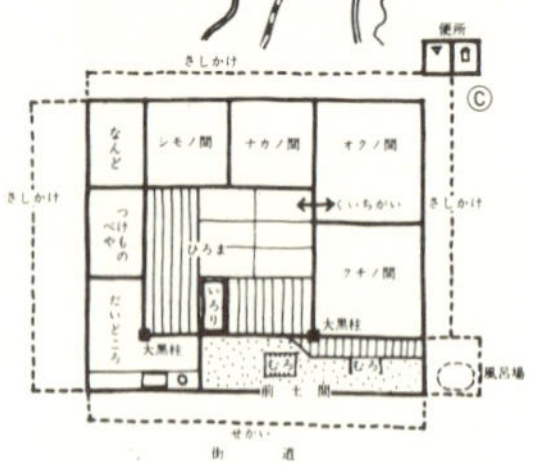

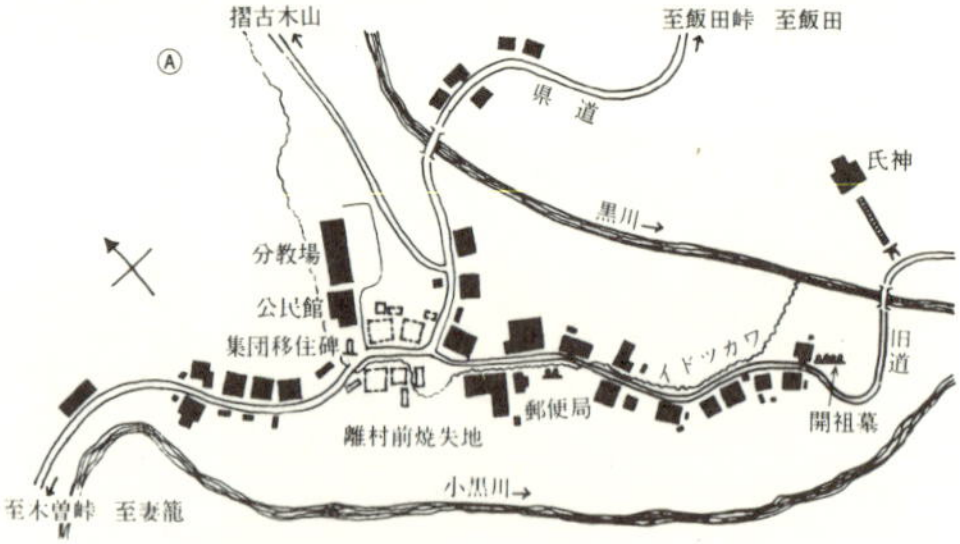

Ⓐ集落の略図　街道ぞいに民家が散在する。
Ⓑ附近図　東京から飯田まで車で約4時間。
飯田→大平は約50分かかる。
Ⓒ大平宿の民家型式略図

「大平宿1981」(「大平宿をのこす会」編集・発行)より転載

第七章

アジアへ、世界へ

人々の暮らしから得た視座

生活を忘れた家づくりとの訣別

「組織は、機能が鈍り存在意味がなくなったら解散すべきだ」というのが、桂二の学生時代からの持論だ。活力を失い形骸化した名ばかりの組織をひきずって保持することに意味はない。維持することに意義があるという主張があっても、「おれはやらない」と桂二は言う。ものごとに執着しないのは桂二の性分だろう。その桂二が作った「大平宿を語る会」は、参加メンバーの入れ替わりをくり返しながら、一九八〇年代もずっと存続していく。活動は沈滞することなく、活発に動きつづけていた。

日本大学工学部建築学科の小林文次教授は、大平宿の民家調査にもとづいて学位論文を書くことを桂二に勧めた。

「学位ですか？　ぼくは学者ではありませんよ」

あまり驚いたので、桂二は思わずそう言ってしまった。こんなことで学位が取れるなんて考えたこともなかったし、これまで桂二は学位などに興味がなかったのだ。しかし、小林教授に、

「君がこれから先、町並み保存などにかかわってゆくとき、学位を持っていれば、初めて会う人でも、こちらから何も言わなくたって信用してくれるでしょう」

と勧められて、思わず、

「はい」

と答えてしまったのだ。桂二に学位取得を勧めてくれた小林教授は、桂二が工学博士の学位を授与されるのを見ることなく他界してしまったので、桂二は、小林教授に心の中で感謝することしかできなかった。桂二は日本大学の学長室で、学位記と記念品の印肉をもらった。

桂二はのちに、大平宿を振り返ってこう書いている。

「大平の民家は立派な家ではない。歯に衣を着せずにいうなら、ボロ屋というべきであろう。しかしそうした家々が語りかけ、それに心を燃やす人たちがいて、その渦中に過ごす日々は、建築家などという小さな枠を越えた自分というものを気付かせてくれた。その中味を話せるだけの言葉をまだ知らない。かろうじてそれを『原点』という言葉にしておく」（『家づくりから町づくりへ』）

大平宿の保存再生が、設計という創造の仕事にゆるやかに連続していることに気づいた桂二は、住宅産業が作る住宅の、大衆の豊かさへの憧れに迎合した個室をやたらに作る欧米型のコピー間取りに、多大な疑問を抱いた。そして、あっさりとある決断をした。

「おれ、住宅産業の片棒かつぐような仕事、やめよう」

桂二は、年間数十棟あったKハウジングセンターの住宅設計の仕事をやめた。

「伝統工法はほんとうに高くつくのか？　住宅産業の提供する家のほうが割安だと消費者は飛びつく。大工は仕事がなくなるから技術の継承が困難になる。飛びついた住宅産業の家は、大工の手間のいらないぶん、安いと思ったらおおまちがい。用材の質や量なんて見えない家だから質はぐんと落とされ、住宅産業にしっかり金が入る。トータルにすればコストはさして変わらないんだから、住宅産業の悪行に消費者はだまされつづけているんだぜ」

「間取りなんて、ひどいもんだ。もともと日本人の生活は、狭い部屋で、家族が何をしているか互いに察しながら思いやったり遠慮したりして、人間関係を育むものだった。子供に個室を与えるのが豊かな暮らしなんだ、という幻想にとらわれて、個室を子供に与えたところから、子供の教育も何か狂ってきてはいないか。子供も家族も下宿人じゃねえ。構造上も問題がある。架構と間取りの関係だって、間取り先行で無視されている。まちがいだらけじゃねえか？」

桂二自身が住宅産業にかかわってきただけに、疑問や反省が次々に湧いてくる。桂二は、昭和五十八（一九八三）年に彰国社から刊行した『間違いだらけの住まいづくり　生活を忘れたところから間違いが始まる』という著書の原稿に思いをぶつけた。桂二の言う生活は、日本の風土に戦前まで営まれてきた日本人の庶民の生活のことである。戦後、生活の欧米化によって急速に失われ忘れられた意識、精神風土の美風、日本の風土の建築を桂二は民家から学んだ。民家の間取りや構造に、日本人の暮らしの美と知恵の記憶を再発見したのだ。

大平宿の保存は「新しい形の町並み保存だ」と昭和五十四（一九七九）年の全国町並みゼミでは評価された。時代を大観して見ると、一九七〇年代の町並み保存運動は、環境破壊に対する住民運動の色彩が濃い。それが一九八〇年代に入ると市民運動の色彩を帯び、行政を動かしていこうという流れを生む。一九九〇年代には、町並み保存は町づくりの核をなす事業として、行政主導型へと変遷をとげていく。

大平宿の保存再生にかかわりながら、桂二は本業の設計活動をどうしていたのか。片道五時間あまりかかる信州の大平に、東京からどのように通いつめたのか。

当の桂二は相変わらず時間術の達人で、ふつうの人が二か月かかる仕事を一週間で仕上げる。それを神業とか天与の才とか、連合設計社でともに仕事をしている若い所員たちはうわさしたが、桂二自身はそんなことを考えもしない。ただ、やるべきことを段取りして、集中していくだけで、自分にとってそれがあたりまえの速さなのだ。

桂二の目と手には神業も天与の才も与えられていたかもしれないが、それは修練なくして身についたものではない。天与の才を与えられた者は、常人の何百倍もの努力を要求される。桂二はそれを、幼いころから遊びとして、意識せぬまま積み重ねてきたにすぎない。

「『時間がない』とは言いたくないね。その気になれば、時間はいくらでも作りだせる。時間がないのは、その気がないってことよ」

作りだした時間で桂二は、民家取材の旅や執筆、大平宿の保存に駆けめぐった。

桂二が休日に大平宿に通っているあいだにも、連合設計社の事務所では着々と設計の仕事が進んでいた。住宅、公共建築、マンションや学校、病院などの設計は、桂二とともに小宮山ががんばっていた。桂二は設計しながら日大に教えに行っていたし、吉田秀雄は芝浦工大の教授をつとめながら財務面を、戎居は多彩な人脈と信用をもとに外部との仕事の交渉を一手に引き受けて奔走し、事務所の所員の数も二十人近くに増えていた。

わらべの館――公共建築を手がけて

『間違いだらけの住まいづくり』が出版された昭和五十八年には、桂二の設計による二つの公共建築が竣工した。大分県の緑豊かな山間の小さな温泉町玖珠《くす》町の「わらべの館」と、福井県の丸岡町の中野重治《しげはる》記念文庫を擁した丸岡町民図書館である。

　わらべの館は、藩主森氏の子孫である童話作家、久留島《くるしま》武彦の記念室を設け、旧藩主邸跡の庭園や童話の広場に面して集会室や工作室、視聴覚室、図書室を備えた子供たちのための施設として公募されたコンペ作品である。鉄筋コンクリート二階建ての建物ながら、内部は木がふんだんに使われており、屋根は木造瓦葺きで、土蔵に見られる置き屋根である。集会室は舞台に向かってだんだん低く敷かれた百二十畳の畳が圧巻である。畳であれば、たくさんの人数が会場に入れることになる。子供であれば、大人の二倍は収容可能と桂二は考えていた。

「隣接する広場と敷地に二・四メートルの段差があって、狭く細長い敷地だったから、中央部にピロティをとって階段にしたんだ。子供たちが毎日やってくる図書館の部分と、たまにしか使わない集会部分は、二階の久留島記念の展示室で仕切られている、というわけ。屋根はもちろん切妻[*1]を重ねた瓦屋根。町並みに細長く接する建物だからね」

「わらべの館の畳の大広間は、身障者や足の痛いお年寄りが舞台を見られる部分も設けてあるので、一般向けの講演会や子供向けの催しに大好評です」

　玖珠町の切株山のふもとに住む、長年京都の平安教会で牧師をつとめた小野さんは、ついこのあいだも講演会に使わせてもらいました、とにこにこ顔である。

　ひとつの公共建築が、地域の住民に喜びを与え、美しい景観を作りだすとき、町の人々の心にふるさとへの誇りが新たに芽生える。「建築家としてこれ以上の幸福があるだろうか」

*1　**切妻**＝四六頁を参照。

桂二は、コンペで仕事を取れたこともうれしかったが、それにもまして、自分の子供でもある作品が、多くの人々の暮らしに生かされることの喜びを味わった。

しかし、竣工後の建物には、その土地の自然条件により、思わぬトラブルが起こることもある。「わらべの館」は傾斜地に建てられたため、集中豪雨のとき、広場の大量の砂が排水溝に流れ込んで詰まり、「わらべの館」のピロティ部分が水びたしになってしまった。排水についてはは十分に考慮したつもりであっても、いろいろな事態が起こる。建物が完成をみて「建築家の仕事は終わり、あとのことは知りません」というわけにはいかないのだと桂二は思う。

「ぼくは、建物ができあがったら、はい、さようならという仕事はしたくない。その土地にひとつの風景を作った者として、責任があると思わないかい」

「桂ちゃん、そうは言ってもそんなことまでしていたら、身がもたないよ」

連合設計社の会社運営を気にかける戎居研造は、頼まれると桂二が労の多いことでもいとわずに出かけてしまうので、そう言う。桂二は、戎居の言わんとすることもよくわかっていた。実際、桂二の仕事は、小宮山の設計する病院やマンション、ゴルフ場などにくらべると、てんで小さくて金にならない。だからと言って、自分の気持ちを曲げた仕事はできそうにもない。

協働を理想として連合設計社は生まれた。その事務所が何十年もやってこられたのは、多少ぎくしゃくするところはあっても、それぞれの得意とする仕事の領分を尊重しあってきたからだろう。

桂二は戎居の築いてくれた人脈によって、腕のふるいがいのある仕事に恵まれた一面も忘れてはいない。

丸岡町民図書館――交錯するイメージ

福井県丸岡町の町民図書館の設計の話は、やはり戎居を通してもたらされた。この丸岡町には、戦前戦後を文学者として生き抜いた中野重治の生家がある。

話は、中野重治の妻、女優の原泉《はらいずみ》が、中野重治の蔵書を丸岡町に寄贈したいと申し出たところから始まった。丸岡町ではさっそく、中野重治記念文庫を備えた図書館を作ることを決定した。原泉のもとへは、中野重治の蔵書をぜひ欲しいと近代文学館からも話がきていた。

中野重治は本を読むにあたり、まずざっと一読し、蔵書に入れるか否かを決めたという。蔵書に加えた本は、二度目にじっくり読むおり、行間に中野自身が書き込みを加えていた。中野重治の文学を研究する者ならば、誰でも一度は見たいという代物である。たいせつにしてくれるところへ寄贈したいというのが家族の心情だろう。

原泉は中野重治とも親交のあった戎居研造に、図書館の設計の話をしたのである。戎居に頼めば、吉田桂二が設計してくれるので、安心してまかせられるというわけだ。

桂二はさっそく図書館の概要図面を書き、福井へ出かけて、丸岡町の町議会議員たちの検討委員会で案を説明をした。桂二の案は、日本で最古の天守閣を誇る丸岡城の麓《ふもと》に敷地があることから、白壁に瓦屋根の建物である。

わらべの館／大分県玖珠町

Warabe-no-Yakata［1983］

上：外観　下：120畳におよぶ集会室

丸岡町民図書館／福井県丸岡町

Maruoka-Choumin-Toshokan［1983］

桂二がたびたび経験するのは、地方の市町村に建設される公共建築のコンペや指名設計の説明会でのイメージの交錯である。

桂二の描いた立面図を前に、地元の代表が意見を述べる。

「こんね土蔵みたいのではなくて、東京にあるガラスばりのモダンなもんにしてもらえんかな、そのほうがええと思うんやけど」

造ってもらう側と造る側のまったくかみ合わないイメージを認識させられる瞬間、桂二は黙って微笑し、引き下がる。

地方の市町村が、えてしてモダンな建物を建てたがる気持ちもわからなくはない。都会に対するコンプレックスのようなもので、地元の景観に対する認識の浅さと自信のなさがそうさせる。ハイカラなものを建てれば、都会の人々にも自慢できる気がするのだろう。

しかし、丸岡町は、その愚かな轍《てつ》を踏まなかった。町の景観との調和を選択したのである。

昭和五十八年、信州伊那谷の大平宿で満寿屋の改修工事が行われていた同じ年、福井県の丸岡町では、中野重治記念文庫丸岡町民図書館が、丸岡城を仰ぎ、白壁に堂々たる越前瓦の屋根を戴き、鉄筋コンクリート二階建ての美しい姿を町民に披露していた。中庭には、東京の中野重治邸から庭木が移植され、館内の中野重治記念文庫には中野の書斎が再現された。小さな子供たちのために、ガラス張りのおもちゃ図書室も設けられている。

この図書館は、昭和五十八年に竣工したが、昭和六十二（一九八七）年に「福井県町並み景観賞」を受賞している。丸岡町はのちに、「一筆啓上賞」によってその名を日本中に知らしめる。

アジアへのまなざし——韓国から始まった旅

二度のオイルショックから、技術革新や経営の合理化などにより経済回復をはかり、貿易収支の黒字をのばす日本は、「ジャパン・アズ・ナンバーワン」などと言われて、経済政策を成功させたかに見えた。

円高によって海外旅行が身近なものになったころ、桂二の目はアジアに向けられていた。ほとんど日本じゅうを歩いた民家の旅から、その日本人の民家のルーツを訪ねる旅を桂二は始めた。

「ヨーロッパの建物のことは知っているのに、お隣りの韓国の家のことを、何も知らないことに気がついたんだ。韓国はおろか、アジアの家がどうなっているのかも知らない。愕然としたね。見たい……と思ったら居ても立ってもいられなくなっちまって……」

桂二のアジア行脚《あんぎゃ》が始まったのである。

雑誌に連載する取材の旅を兼ねて、桂二は最も近い国であるのに意外に知らない韓国を最初に訪れた。昭和五十八（一九八三）年のことである。この旅にも桂二の作品を撮りつづけている建築カメラマンの木寺安彦が同行した。訪れる前に、土地の名、日常の会話や数字を訪問地の言葉で覚えていくのが桂二のやり方だ。何もかも通訳まかせでは、旅をした気がしない。

「初めての韓国の旅は、アジアの家に初めて出会う旅であり、強烈な印象だった。ヨーロッパで見た異質性でなく、日本と同質のものを見出だしたからね。慶州《キョンジュ》の風景は、山を背にして霧雨に集落が煙っていて、まさに天平時代の奈良盆地を彷彿《ほうふつ》させる風景だった。ぼくは、それを実際に見たわけではないけれど、昔、実際に見て印象に残った風景に再びめぐりあったような親しさを感じたね」

陰陽道の思想にもとづいて、南面して建てられた慶州の支配者階級の両班《リャンバン》屋敷の前に立ったとき、桂二は、

「ああ、これは奈良の新薬師寺に似ている」

という感慨を抱いた。屋根の形と全体のプロポーションが似通っているのだ。飛鳥時代、朝鮮半島の文化が渡来人によって伝えられたことを思えばあたりまえのことなのだが、海を越えて韓国に来て実際に建物を目の当たりにして見るのは、やはり格別な思いがした。

「派手なところはみじんもなく、黒白の微妙な諧調と端整な構成は日本の建築の美とまさに同質といってよい。日本建築の美を独自と思い込んでいて、韓国の家に初めて接した人だったら、おそらくは衝撃的な感慨を覚えることだろう」(吉田桂二『図説　世界の民家・町並み事典』柏書房)

温突《オンドル》という床暖房をもつ韓国の家は、すべて平屋で、間取りも規則的である。それは列式、曲がり屋、コの字型、ロの字型というぐあいに部屋数が増えていっても、儒教の教えのままに男と女の居場所が分けられている。まさしく「男女七歳にして席を同じうせず」ということだ。

温突のため、韓国の山の木はどんどん伐採されてきた。ところが、韓国人は植林をしなか

った。伐採をし放題の山は緑を失っていくばかり。そのうえ、韓国は日本にくらべて降水量が少なく、木の成育がはかばかしくない。韓国が日本の支配下に置かれた時代、日本人が韓国で熱心に植林を教えた。支配下にあるとか、植民地にしたとかいう歴史は、暗く屈辱的な歴史のように吹聴《ふいちょう》されるが、勤勉な日本人が、当時、韓国の林業や工業化に投入した技術や資本の上に、現代の韓国が繁栄している一面もある。

韓国でも伝統的民家は、民家保存園か保存集落でしかお目にかかれないほど失われてしまった。都市部で、マンションが林立している事情は日本と同じである。

桂二は、韓国の地方の民家を見てまわるうち、

「なぜ、温突は日本に伝わらなかったのだろう？」

という疑問を抱いた。気候的にやや日本が韓国より暖かいからだということはよく言われる。しかし、たんにそれだけではないような気がした。

「畳だ。日本では、畳が発達したからにちがいない」

平安、鎌倉、室町と時代が下るにつれて、日本では板の間に畳が敷きつめられていく。

「日本に温突が伝わらなくてよかった」

そう思いながら韓国の山を眺める。

韓国の茅葺《かやぶ》き屋根も興味深い。日本でも茅の束で屋根をふく。しかし、その方法が韓国では無造作なのだ。茅の束を留めることなく並べ、上から目の荒い網で覆うという大胆な茅葺き屋根の姿はどこかおかしかった。

「日本にいちばん近い国ではあるけれど、国民性の違いのようなものが住まいや暮らしぶり

に見えるものだな。日本人は日当たりにこだわって南向きに家を建てるが、韓国も同じだ」

「ソウルの秘苑《ピオン》の演慶堂《ヨンギョンダン》の美しさは、まさに韓国の桂離宮だね」

桂二は、行く先々でスケッチをし、間取りを書きとめ、スライド用の写真を撮った。帰国すれば、桂二の旅のスライドを見るのを事務所の若手たちが楽しみに待っているからだ。

近代化の下で——中国への旅

中国の取材は、寒い冬のことだった。「家づくり」の編集長、掛井孝之が同行した。中国への個人旅行は許されず、団体旅行の一団に混じっての取材であった。田中角栄が中国との国交を回復したのが昭和四十七（一九七二）年の九月のこと。それから十年以上たってはいたが、中国本土の観光は外国人の行動範囲がまだ限られていた。外国人の目にすることができる中国の風景は、観光用によそゆきにしつらえられた部分だけだったのである。

そんな旅はおもしろくもなんともない。桂二は旅に出る前から作戦をねっていた。蘇州《スーチョー》でのことだ。桂二は、中国人の通訳兼ツアーコンダクターの劉《りゅう》さんに自由行動を申し出た。

「それはできません。絶対いけません。困ります」

劉さんは困りはてた。こんな厄介な旅行者はお目にかかったことがない。桂二は、絶対に引かなかった。

「ぼくはね、日本で旅行社とそういう約束をしてここに来たんだ。自由に見たいところがある。タクシーをチャーターしてください」

しぶしぶ許可してくれるまで、桂二はねばった。

「かならず夕方には戻ります。みなさんが着かれる前に、ホテルに着けるようにしますから。そうだ。今夜、ぼくの部屋で今日の話をしますよ。劉さん、あなたが困るようなことはするつもりはないからね。約束します」

そう誓約して、やっとタクシーを用意してもらった。こうなればしめたもの。桂二は勇んで、タクシーの運転手に目的地の住所を書いた紙片を見せた。

「ここへやってください」

運転手は顔をしかめた。

「不知道《プーチータオ》。こんな住所はありません」

と愛想もなく首を横に振る。国民党時代の町名はすべて改められ、古い町名を言うことは、はばかられていた。それに、中国人というのは自分がやりたくないことや都合の悪いことについて知らないふりをすることがあると聞く。桂二はあらかじめ見てまわる建物にあたりをつけて取材に来たのだから、住所が変わっていても建物はあると睨んだ。見れば運転手はかなりの年配、昔の住所を知っているはずである。そっちがそうくるなら、こちらだって……。

桂二は、憮然として言った。言葉の強い調子で、こちらの意思はある程度伝わるものだ。

「いいや、あなたなら知っているはずだ。思いだしてくれ」

隣に座った掛井がはらはらしながら、桂二と運転手のやりとりを見ている。

「桂二さん大丈夫ですか？　通訳がいないのに話が通じますかね？」

「なあに、おいらは漢文を習ったからね。漢字を並べれば、なんとかなるさ」

桂二は、昔、幼年学校時代に習い覚えた「子曰く学んで時に之を習う……」などと思いだしながら筆談を続ける。運転手はあちらこちらで車をとめ、尋ねまわってやっと目的地の近くにたどり着いた。

運転手を待たせて路地を歩いていくことにしたが、自動車が珍しいのか子供がたくさん集まってきた。桂二らは子供にかまわず路地の奥へ入っていく。

「ああ、これが中国の現状か……」

数世紀前の屋敷のいくつかは貧民窟と成り果て、その半分は革命と近代化の波によってすでに破壊されていた。ここは十数億の民を養わなければならない国なのだ。そのために王朝や外圧を革命によって葬り去り、共産党による新しい国づくりの真っ最中である。いま、この国が、懸命に近代化を推し進めているのはよくわかっている。それでも桂二は、眼前に広がる、惜しむ者のいない崩壊した歴史の堆積である建物に胸が痛んだ。

蘇州の無錫《ウーシー》市は、運河の町だ。その町で、四合院《スーホウユアン》という中庭のまわり四方を囲んだ家の間取りを調べたかった。桂二は、とある一軒の家に入れてもらった。家主の張文俊さんは、突然の日本人の訪問に驚いたが、すぐに用心深く入り口の扉を人目につかないように閉めきった。張さんは扉を閉めきると安心したのか、表情を和らげて桂二らとの筆談に応じてくれた。院子《インツー》と呼ばれる、洗濯物のはためく中庭の壁に、ずらりと蓋をはずして干してあるものは何か？　と尋ねると、

「厠器《ツーチー》」

と張さんが書く。ははあ、さてはあれは「おまる」だな、と見当がつく。厠《かわや》はないのか？

と聞くと

「不是《プーシー》（ないよ）」

と首を横に振る。こんな調子で、間取りや暮らしぶりを見取っていった。ずらりと並んだ魔法ビンは何に使うのかと尋ねると、湯を買うのだという。寒い冬の最中、この家の暖は唯一、手にしている茶の葉の浮いた湯飲みだけであった。桂二はコートを着たまま、張さんと筆談をくり返し、この家での暮らしを感得していた。この国では水も火もすべてのものが貴重品なのである。

「本が出たら送りますよ」

「不要《プーヤオ》」

張さんは顔を曇らせる。

「そうか」

桂二はこの国の体制が、外国から入って来るものに対して神経をとがらせていることを思いだした。張さんに迷惑はかけられない。

「謝謝《シエシエ》。再見《ツアイチエン》」

そう言って別れた。

夕方、桂二はタクシーの運転手に市場へ寄ってくれるように頼んだ。市場で酒やおいしそうな食物をふんだんに買い込んで、ホテルへ戻った。バスで団体客と観光に出かけていたツアーコンダクターは、桂二らがホテルに着いているのを見て、ほっとしたうれしそうな顔をした。

「劉さん、今夜おれの部屋へこいよ」

桂二の言葉にツアーコンダクターはうなずいた。

その夜、桂二の部屋は宴会場になり、桂二はスケッチブックを広げて絵を見せながら、中国の民家について語り、劉さんは桂二の客として飲み食いに打ち興じた。桂二らが見たがっていたものが古い家だったとわかって、劉さんは拍子抜けしたようだった。中国の同胞たちが、古い建物を壊し近代的なビルを建てることに何の疑問も感慨ももたない劉さんは、日本人の桂二がスケッチまでしてこの国の古い家を惜しむ理由を理解することはできなかったようだ。ましてや、桂二が日本の大平宿で古い民家の保存運動にかかわっていることなど想像もできなかっただろう。

「哀れなるかな中国……。日本よりもひどい。壊してしまえば取り返しがつかないのに調査もままならぬ状態だ」

大国ゆえに、人民の暮らしの向上のため、不要なものは押しつぶされ忘れられてゆく運命の、中国の生活文化の遺産であった。

地球規模の視座

桂二はさらに、日本の民家のルーツを探して、マレーシア、タイ、インドネシア、インド、ネパールとさまざまな風土、民族の暮らしを訪ね、「家づくり」誌に連載した。

極東に位置する日本の家から始まり、アジア、ヨーロッパ、アフリカ、アメリカの家々を

韓国・慶州(良洞里)の両班屋敷

Ryanban-Yashiki [Painted by Keiji Yoshida/1984]

中国・蘇州(無錫市)の四合院

Suuhouyuan [Painted by Keiji Yoshida/1984]

見てまわったすえに、桂二は、「世界は、太平洋を切れ目とした一枚の布のようにつながっていた」という見方をした。隣へ隣へとつながる一枚の布の両端に日本とアメリカは位置するから、差異がはなはだしいはずなのだが、戦争に負けて日本がアメリカ文化の植民地と化した現状に行きあたる。

「その長い布切れが一つの輪につながってしまったのだから、日本における異質文化のぶつかりようというのは世界における有史以来の出来事と見る事ができる。考えてみれば大変な時期に遭遇したものだ」（『図説　世界の民家・町並み事典』）

桂二は建築史の学者ではない。また民家史は民俗学の学者の研究対象であることが多いから、建築史の学者のなかで民家史を専門とする者は少ない。だからこそ既成の学問的な視点からではなく、生活者である建築家の柔軟で自由な思考で実際に目の当たりにした人々の暮らしから、このような地球規模の視座を得ることができたのだろう。

旅の途中には、危ないこともたびたびあったし、行方不明になったこともある。しかし、桂二は旅を愛した。見知らぬ村でスケッチブックを開けば、土地の人がかならずのぞきに集まってくる。

「おれの家も描いてくれ」

「その絵をわしにくれ」

とたちまち人の輪ができる。桂二はにこにこしながら、惜しげもなく描いて渡してしまう。

「写真を撮るってのは、ある意味で『奪う』要素があるけど、絵を描くってのは『この風景に惚れてますよ』ってことでしょ。ぼくにとっては、スケッチすることは呼吸することと同じよ。高い道具なんていらない。鉛筆かコンテにスケッチブックさえあればいい。あと水彩の固形絵の具、水を入れたフィルムケースと筆があれば、移動の車の中で色をつけられる」

桂二の旅のスケッチは、そのまま記事になり単行本になり、原画の個展まで開かれるようになる。

旅の途中にあっても、事務所で設計をしていても、あたりに視線をくばり、いつも楽しげに筆を動かしている桂二の一連のリズミカルな行動は、かならずすべてがうまいぐあいにつながるばかりか、計算されていたかのように連動していくのだった。

タイ族の高床の町並み／タイ・メサイ

Mesai [Painted by Keiji Yoshida/1984]

ロングハウス／マレーシア・ボルネオ島サバ（断面パース）

Sabah [Painted by Keiji Yoshida/1984]

第八章

町づくりの三本柱

歴史、暮らし、そして生業《なりわい》

瀕死の民家に命を

刺激に満ちた旅の途上、初めて訪れた土地で桂二が感得した人々の暮らしは、確実に桂二の活力となり血肉となっていった。

信州の大平宿では、満寿屋に続いて紙屋の改修工事がナショナルトラストによって始まり、大平宿の保存にやっと行政の助力が得られるところまでこぎつけた。

桂二や「大平宿を語る会」に連なる立松や仲間たち、若い建築家、学生、さまざまな無理を承知で工事を担当してくれている地元の証《あかし》建築社の桜井善實の働きにより、一軒ずつ瀕死の民家は命を吹き込まれ、蘇りはじめた。

「『協働《きょうどう》』というのは……」

桂二は益子ら若い協力者たちを前に、大平での仕事について語る。

「キリスト教的自己犠牲をともなう奉仕とはちがうんじゃないかな。自己犠牲にはなんとなく悲壮感が漂っていて、その色が濃いほど信仰が深いということになる。そういうものではなくて、たとえばいま、そこに息絶えようとする人が倒れている。何人かが思わず駆け寄り、なんとか生かそうとする。瀕死の病人を介抱する人たちは、そうすれば『神のおぼえがめでたい』とか、『金になる』とか、『何か得する』とか、『忙しいのに何で自分がこんなことしてるんだろう』なんて、いっさい思いもしない。ただ純粋に助けたいと手を尽くすだけだ。倒れていた人が息を吹き返したとき、介抱した人たちは、ああよかったと顔を見合わせて思わず笑うだろうね。そういうのを協働っていうんじゃないか」

　話は尽きることがない。

　桂二は、対する相手が誰であろうが、その言葉に真剣に耳を傾け、聞き手として申し分ない。

「おまえ、いいこと言うなあ」

　と感心したり、

「そりゃ、だめだ」

　と明解に反応するから、誰もが桂二と話したがる。桂二は安易な追従《ついしょう》や世辞など言う男ではないから、桂二に褒められると、うれしいらしい。

「AがだめならB、BがだめならC、Cでだめなら……と柔軟に考えればいい。黒か白か、善か悪か、成功か失敗か、幸福か不幸か……。なんてやっていると、自分の思うようにならなければ『もうだめだ』と落胆してしまう。二者択一で自分を追いつめることは成功への近道かもしれんが、失敗するとそのぶん、落ち込みも激しくなる。おシャカさまが、煩悩解脱や中道を人間幸福の道と説いたのも、そのあたりに人間の陥りやすい落とし穴があるからで、それがつまり、『色即是空　空即是色』ということにつながってゆくんじゃないか……」

　桂二と飲む酒は、建築のことから釈迦の説法の解釈や哲学、人間の生き方の美学にまで発展する。桂二は相当飲んでも冷静で自分の言ったことを忘れたりはしない。だが、酔っ払った立松は、若い建築家をつかまえて建築家の志を問う壮大な説教を大声で何時間もやるので、彼につかまると誰もが少し青ざめた。

桂二の声は大きくはない。耳を傾けなければ、聞き逃してしまうほど穏やかなしゃべり方をするが、酒が入ると雄弁になってくる。「俺のやることは、自分が好きでやるんだから自己愛なんだ。だから、批判や陰口なんて気にならない」

そう言いながらも人に褒められれば、たちまちはにかんで無邪気な笑顔を見せる桂二である。しかしその表情は、抜いた刀を鞘に納めるように、すぐ真顔に戻る。けっして自分を見失わない。そこに桂二の自己に対する厳しさを垣間見る。

友人たちや、若い弟子たち、女性たちが桂二に惹かれるのは、桂二のやさしさと、圧倒的な力量を持ちながら自己顕示をしない洗練された人柄によるものだろう。

伝統的家屋に倣う

高度経済成長期のあと、二度のオイルショックをへて、一九八〇年代半ば、主要五か国による「プラザ合意」により、ドル高への警戒からドル売りへの介入が始まった。日本銀行は円高不況の懸念から、昭和六十一（一九八六）年から一年あまりのうちに七回も公定歩合を連続して切り下げ、急速な金余り現象となった。そして、日本は異常な投機熱に包まれバブル経済にはまっていく。

バブルの時代。円高とインフレで土地転がしや地上げ屋が横行し、企業から役所まで利鞘稼ぎに血眼《ちまなこ》になった。おもしろいほど莫大な利益が転がり込み、企業は海外の不動産を買い漁る。バブルがふくらんでいく金余り現象は、リゾートの開発や、各地でのテーマパークのオープン、おびただしい数の地方での博覧会、臨海副都心、りんくうタウンなどの巨大プロジェクトの計画と開発へと、狂乱状態で突入していった。地価の高騰、円高不況のあおりを受け、バブルの狂騒のもとで零細企業は立ちゆかなくなり、ばたばたと倒れてゆく。

世界情勢も変容する。ペレストロイカに始まるソビエト連邦の解体もバブルと同じころ始まっている。ベルリンの壁が崩壊し、第二次世界大戦後に続いていた冷戦も終結をみた。やがて一九九〇年代に入ると景気の急激な引き締めから地価、株価は下落し、円安が進んで一気に景気は下り坂を転がりはじめる。バブルの崩壊である。

竹下首相による「ふるさと創生」事業で日本じゅうに配られた一億円は、町村のおまつり騒ぎのイベントだけに終わったところも多かった。

そんな社会状況のなか、昭和六十一年にナショナルトラストの初めてのヘリテイジセンターとして、桂二が設計した「葛城《かつらぎ》の道《みち》歴史文化館」が奈良の御所《ごせ》市に竣工した。葛城の道は、山の辺の道と同じ時代の古道で、古代に賀茂氏の祖の出た地でもある。高鴨神社の神苑の池沿いに建てられた「葛城の道歴史文化館」は、日本の古代の歴史をとどめながら鄙《ひな》びたこの地に、美しい風景を醸しだしている。

また、桂二が月に一度、建築設計者のための住宅づくりの講義をしていた福井では、提案住宅ともいえる「無限定空間の家」ができあがった。台所や水まわり、玄関などを除いた居住空間が一階も二階も無限定であり、住み手によって、階段や吹き抜けの位置や部屋の広さを変えることができる家である。

「現状の住まいづくりに対するアンチテーゼとして考えた、この家の空間が、日本の伝統的

葛城の道歴史文化館／奈良県御所市

Katsuragi-no-Michi-Rekishi-Bunkakan［1986］

無限定空間の家／福井県福井市

Mugentei-Kuukan-no-Ie［1988］

家屋に見られる空間によく似ているということだ。考えてみればこれは当たり前のことであろう。こうした性格の空間の中で、日本人の生活が形づくられたのだから、求めれば自然とそこへかえってゆく。日本の伝統的家屋は『無限定空間の家』であったのだ。……西洋生まれの機能主義を洋服にたとえるなら、日本の無限定空間は和服にたとえることができそうだ。洋服は中身の変化に耐えられないが、和服は多少太ろうが痩せようが、着こなしによってどうにでもなる」（『家づくりから町づくりへ』）

古川大工の技の結晶――飛驒・古川の町づくり

大平宿での保存再生の協働にかかわる桂二にのもとに、いくつかの調査の仕事がきた。桂二は、ナショナルトラストの依頼によって、昭和六十（一九八五）年には高知県高岡郡梼原《ゆすはら》町、昭和六十一（一九八六）年には福井県の上中町熊川宿を、そして昭和六十二（一九八七）年には岐阜県の飛驒古川町の調査を、ナショナルトラストの米山淳一や、当時、明治大学にいた西村幸夫（現・東京大学教授）とともに行っている。

飛驒古川は、惚れるなといっても惚れずにいられない町で、飛驒の匠《たくみ》のふるさとである。みやげ物屋が軒を連ねる飛驒高山では失われた、静かで落ち着いたたたずまいを、この町は保っていた。古川は、高山から富山に向かうJRで三つ目の、高山の隣とも言える位置にある。天正年間に金森氏によって高山と同じころに作られた城下町で、人口は一万八千人。そのうち百八十人が大工である。かつては多数の女工たちが峠を越えて働きに行った『あゝ野麦峠』の舞台となった町でもある。

親鸞上人入滅の一月十五日、雪の中、ろうそくに火をともし、本光寺、円光寺、真宗寺をめぐる冬の行事「三寺まいり」。春を迎えると、厳粛な「起し太鼓」が町に響き、各町から九つの屋台が出て勇壮な「古川祭」がある。町じゅうの男たちが祭りに燃え、とてつもないエネルギーで町を巡る。「古川やんちゃ」とは彼らのことだ。

この町の魅力に早くから惚れていたのは、ナショナルトラストの米山淳一だった。

「飛驒の匠の作った品格ある町を歩いていると、どきどきするんだ。思わず見惚れる瀬戸川の流れ、白壁土蔵。和ろうそくの三嶋屋のおじさん、古道具を商う駒さんの店、ぼくにとって宝の国だ……」

昭和五十二（一九七七）年、全国の歴史的町並み調査百ヶ所を選ぶ会議で、まだ駆けだしの若い米山は、調査対象に古川の名を出した。

「古川？　そんなところ調査しなくたって、飛驒には高山があるじゃないか」

文化庁のお役人や先生方は冷たかった。かろうじて米山の先輩が、調整の段階に古川も調査の対象に拾ってくれた。

それから九年後の昭和六十一年、全国で歴史的町並みへの関心が高まりを見せはじめた。ナショナルトラストの調査を希望するたくさんの町のなかに、古川町の名があった。担当の商工観光課の加藤時夫に会った米山は、町を思う加藤の真摯《しんし》さに圧倒される。

「自分のふるさとに、こんなに一生懸命になれるものだろうか」

米山はいたく感動した。加藤時夫だけではない、会う人、会う人、古川の町長から町の人

たちみんなが熱心だった。東大の藤島亥治郎先生や京大の西山夘三《うぞう》先生も、

「いい町だよ。町の人みんながこんなに懸命なのだし……」

と強く推してくれて、古川の町はとうとう調査の対象に選定された。

調査には、経験豊富な西村幸夫（当時、明治大学）、その弟子の山本玲子、そして吉田桂二が当たった。

「調査だけに終わらせずに、何かできないでしょうか」

米山は、西村、山本、桂二に熱っぽく語る。ともかく明るく、温かい心にあふれ、元気のいい古川の町の人々との交わりが調査を通して深まるにつれ、米山の古川への思いはいよいよ膨らんでいた。

「古川の町の魅力は、景観や町並みだけではないね」

「住んでいる人が、すばらしいよ」

「こんな元気な町は見たことない」

「飛驒の匠たちの生きている町だからな」

「地域の人たちを巻き込んで、ぜひヘリテイジセンターを作りたいですね。飛驒の匠の文化と歴史を、訪れる人々が心ゆくまで味わえるような……古川の町の核、町民の誇りになる建物を」

調査報告をもとにしてその年のうちに、中央広場に「飛驒の匠文化館」の建設が決まると、米山は精力的に動きだした。まずは、建物を建てる予算を取るために日本宝くじ協会へ何度も通った。八千万円の資金の目途を立てるのは容易なことではなかったが、米山はがんばっ

た。建設工事が決まったとき、役場側は言った。

「これは言わば公共事業だから、やっぱり入札でしょう」

「それは、よくありません」

ここで桂二は、きっぱり言った。

「どこか一つの工務店がこの仕事をやるというより……どうでしょう……ここは飛驒の匠の発祥の地、すばらしい技術を継承した大工たちの力を結集して事業を進められないでしょうか」

桂二の提案で、八人の棟梁が選ばれ、共同事業体が組織された。飛驒の匠の伝統と誇りにかけて、最高の飛驒材、三十人の最高の技術を持った大工軍団による「飛驒の匠文化館」の建設が始まる。設計はもちろん吉田桂二だ。

米山は、透視図《パース》を見た段階で桂二の設計を「最高の設計」だと思った。実施設計は連合設計社の長谷川順持、新井聡、迫田秀也が担当した。なにしろ、日本で屈指の棟梁や大工たちが見る図面だ。長谷川らの書いてゆく図面のディテールまで、桂二は鋭い目を配る。

L字型に並ぶ二棟の建物は、二階が廊下で結ばれ、来館者の順路に従い、変化のある展示と、木組みの見事さを堪能することができる。白壁の土蔵の連なりの町並みに合わせ、匠文化館の外壁は白い漆喰壁と黒く塗られた杉板の鎧張り*1から成り、入り口の高い位置には古川産の大行灯《あんどん》がともるのだ。

桂二は、現場での大工たちの張りきりように、思わず笑みを浮かべてしまうこと、たびたびであった。

＊1 **鎧張り**＝板を横に使って重ねてゆく板張りの手法。

山の木を選ぶのも吟味に吟味が重ねられ、いちばん大きな木は山から林道で下ろすことができず、ヘリコプターで吊り上げて作業場まで運んだ。ダイナミックな木組みや小屋組みの見える展示室には、古くから使われてきた大工道具が並ぶ。来館者は、畳に座り、木組み仕《し》口《くち》の実物に触れながら先人の知恵を体験するのである。

中庭に面した出桁《でげた》*2を支える腕木《うでぎ》*3の下に、大工たちの彫った「雲」がずらりと並んだ。「雲」は戦後一人の古川大工が始めたものだが、自分の建てた家の軒に残される大工の紋様である。古川には百種類以上の「雲」があり、この「雲」を見れば、どこの誰が建てた家かはすぐに知れる。

この仕事は、大工冥利、建築家冥利に尽きる仕事だった。

工事の最中に、桂二を慕って大平宿の保存運動に参加している益子昇が、大工道具をかかえてやってきた。

「師匠、私もここで仕事がしたいんです」

と言うので、桂二は棟梁の一人に、

「栃木県の大田原から来たんだ。何かやらせてやってください」

と紹介した。飛騨の匠の技をじかに見たい、という益子の意欲と行動力に桂二は驚いたが、うれしかった。益子は棟梁の指示にしたがって、てきぱきと仕事をこなす。益子はすっかり古川に馴染み、しばらく棟梁の家の住み込み大工になった。

こうして、住民、行政、大工と専門家、ナショナルトラストが一体になった大事業は、さまざまな問題を協力して解決しながら進められていった。

＊2　**出桁**＝建物の主構造から張り出して設けた横架材。

＊3　**腕木**＝建物の主構造から張り出す工作物を支えるための角材。

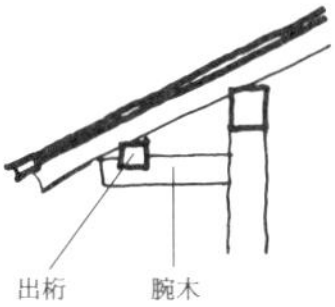

平成元（一九八九）年八月三十一日、奥飛驒に早くも秋の気配が漂いはじめるころ、「飛驒の匠文化館」は、古川大工の技の結晶として、美しい堂々たる姿で中央広場に竣工した。

「地域住民とともに進められた古川の町づくりは、ナショナルトラストのその後の各地での事業にも、僕にとっても、大きな力であり宝です」

と米山は胸を張って言う。町のあちらこちらの修景も完成し、瀬戸川べりの白壁土蔵を見ながら中央広場へ出ると、匠文化館とまつり会館がある。そこから壱之町のほうへ歩くと、駒さんの古道具屋など気どらない人々の暮らす町並みが続き、しみじみと古川の町の魅力を味わうことができる。

「おりたちの若いころは、古川の祭りを見に来るもんなんて、だあれもいねがったよな」

と年配の男たちは語る。けれども去年より今年と古川を訪れる人は年々増えつづけている。どこへ行っても、とびきり活きのいい「古川やんちゃ」が活躍し、町役場と観光協会の男たちによる町づくりの取り組みと、飛驒の匠文化館の運営、メンテナンスは、見事としか言いようがない。

「一人ひとりがいのち輝かせて生きられる町づくりを」

観光協会会長の村坂有造は、町民一人ひとりの顔をのぞきこむように見つめて力説する。この町に生まれたことを誇りにし、郷土愛に燃える彼らだからこそここまで来られた。「あちらを立てればこちらが立たず」ということのくり返される町づくりにおいて、それぞれの言い分に耳を傾け、意識を一つにまとめていくことに、どれほどの時間と心を注いできたことだろう。

「ぼくたちは、彼らをほんの少し手伝ったにすぎないな」

とうなずきあう米山と桂二は、ヘリテイジセンター「飛驒の匠文化館」を囲む町の人々の顔が喜びに輝き、町を訪れた人々が「いい町ですね」と言い交わしているのを聞くと、この上なく幸せな気分になるのだった。

桂二は、この「飛驒の匠文化館と一連の修景」の仕事で、平成三（一九九一）年に「第十六回　吉田五十八賞特別賞」を受賞する。

美校時代、桂二の師のひとりであった吉田五十八は、昭和四十九（一九七四）年に七十九年の生涯を閉じている。病床にあってもデザインを考えつづけた日本建築の大家は、ワシントンに建設する日本大使館を設計中だった。しかし五十八は、あとに続く日本の優秀な建築家のために遺産を残した。それが吉田五十八賞である。

思いがけないことであったが、恩師「八《はち》さん」の賞を受けることは桂二にとってやはりうれしいことであった。

「八さん、いろいろありがとうございました。ぼくは、八さんのマネはしませんが、八さんを超えるような仕事が残せたらと思います。覚悟していてください」

桂二は、心の中で冥界の吉田五十八に呼びかけた。

三つの柱——伊予・内子の町づくり

桂二が、初めて愛媛県内子《うちこ》町の町並み保存対策室にいる岡田文淑《ふみとし》に出会ったのは、大平宿

飛騨の匠文化館／岐阜県古川町

Hida-no-Takumi-Bunkakan［1989］

上：正面外観　左：中庭に面した出桁を支える腕木に彫られた「雲」
右上：展示室　右下：上棟式の室礼

で全国町並みゼミの行われる前の年、昭和五十八（一九八三）年に大分県臼杵《うすき》で行われた町並みゼミの席上である。

「吉田先生、大平宿の保存のことは聞いております。一度、私どもの内子へいらしていただけませんか？」

「ああ、内子ですか。去年、重伝建地区（重要伝統的建造物群保存地区）になりましたね。以前、そちらにはうかがったことがあります。上芳我《かみはが》邸のあたり、たいしたものです」

「ありがとうございます。昭和五十年から町並みの保存にかかわっておるんですが、なかなかうまくいかなくて……。町並み保存の先進地の妻籠に通って、小林さんには一から教えていただいてきました。自分は『木曽の山の中の妻籠でやれたことが、内子でやれないはずはない』なんて、町の者たちに掛け声かけてきただけで……。実は、保存地区から少し離れて一九一六年、大正五年に建てられた木造の内子座という劇場があります。昔は芝居をやっていて、ちょっと前までは映画館だったんですが、いまは物置のような状態で……。その内子座を保存する、しないでいろいろあるんです。私は保存したいと思うけれども、商店街の七〇パーセントは『早く潰して駐車場にしてくれ』という意見で……。先生のお知恵を拝借したいんです。金もなんもないんですが」

「いいですよ。うかがいましょう」

桂二は、即答した。岡田は一見、教育者風の風貌で誠実な紳士だという印象を桂二は受けた。その岡田の口から漏れる言葉は、行政マンでありながら、行政におもねることなく、たった一人で町の人たちと対話を積み重ね、町の人の意識を変革してともに町並み保存へ向かおうとしていることを物語る。地域と住民をいかに元気にしていくか、その将来をしっかり見据えている岡田の真摯なまなざしに、桂二は、できるだけのことをしてやろう、という気になっていた。

内子は江戸時代に製蠟《せいろう》で栄えた町である。二十数軒が蠟を商っていた。しかし、大正時代になると、電灯と灯油の普及で蠟は使われなくなった。そこで、蠟で財をなした豪商は広大な土地を買い占め、地主として君臨し、小作を使った。それも第二次世界大戦直後の農地改革までだった。

現在の人口は一万二千人、過疎がじわじわ進み、若い世代は都会へ出たり、松山など地方都市で職に就く。このままでは、町は衰微の一途。岡田は、危機感を抱いた。

「なんとかせんと、なんとか町を元気にしていかんと、ますます若いもんたちが離れていくばかり……」

保存地区の約八十戸をくまなくまわり、話を交わすことを地道に積み重ね、互いの信頼を培っていく。

「吉田先生、町づくりというのは保存の痛みを分かち合うということでないでしょうか？」

「先生、うまくいきませんわ」

岡田は、たびたび桂二に電話をかけては話をするのだった。

住む人々が、

「こんな田舎じゃあ、どうもならんし」

と溜め息をついているだけでは、町はさびれていくばかりだと、岡田は思った。

「どうだ。おらが町を見てくれ」

と住民が誇りをもって生活し、あたり一帯が風土と歴史を色濃くとどめた景観を保っていれば、訪れる人はその町の魅力に二度、三度と足を運ぶようになり、町のファンがどんどん増えてゆくはずだ。都会へ出た若者たちだって、ここにUターンしてくるかもしれない。人はいつも発見を求めて旅に出る。それはいつの時代も、珍しい物、新しい物、美しい物を見たい、体験したいという欲求が人間にあるからだ。

町並みが多くの人のまなざしを浴びるようになると、それに応えようとして町は磨かれてゆく。女性が、人の視線を意識することによって美しくなっていくのと同じことである。

住民が「おらが、おらが」ということのみにとらわれて自分勝手をしていては、町並み保存などできはしない。そこに気づいてもらうために、岡田は八十軒の保存地区の家々を、一軒一軒訪ねてまわった。岡田の言葉が町と自分たちの将来のことだけを思うところから発していることに心動かされた人々が、町づくりに協力していくようになる。そこにいたるまでに五年、十年という月日が必要だった。「変わり者」「馬鹿」と呼ばれるくらい私心なく、ひたすら町とそこに住む人々を愛する人物が行政のなかに一人いれば、その町はかならず美しくなることを、桂二は岡田を通して実感するのである。

内子の町は岡田の地道な努力によって、観光バスがやってくるまでになった。岡田が町づくりにかかわって十年目。

「もう、あんたの役目を終わったよ」

と岡田は担当をはずされた。岡田は地域振興という仕事にまわることになった。そこで岡田が見たものは、人がどんどん減ってゆく小さな山間の石畳《いしだたみ》という村落で、細々と農耕に明け暮れる人々の姿だった。若い者たちはみな、職を求めて村を出て行ってしまう。残されるのは壮年を過ぎた年寄りだけだ。

「この村をこのままにしておいたら、遅かれ早かれ消滅する」

と岡田は思った。

「いちばん若いあんたの葬式、誰が出してくれるんや」

誰も出してくれる者はおらんだろう、と岡田は村人をつかまえて説得した。そこから、岡田流の地域振興策が展開する。

「自分らのことは、自分らでやろう」

岡田は、何でも行政をあてにして待っていてはだめだと村人を勇気づけた。そして、東京から桂二を呼び、以前から目をつけていた石畳地区の山の上の廃屋に連れて行った。

「先生、この建物、使えるでしょうか?」

桂二は、建物の木の具合を調べたあと言った。

「使えますね」

「実は、石畳に暮らす女性八人に、町営の民宿をやらせようと思うんです。山の緑と棚田《たなだ》の中にある民宿で、川の水車で精米したうまい米の飯に田舎料理を出す。建物はこの空き家になった民家をなんとか使いたい。いかがでしょうか?」

「できるんじゃない」

おもしろい、と桂二は思った。岡田の計画は議会で吊るし上げにあいながらも、着々と進行した。古い廃屋をそのままに、客を呼んで来るわけにはいかない。現代人の快適な生活を、再生した古い民家で実現する。桂二は、心をこめて設計した。

美しく清潔で、息を呑むほど見事な民家移築保存改修の町営「石畳の宿」は、平成六（一九九四）年、内子から車で十五分ほど山間の道を川沿いに上った村にオープンした。この試みを「アグリツーリズム」と岡田は呼んでいる。

「町で食うものがごちそうじゃない。この村の畑や山でとれた新鮮な野菜で作る料理を、お客様に出せるように工夫するのや。まちがってもハムやソーセージなんか出すな。盛りつけは、大阪や京都の料理屋に食べに行って勉強しようや。自分らの研修だから、身銭で行って身につけねばな」

支配人である岡田は、八人の婦人たちに料理から接客まで、こまごまと指導した。

桂二は、石畳の宿が完成したとき、座敷の白い襖に石畳の里の風景を描いた。それは桂二の石畳の宿へのささやかなはなむけだった。

岡田支配人のもと石畳の宿はオープンした。一泊二食で七千七百円。六十坪の民家で一晩に宿泊できるのは三部屋に十二名。内子の町から十二キロ離れている村部の民宿だが、利用者は年々増え、年間千人を超える実績をあげている。

訪れた人は、村人の作った水車を見に行ったり、少し山を登ったところにある弓削《ゆげ》神社へと散策を楽しむ。マディソン郡の橋よりはるかに風情のある屋根のある木橋が、神社の参道にひっそりかかっている。美しい風景は、静けさのなかにある。

石畳の宿に続いて、桂二の設計で平成六年に内子の木蠟《もくろう》館が国の補助を受けて着工した。

連合設計の事務所での担当は中野裕である。棟に載る鬼瓦《おにがわら》は、桂二が絵を描き、三州《さんしゅう》（三河）の鬼師、梶川亮治がそれをもとに製作した。RC造と木造半分ずつで内子の町並みを考慮した外観。堂々たる構えは周囲の風景に見事に調和している。内部は木造で、埼玉県飯能の岡部木材が丹念に仕上げた西川杉など、国産材をふんだんに使っている。この木蠟館が竣工するとき、桂二は頼まれて展示物の背景に配された襖に、墨で竜と虎の図を描いている。

桂二は、工事の間、たびたび東京から松山へ飛び、内子へ通った。宿泊するのは岡田の自宅で、岡田の家は、伝建地区を眺める場所に建っていた。

町並み保存にこれで終わりということはない。傷んでしまう前に修復し、改修や手入れもしていかねばならない。地元の意欲ある建築家の永見が岡田や桂二に協力し、いくつか伝建地区の建物の改修設計を引き受けていた。

「町並み保存にかかわりながら、地元の建築家、地元の大工が実力をつけていくことが大事だ。自分の町のことは自力でやれるようにならなくちゃ、町並み保存に永続性はない。そうでしょう、岡田さん」

町独自の保存創造力を育みましょうという温かい桂二の言葉に、岡田は胸が熱くなるのであった。

「吉田桂二という人は心底、この縁もゆかりもない内子の町の将来のことを考えてくれている。金でなく心で動く人だ」

岡田が、人生を傾けて心血を注いできた内子の町並みは、明るいノスタルジーにあふれている。どこの観光名所でもお目にかかる、商業主義に擦《す》れた安手の雰囲気はない。一部には外部からの資本が観光客目当ての店を構えているが、そこに売られているみやげ物は、内子で作られたものではないのでつまらない。

住民のふだんの生活の匂いがしみた町並みを歩いてゆけば、古い薬問屋があり、味噌屋や蠟燭屋に出会う。「高畑」と表に小さな表札のある店は、永見の設計による。ここはうまいコーヒーを飲ませてくれる喫茶店で、木造の明るく清々しい店内には、吉田桂二の描いた内子の絵が壁にかけられている。

霜月に催される桂二の個展のおり、

「内子の絵があれば、私に……」

と岡田が手に入れたものだ。

結ばれた縁が円になり、力強く回転しながら前進していく。町づくりのエネルギーはそうして輝きを増すことを、内子の駅に立つたびに桂二は実感する。

「町づくりの三本の柱で一番重要なのは、その町の存在証明としての歴史です。二番目は、住む人の生活空間をいかに快適に作るかということ。古い民家の2K（暗い・汚い）、2F（冬寒い・不便）というのを除いた、快適な住まいでなければ、これからの若いもんは住みませんよ。古い家に新しく住まう。こうでなくちゃ。三番目は、食べていくための道をどう拓いていくかということです」

桂二は、ノーベル文学賞を受賞した大江健三郎の生まれ育った内子町大瀬地区の住民を前に語る。

「ふらりと東京からやってきて、その町に風来坊のように出没してると『よそ者が何やってんだ』と言われそうですがね。町づくりは、みんなで楽しみながらやるものです。ぼくも楽しみながら、準住民になりきってやります。そうしなければできないと思いますよ。一つ建物を造ってぱっと逃げるような建築家ではなく、一宿一飯の恩義とでも言いますか、その土地に馴染み、ずっとかかわっていきたいのです」

桂二は大瀬地区の住民とともにＨＯＰＥ（ホープ）計画を進めていた。連合設計社から佐藤基が桂二に同行し、住民たちとの活動報告書をまとめている。

世界遺産として登録されたことを記念して、富山県の五箇山《ごかやま》の合掌集落で行われたフォーラムの基調講演では、「古い民家をどう直すか。新しく建てる建造物をどう風景に調和させるか。自分たちの地域のファンをいかにして増やすか」というテーマで、内子町でのさまざまな取り組みをスライドで紹介しながら語った。保存地区に指定されると、釘一本打つことも許されない、といった不自由極まりない風評が住民のあいだではまことしやかに囁かれる。「そうではないんです。人が暮らしつづける以上、快適に暮らしてゆけるようにしなければ、近い将来、その建物は住み手を失うでしょう。それでは、保存していく意味がない」

と桂二は、住民を前にして講演のたびに力説する。

二十四の瞳――壺井栄文学館

バブル経済による、海外への企業の進出や外国人労働者の日本への流入は、日本人に国際的視野の広がりをもたらしたと言えるかもしれない。その一方、バブルのはじけた日本に緊

石畳の宿／愛媛県内子町

Ishidatami-no-Yado［1994］

上：石畳の里の風景を描いた襖絵（画・吉田桂二）　左下：外観　右下：室内

木蠟館／愛媛県内子町

Mokuroukan［1995］

左上：展示室　左下：外観（棟に載るのは鬼瓦）　右：外壁

張をもたらしたのは、イラクのクウェート侵攻によって、アメリカがイラクを攻撃した湾岸戦争だった。衛星放送によって茶の間のテレビには、最新式のミサイル弾が飛び交うさまが毎日映しだされた。

しかし、日本の一般の人々にとって、湾岸戦争はやはり対岸の火事でしかなく、自分の家族が兵隊にとられるわけでもないから、のほほんとしたものだった。

桂二は、鈴木喜一の建築事務所である神楽坂のアユミギャラリーの二階で、立松や鈴木、白鳥を相手に、話題がイスラム圏に及ぶや言いだした。

「まったく、アメリカのやりそうなことだ。フセインにはフセインのイスラムの正義ってのがあると思うな」

桂二はアジアやアフリカを何度も旅している。日本とは異なる風土における暮らしが取材の目的で、カメラマンの木寺安彦が同行し、イスラムの国々もまわった。イスラムにはイスラムの暮らしがあり、内部の争いもあるのだ。そこにつけこんで、フセインを悪人にしたてあげようとするアメリカのやり方が、桂二には感心できなかった。

「結局、湾岸戦争は、新兵器の展示会と、使用期限を過ぎる武器の大量消費を目的にしたもので、アメリカ軍の存在感を国内外にアッピールしたかったんじゃないか、って誰か言ってたぜ」

「フセインは降伏はしたが、いまだにイラクの指導者だ。国民の支持を得ているってことだよ」

「戦争ってのは、自分の国の国益を守るためにやるもんだ。しかし、武力によって相手をおさえこもうってのはどうかね。キリスト教の神とイスラム教の神の言うことがちがうとしてもだね、もっと言うなら、神がいようがいまいが、地球上にはいろいろな人間が生きている。これを互いにどう受け入れるかじゃないかね。もともと日本人は好戦的民族ではなかったはずなんだ。風土が緑豊かだからね。平和主義だかなんだかわけのわからないいまの日本だけど、俺はこの国に生まれてよかったと思うよ。この小さな島国の中にバラエティに富んだいろいろな地方がある。人々の暮らしも、山の暮らしあり海の暮らしありで、ほんとうに豊かな国だと思うよ」

桂二がそう言ったところで、立松が思いだしたように言いだした。

「そうだ。この前の戎居の話、どうなった?」

「ああ、小豆島の……」

「小豆島に何か建てるんですか?」

白鳥が尋ねた。

「壺井栄さんの文学館」

「へえ、おもしろそうじゃないですか」

「島の岬のところに、『二十四の瞳』の映画のロケのセットがそのまま残してあってね。大石先生の分教場とかさ……そこに作るんだ」

桂二が言うと、さらに立松が解説を加えた。

「小豆島は壺井栄さんの故郷だからな。栄さんは、文章と同じで飾り気のない温かい人だった」

桂二は、かつて壺井栄が眺めたであろう小豆島の岬の景色を思い浮かべていた。そこには、桂二が設計した銅版葺きの壺井栄文学館が建つのである。

壺井栄は、昭和四十二（一九六七）年に六十七歳でこの世を去ったが、生前、甥の戎居研造の仲間である吉田桂二とは、別荘や住まいの設計のことでよく顔を合わせた。壺井栄は、桂二をモデルに「月見縁《つきみえん》」という短編を書いた。小説のネタにされたのには驚いたが、三十年近い月日を経て壺井栄文学館の設計をすることになってみると、桂二は、めぐる縁の不思議さをひとしお感じていた。

「栄さんは、喜んでくれるだろうか……」

文学は、作者がこの世を去っても後世の人々に何かを残す。考えてみると、建築だって同じことが言える。自分が死んだあとも、美しい建物だと言われるものを残したいものだと桂二は思った。

壺井栄文学館／香川県小豆島

Tsuboi-Sakae-Bungakukan ［1992］

上：壺井栄が使用していた応接セット　左下：外観　右下：展示室

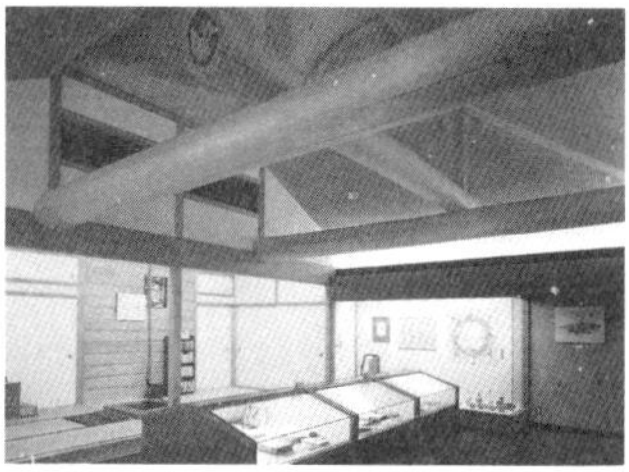

第九章

動的保存

古い家に新しく住まう

師として

設計、町並み保存、執筆、母校・東京芸大での講義、吉田桂二を中心に若い建築家や関係者が集う生活文化同人の会合、雑誌社の取材に加え、月数回の講演、建築家のための間取り塾、仙台から関東、関西、四国、九州は熊本まで広がる各地の現場、NHK文化センターでの絵の教室と、桂二は目まぐるしく動いている。

桂二と縁をもった町は、調査や建物の建設が終わったあとも、何かと相談を持ちかけては、桂二の来訪を請うことが多い。桂二が事務所で自分の席を温めている日は、週の半分ほどだろうか。

「先生、明日は……事務所にいはります?」

電話は、久しぶりに聞く京都の寿栄屋のおかみの声だ。

「いるよ」

「だいぶ涼しうなりましたので、いつものお豆腐送らさしてもらいます。みなさんで召しあがっておくれやす」

「ありがとう。あの豆腐はうまいよ。みんな喜ぶだろう」

桂二は受話器を置くと、仕事をしている高橋や佐藤、斉藤、大久保や岸、佐々ら若手連中に、

「明日は、京都から豆腐が来るぞ」

とふれた。桂二は、事務所にいる日は弁当持参だ。若手連中もみな、桂二にならって弁当を持ってくる者が多い。昼食はいつも若い連中とともに談笑しながらとる。

「明日、豆腐が到着したら、みんなで湯豆腐にするか」

と桂二が言うと、哀願するような声が上がった。

「桂二さん、明日、私、現場へ行かなくちゃなりません。私の分の豆腐、残しておいてください」

「わかった、わかった」

事務所へ桂二あてに送られてくる、筍や漬物、米や酒、若狭熊川の焼きサバ、からしめんたいなど、すべてみんなで分けて食べてしまうのだ。

翌日の昼食に、豆腐をみんなで堪能したあと、

「寿栄屋に泊まったことのあるものは、豆腐の礼状を書いておくんだぞ」

桂二はそう言いながら、おかみへの感謝の手紙を筆でさらりと書いてしまった。

「桂二さん、今度の事務所での間取り教室のあと、このあいだ行かれたエジプトのスライド会をしていただきたいんですけど」

「そうねえ。みんながきちっと前回の『間取り』の課題を提出して、私の採点で八十点以上だったらやるか」

桂二は、自分の持っている技、旅や現場を見てまわって得たものを、惜しげもなく事務所の弟子や生活文化同人の会員たちに分かつ。ことに事務所の弟子たちには、絵の教室や間取り教室を要望に応じて開いている。

「桂二さん、『住宅建築』などに作品を発表されると、図面も載りますが、かまわないんですか？　コピーして造ってしまう人がいないでしょうか」

「ああ、全然かまわないよ。私がやらなければ、絶対に同じようにはできません。そんなもんだよ」

「桂二さん、どうしていつもそんなに元気なんですか？」

「そうねえ、なんでかねえ」

ふだんは、年齢の差など考えもせずに仕事をしている桂二だが、若い連中と桂二は、三十も四十も年がちがう。それでも、いっしょに飲みに行ったり、カラオケに行って歌ったりして、桂二は学生時代のままの気分で若い連中と付き合っている。

「ぼくは、いつも自由でありたい。自由というのは不思議なもので、束縛や重しがあってこそ、初めて昇華されて真の自由を知る。何をやってもいい、好きにすればいいという、糸の切れた凧のように束縛も重しもない自由は、拡散するだけで何も生まれないんだね。いつも自由でありたいということは、心躍らせていたいということ。生きるということは、追い求めつづけること。恋と同じよ。人生は終始ｉｎｇなの。したいことをし尽くしたなんてことあるわけない。一生の終わる瞬間まで仕事して、ぽっと消えたいね」

相手が若かろうが、大工や職人たちであろうが、桂二は相手の言葉に耳を傾け、その仕事に注目する。

「これはいいねえ」

「ここんとこ、うまくねえんじゃないか」

「こうすれば、もっとよくなる」

桂二と出会った人間は、いつしか桂二に見せたら何と言われるだろうか、ということを意識しながら仕事に励むのである。人は、自分より優れた人物に褒められることによって自信を得て進歩する。

桂二に学ぶ若い世代の人たちは言う。

「上司っていうのは説教が多いし、自分の親とかはうるさいことばっかり言うからうんざりだけど、不思議なもので、桂二さんに言われると……すっと胸に落ちてくるの。言葉が……。桂二さんに褒められると『よし、もっと頑張ろう』と思うし、『そりゃ、だめだ』と言われるとこわい。親よりこわいかもしれない。この人に見限られたくないって思えてくる」

「そう桂二さんは、やさしいけどこわいのよね」

「いや、やさしいからこわいんだよ。気分で怒る人じゃないから」

「心の中まで見通されてるって感じます」

若者の幸福は、よき師にめぐり合うことかもしれない。

歴史博物館から分譲住宅まで――常陸・古河の町づくり

桂二の設計した家にひとたび足を踏み入れた者は「ああ、こんな家に住んでみたい」と、かならず思うという。そう思った一人が、茨城県古河市にいた。昭和五十三（一九七八）年、念願かなったその人物は、桂二に設計を頼んだ家に引っ越した。一部以前の家を移築して離れ家とした。そこは読書家の主人の書斎となるが小さな玄関もある。来客の多い家なので、家族用の内玄関を設け、とくに親しい知り合いは、離れ家のほうを訪ねることができるという設計である。その古河の家主は会社を経営していたが、数年後、古河市の市長となる。

室町時代に関東管領《かんれい》であった足利氏は、古河の地に居を構え、古河公方《くぼう》と呼ばれていた。もっと古くには、

まくらがのこがのわたりのからかじの音高しもなねなへ子ゆえに
（万葉集　巻《まき》十四　三五五五）

古歌にその名が見え、渡良瀬《わたらせ》川のほとりの古河に暮らした、いにしえの人々の生活をしのばせてくれる。「まくらが」というのは古河の枕詞《まくらことば》である。

江戸時代には、土井氏八万石の城下町であった。現在は人口五万七千人、都心への通勤圏にある。町の中には土蔵造りの商家や石蔵、煉瓦蔵があちらこちらに残っている。

かつて出城《でじろ》があったとされる土地を含め市内三か所に、コミュニティセンターが建てられることになった。桂二は、この三つの建物の設計を担当したことを緒に、古河の町づくりに参画してゆく。

道路や町並みが少しずつ整えられていく一方で、土井藩の家老をつとめた江戸時代の蘭学者・鷹見《たかみ》泉石《せんせき》の子孫から膨大な資料が市へ寄贈され、それを機に歴史博物館の建設計画が持ちあがった。渡辺崋山が江戸時代後期に描いた鷹見泉石の肖像画は、教科書にも載っていてよく知られている。

「古河の町には、これだけすばらしい歴史が堆積していながら、埋もれてしまっている。このままでは、個性も何もないただのベッドタウンと化すでしょう。歴史を顕彰する町づくりを通して、生活する人々の意識にそれを認識させなければならない」

桂二はそう語り、設計にあたって古河城で唯一残っている遺構の出城跡に濠を復元するとともに、歴史博物館のRC造の本館は歴史景観を考慮して日本瓦で葺き、塗屋《ぬりや》造り*1のイメージの壁には卯建《うだつ》*2を建てて虫籠《むしこ》窓《まど》*3をつけ、煉瓦造り風のもう一棟と本館が、一度に目に入るようにした。連合設計社の桜井明が、この一連の仕事を担当した。

歴史博物館は、濠を隔てた位置に鷹見泉石の屋敷を復元改修した分館を持つ。この分館の設計には、生活文化同人の松井郁夫と十川百合子がかかわった。もう一つの分館として、町中にある土蔵が改修され、日本唯一の篆刻《てんこく》美術館も誕生している。

いままでこれといって見るべきもののなかった町に、歴史博物館や分館が建てられたことで明らかな存在証明が顕現し、古河の町はその落ち着いたたたずまいと文化の香りによって多くの人の求めるところとなっている。

平成二（一九九〇）年に完成したこの歴史博物館は、周囲の環境修景も含めた建築として評価され、平成四（一九九二）年に「日本建築学会賞作品賞」を受賞。また、平成七（一九九五）年には博物館の運用と利用度の高さなど文化面での地域への貢献度を評価されて「公共建築賞最優秀賞」を受賞することになる。

受賞を記念して立松久昌は、桂二のこれまでの仕事を『家づくりから町づくりへ　吉田桂二の仕事』という一冊に編集し、建築資料研究社から刊行している。

*1　**塗屋造り**＝外壁を土、セメント、漆喰などで厚塗りし、木部を隠蔽して防火的にした家の造り。

*2　**卯建**＝切妻屋根の端部、屋根上に突出させた壁。防火に役立ち、隣家との区画を明確に示すため。

*3　**虫籠窓**＝縦格子を壁材で塗り包み、防火的にした格子窓。

コミュニティセンター／茨城県古河市

Community-Center [1987]

左：みどりヶ丘ふれあいの家　右：三和いこいの家

古河歴史博物館／茨城県古河市

Koga-Rekishi-Hakubutsukan [1990]

上：外観　左下：鷹見泉石の屋敷を復元改修した別館を望む　中下：展示室　右下：休憩コーナー

暮らす市民が誇りを持てる町づくりをめざす市長と、古河の町のためにひたすら行動する意欲にあふれた建設課の野中健治がいなければ、古河は町として生き生きとした息吹をもつ日を見なかっただろう。桂二の手になる三つの美しい木造のコミュニティセンターを通りかかると、はつらつとして活動する町の人々の声が聞こえてくる。

古河歴史博物館に続いて、桂二は古河市の住宅公社の分譲住宅二十戸の設計において、新しい町並みづくりをすることになった。

「設計にあたって考えたことは、各戸が個性的でありながら、勝手な造形の氾濫でもない、いうなれば古い町並みに見られる落ち着いた調和感のある町をつくりたいということであった。各戸の基本設計案を事務所内のコンペで募った。条件は、屋根型は切妻主体で日本瓦葺き。勾配四寸。場所によっては方形も考慮。寄棟は不可。外壁は四種類。混在も可。カーポートはできるだけ一体化することを申し合わせた。出された案は、討議で優劣を判定したが、最終的にはそれらの案を町並みとして配慮したときどうか、という集合住宅の視点からのチェックを加えて決定した」（『家づくりから町づくりへ』より抜粋）

このようにして、桂二と事務所の直弟子《じきでし》らの競作設計による二十棟は、地場産業の振興と木造伝統技術の継承を強く望む桂二の発案で、古河市建築組合に一括して発注された。希望した組合員二十人が一棟ずつ責任をもって建てていく。

この工事のあいだ、大工たちは、建ちつつある家、二十棟で競い合い、多くを学んだ。現場の総監督には生活文化同人の益子昇があたった。二十棟に、どれひとつとして同じ家はない。桂二は設計し、また全体を総括したが、連合設計社の中野裕、桜井明、坂井信彦、長谷川順持、松本昌義、勝見紀子らがそれぞれの持ち味を出した。

ここに木造建築の伝統を継承しながら、調和感のあふれた町並みが実現する。現代の生活に美しくマッチした画期的な新しい町は平成三年に完成し、古歌の枕詞にちなみ「まくらがの郷《さと》」と命名された。

その後、古河市では、この地に生まれた歴史作家の永井路子が、北鎌倉の蔵書やモーツァルトのレコード・コレクションなどの寄贈を市に申し出たことを受けて、歴史博物館の一角に文学館を建てる計画が進められていた。

古河市から設計の依頼を受け、永井路子と夫の歴史学者・黒板伸夫に会った桂二は、数日のうちに洋館風のスケッチをまとめる。RCを含む木造で、永井路子寄贈による書物の文庫の部屋やレコードの部屋がある。暖炉の前でくつろぐこともできるし、食事を楽しむ場として、しゃれたイタリアン・レストランも入ることになっていた。市民が文学や音楽に親しむ安らぎの場になることを願いながら、桂二は考える。古河文学館は平成十(一九九八)年の完成をめざしていた。

桂二の古河市での余技ともいえる仕事に、歌碑の設計がある。茨城県の生んだ文学者、長塚節《たかし》が、古河に住む若杉鳥子という女性に寄せて淡い思いを詠んだ歌が歌碑に刻まれた。歌碑は、おびただしい数の桃の木が植えられた総合公園の一角に建てられた。工事を請け負った古河石材のおやじさんは、息子に語った。

「こんな仕事こそ、石屋の本望だ」

桂二のデザインが、彼をしてそう思わしめたのだ。

歌碑は奇抜と言えなくもないデザインだった。百四十センチと百二十センチの丈の二柱の赤御影《あかみかげ》の石の一角をゆるく穿《うが》ち、そのくぼみに一個の円球を抱かせたのである。二柱の碑は、かろうじて寄り添いながら石の球を共有している。

桂二はこの歌碑をスライドで紹介するとき「男と女の愛の形は、こんなものかもしれません」と言い添える。

歌碑には、次の歌が刻まれている。

長塚　節

まくらがの古河の桃の木ふふめるをいまだ見ねどもわれこひにけり

紅のしたてりにほふももの樹の立ちたる姿おもかげに見ゆ

若杉　鳥子

み歌今われなき家の文筥に忘られてあり身は人の妻

まくらがの古河の白桃咲かむ日を待たずて君はかくれたまへり

長塚節は、鳥子の写真に恋をした。生涯、会い見ることのなかった文学の才能にあふれた二人の歌碑に、桂二は球を抱かせた。物理的に見れば、二柱のうちどちらかが身を引けば球は地に落ちる。愛とはかくも危ういものなのか。この作品に、桂二の恋愛観を垣間見る。酒を飲みながら桂二は立松に語る。

「愛という言葉は高尚すぎて、おれには使えない」

「そうかあ？　おれにとっちゃ人間、好きか嫌いかのどっちかよ。日本人には、愛もへちまもあったもんじゃねえ」

「女には恋するもんだ。おれは女に恋しかしないと思うな」

「女に狂うのも仕事に狂うのも同じさ」

　そばで聞いていた誰かが桂二に尋ねた。

「けど、桂二さんは女性のファンが多いからなあ。『愛しています』なんて言われたらどうします？」

「そうねえ。やっぱりオレにとっちゃ愛と恋は対立する概念かもしれない。愛って言葉には、神の愛だとか、人類愛、人間愛、動物愛、郷土愛なんてのもあるだろ。ただ男と女の愛は少し違うんじゃないか。純粋な愛というのは報いを期待しないものさ。男と女の愛はほとんど自己愛だね。『あなたを愛しています』と言いながら『だから私を愛してください』という裏がありはしないかい」

　まったく……桂二は純粋なやつだ、と立松はほろ酔い加減の頭の中で思う。桂二が狂ったように大平宿に注いだ愛情は何だったのだろう。桂二にとって、恋だったのか、それとも愛だったのか……。

「ま、どっちでもいいさ」

　立松は、杯になみなみと桂二がついでくれた酒をぐいっと飲み干した。

まくらがの郷／茨城県古河市

Makuraga-no-Sato［1991］

上：白壁を配した分譲住宅地の町並み　左下：分譲住宅地内風景
右下：歌碑（右・若杉鳥子の歌、左・長塚節の歌）

大平宿が教えてくれたこと

大平宿では、飯田市が平成二（一九九〇）年に、三か年にわたる「ふるさとづくり特別対策事業」を打ちだし、大平宿の十戸の民家の整備に一億円の予算をつけた。なによりも飯田市が立ち上がってくれたことに大きな意義がある。

桂二は、町並みゼミ以降、休息状態にあった「大平宿を語る会」の組織を改組し、生活文化同人のメンバーに協力を呼びかけ、「歴史環境設計会議」を組織して、持ち主から建物を市へ寄贈する了解の得られた九戸についてそれぞれ三、四人の担当グループを作り、設計にあたった。

この事業は限られた工期、降雪などの厳しい自然状況、竣工後の管理・運用の未決という不安材料を抱えながらも、平成五（一九九三）年、多くの人々の真心の協働によって、奇跡のように大平宿を蘇らせた。

立松は平成六（一九九四）年の「住宅建築」五月号に大平宿再生の七十頁の大特集を組んだ。そして桂二は、七月にこの大平宿で「第一回大平建築塾」を生活文化同人を中心に開催する。

「大平建築塾へのお誘い」

飯田市が実施した今回の保存改修事業は、当初からこの運動にかかわって来た者としては、大平もここまで来たか、という感慨ひとしおです。しかしまだ、永続的な保存再生のレールが敷かれたわけではありません。大平建築塾は、大平の保存再生をより確かなものにすることを狙いとしていますが、歴史的な遺構を残す集落で、風土の一部をなす建築のあり方を、保存と創造の問題としてとらえ、討論し、自分達の仕事の質をさらに向上させたいところにあります。

生活文化同人　歴史環境設計会議

桂二自身は、生活文化同人の会報に、次のように述べている。

「大平とのかかわりは、自分の仕事と保存とが矛盾しているのではないか、という自分への問いかけとなった。保存と創造は連続的なものという認識は、その後の仕事の対象と内容を急速に変化させた。私にとって『大平が原点』であるという意味はこうした事情による。しかし、時代は確実に動いた。民家や町並み保存を単なるノスタルジックな心情とか、年寄りじみた趣味の世界、或いは暇人の遊びと考えている人は最早珍しいといってもよい。いわんや『大平建築塾』に参集してくる人たちの認識がそんなところにある筈がない。歴史的遺産と自分の仕事の接点をどう見出だしてゆくのか、同種の命題をかかえて取り組んでいる人達との出会いを通じて、新たな糧を求めようとしているに違いなかろう」（一九九四年七月号）

大平建築塾には、立松ももちろん参加した。参加者百三十六名。桂二に続く若い世代は着実に育ちつつある。大平宿の見学や講演、分科会と日程は盛りだくさんで、食事の準備や風呂焚きなど、小林一元、豊崎洋子、江原幸壱、岡部知子ら生活文化同人のスタッフたちは大活躍だ。

囲炉裏端の生活の原体験とは言え、電気はきている。水道は簡易水道。公衆電話が一つ。携帯電話は電波が届かない。食料係が、各戸に人数分の食料を配布する。かまどに薪がくべられ、子供たちは外を元気いっぱい走りまわる。食事の準備が始まると、桂二はもっぱら紙屋の囲炉裏で火の番ということになる。

夜ともなれば、夜中過ぎまで桂二や立松を囲んで酒盛りが続く。左官職の高木勝夫は大平建築塾を振り返って語る。

「私たち職人は、高いところの建築設計の先生方と話をすることはありません。大平建築塾では、私たち職人を家族のように扱ってくださり、日本全国から集まってこられた建築家の先生方と囲炉裏を囲み、二夜、尽きることなく語らい、斜陽化にある左官技術に先生方はもとより、建築家を志す学生さんたちまで、たいへん関心をもっていただきました。楽しかった大平塾。今度また機会があったら、左官を語り、壁を語り、心の壁まで語りたい……」

大平建築塾は、毎年八月に開催される。中央高速を走れば、東京から飯田まで高速バスで四時間である。桂二が大平に通いはじめた一九七〇年代には、想像もできない速さである。それだけ開発と自然破壊が進んだとも言えるだろう。

だからこそ大平の歴史環境は保存されなければならないのではないか。建築塾では、保存のためのさまざまな分科会が、年ごとに企画されている。「きこり体験」で、周囲の林で間《かん》伐《ばつ》を学ぶ。羽場崎の指導による「わらじの作り方」。カメラマンの畑亮による「ピンホールカメラの作り方」。参加者全員で、障子の張り替えもやる。この活動を知り、共鳴した岐阜県多治見市の横田文孝は、多くの人に大平宿や生活文化同人の活動を知ってほしいと考え、一九九九年にCD－ROMを制作した。

講演に訪れてくれた人々には、桂二に大平を紹介した本多勝一。東京の谷中、根津、千駄木の町並みを拠点に「谷中　根津　千駄木（谷根千《やねせん》）」というミニコミ誌を編集し、作家でもある森まゆみ。哲学者の内山節《たかし》。水質環境の宇井純。建築構造家の増田一眞らがいる。もちろんみな、ボランティアでの参加である。

夏の大平建築塾が終わり、東京の事務所での日常に戻れば、公共建築から、民家再生、数十坪の住宅や三畳の茶室にいたるまで、まだ誰も見たことのない建物が、桂二から次々に生まれてくる。

「依頼者と会い、土地を見ると屋根のイメージが決まる。ほとんど無意識のうちに間取りはできあがっていると言えるかな」

桂二がさらさらと間取り図を描き、依頼者に説明を始めるときには、その建物の中でくり広げられるであろう生活が語られる。

桂二の話を聴く者は、いまだかつて見たことも聴いたこともない自分たちの未来の暮らしが、鮮やかに語られることに驚くのである。「家族のあいだでさえ距離感のあるこんな時代だからこそ、いのちを育てる器となる家は、ともに暮らす夫婦や親子や兄弟が互いの間合いを思いやりで作りあげていけるような、極端に言ってしまえば、ふれあわずには暮らせない家を作る必要がある」

それが桂二の住宅設計の基本理念だ。それを桂二に教えてくれたのは、幼少のころの記憶であり、大平宿であり、旅で出会った多くの民家とそこに暮らしている人々であると言えるだろう。

若狭・熊川宿の町づくり

桂二は、福井県の嶺南《れいなん》にある上中町《かみなかちょう》の依頼を受けて、平成六（一九九四）年から若狭から京都への街道筋にある熊川《くまがわ》宿の保存と町づくりに協力することになった。

この熊川宿は、昭和六十一（一九八六）年にナショナルトラストの米山淳一や、当時、明治大学にいた西村幸夫（現・東京大学）らと調査を行ったことがある。実はそれ以前にも福井大学の渡辺貞清や福井宇洋《うよう》らによって、保存対策調査が行われていた。しかし「伝統的建造物群保存地区の選定を受けると、木も切れないし、釘一本打てなくなる」といううわさが広まり、熊川での町並み保存は消極的なものになってゆく。その後、日本のあちらこちらで歴史的町並みの保存に対する関心が高まり、熊川宿でも、ふたたび取り組んでゆこうという気運が、教育委員会の呼びかけで町の人々にきざしつつあった。

熊川宿は、その規模において中山道《なかせんどう》の妻籠や奈良井の宿をもしのぐ町並みと言われている。若狭湾で捕れた魚は、小浜《おばま》で一塩《ひとしお》されて京の都に運ばれてきた。「若狭物《もの》」という上代《じょうだい》の記録や木簡も残っており、古くから開かれていた小浜の町は「海の奈良」と言われていただけに、千年以上の歴史を誇る神社仏閣が多く存在する。

その小浜から熊川宿を経て京へ至る街道は、鯖《さば》街道と呼ばれた。「京は遠ても十八里」——歩いて一昼夜かかったという道程を、若狭の人々は魚を背負い都へ向かった。いまでは、熊川宿の脇を走る国道で一時間ほどで京都へ入る。文明がもたらしたものは、自動車であり、新しい道。しかし、その脇の熊川宿には、徒歩で運ぶしかすべのなかった時代の歴史の面影がいまなお残る。

熊川宿を歩けば街道沿いに流れる前川の水音が清々《すがすが》しい。街道の両側に続く町並みは、平入り[*4]の家、妻入り[*5]の家、真壁《しんかべ》造り[*6]や塗込め造り[*7]の表構えが連なる。しかし、この歴史的町並みにもちらほら新しい家が建ち、このままにしておけば町並みはどんどん変わってしまう。

上中町の教育委員会の永江寿夫は、歴史学者を父に持つ文化財担当の職員だ。彼は歴史から禅や哲学といった思想にも造詣が深く、身をいとうことなく熊川宿の住民と行政の中継ぎに奔走した。永江は、ナショナルトラストの米山淳一や東大の西村幸夫、福井大の福井宇洋、そして吉田桂二らと相談協力しながら、辛抱強く町民に呼びかけた。こうして「保存から町づくりへ」と熊川宿の運動の方向がだんだんと定まってゆく。

桂二が取り持つ縁で、上中町と町づくりの先輩である愛媛県内子町との交流も始まり、バスを仕立てて、熊川宿の人々と永江らは内子を訪れた。永江はその後、内子の岡田文淑に、電話でアドバイスを受けたり励まされたりしている。こんな具合で、吉田桂二が日本の各地へ運ぶ縁は着実に円となり広がってゆくのだ。

平成五（一九九三）年一月、熊川宿で緊急事態が起こった。伝建地区選定をめざす熊川宿の核ともいうべき逸見《へんみ》勘兵衛家の壁に大きな穴があいてしまったのだ。この建物は、伊藤忠

＊4　**平入り**＝五五頁を参照。

＊5　**妻入り**＝九九頁を参照。

＊6　**真壁造り**＝一二七頁を参照。

＊7　**塗込め造り**＝塗屋造りと同じ。二五三頁を参照。

商事二代目社長・伊藤竹之助の生家である。持ち主で大阪在住の逸見家当主・逸見諒は、

「町の役に立つならば、先祖も喜ぶと思います」

とこの建物を町へ寄贈すると申し出た。

このまま手をこまねいていても家は傷んでいくばかりだが、いざ修理となると莫大な費用がかかる。しかし、この家を失えば景観は二度ともとには戻らない。霜中衞町長は、寄贈を受けて修復改修することを決断した。このとき、

「この逸見勘兵衛家を『古い家に新しく住まう』モデルハウスにしては？」

という西村幸夫の提言で、設計のいっさいは吉田桂二にまかされた。桂二は事務所の松本昌義、藤谷智史らを連れて熊川宿を訪れ、さっそく実測をした。

「昼間も暗くて、寒さに震え、不便さに耐え忍びながら暮らさなければならない家に若い人たちが憧れるでしょうか？　もっと快適で明るくて清潔で便利な家を求めて出て行ってしまうでしょう。生活しながら町並みを保存していくには、いま住んでいるみなさんが時代にあった暮らし方で、快適に過ごせるような家にしていかなければならない。これを動的保存と呼んでいます」

桂二は、熊川宿の人々に語る。桂二が設計した動的保存のモデルハウス逸見勘兵衛家では、不便さがいっさい廃されており、水まわりなどもモダンで、しかも日本の町屋の風情を豊かに味わえるはずだ。この逸見勘兵衛家の保存改修再生工事は、平成九（一九九七）年に完成することになる。

清らかな水の流れに息づく町、熊川宿は、静かに目覚めつつある。熊川宿を離れて町や都

会へ出て行った人々へも呼びかけは広がっていく。故郷が生き生きとした輝きを得るために、そこで育まれ巣立っていった者たちは、心を寄せ応援してくれるだろうか。親を思うように故郷を思いだしてほしい。故郷の町は、派手な装いをこらそうというのではない。より住みやすく、より端整な姿で、二十一世紀を生きる世代に、住み継いでいこうとしているだけなのだ。

故郷を離れて久しく、家が雪で倒壊したことを知らせても返事さえよこさない人もいる。

「よほど忙しいのやろか」

永江は、毎日寒々としたその風景を目にしては心を痛めている。かつては己のルーツである先祖が暮らしていた家が、捨てられて命尽き、遺骸をさらしているというのに……。

桂二は、永江と熊川宿に立つたび、町づくりのための核となる人物が行政には絶対に必要であると思う。古川町の加藤や内子の岡田がそうであったように、心から人を思い、町を思って行動できる人物がいれば、かならず理解者が現れ、仲間が増えて、町づくりは成功する。

熊川宿の住民の意識を町並み保存の方向へ練りあげていってくれたのは、町議会議長をつとめた河合健一だった。河合は、それぞれが、それぞれの立場で意見や不満を述べつづけても、何も動きはしないことがわかっていた。

「後には退かない。前へ進むか、それとも今後いっさい町並みのことに口出ししないか、二つに一つだ」

河合は、住民の前で力強く言い切った。

そしてとうとう熊川宿は、文化庁の視察を経て、平成八年（一九九六）、国の伝統的建造物群保存地区に選定された。

　永江は、

「この日を迎えられたのは、トラストの米山さん、西村先生、福井先生、吉田桂二先生や岡田さん、そしてなによりも町の人たちのおかげだ」

　と喜びをかみしめ、

「まだまだ、熊川の町づくりはこれからだ」

　と決意を新たにする。福井県による景観整備の大がかりな工事が始まろうとしていた。永江は、桂二が熊川の入り口の「道の駅」を設計することに決まったと聞いて安堵した。

「この熊川を知りつくし、いとしんでくださる桂二先生だからこそお願いできる」

　永江は桂二が、熊川にさらに美しい景観を加えてくれると確信できた。道の駅の休憩所とトイレは、地元小浜の柴田純夫が設計する。若手建築家の柴田の仕事には、桂二も信頼を寄せている。柴田は、熊川宿の町屋の改修設計の相談役という労の多い仕事も引き受けてくれていた。

　近江今津の駅へ桂二を送る車を運転しながら、永江が桂二に言った。

「吉田先生、ぼくが町並みの保存と町づくりを考えるときに、いつも思いだす哲学者の西田幾多郎《きたろう》の言葉があるんですけど……」

「へえ……どんな」

「『創造に於いて、人間は何処までも伝統的なると共に、過去未来と同時存在なるものに、即ち永遠なるものに、何物かを加えるのである』という言葉なんです」

「ほう。西田幾多郎が……さすがだね……」

永江の話に耳を傾けながら、以前、建築出版界の大御所、平良《たいら》敬一がやはり西田幾多郎の「場の論理」をあげて景観について語っていたことを思いだした。そして桂二は思った。

「上中町にこの子がいなかったら……」

桂二は、ゆっくりと煙草を一本取りだすと、ジッポーのライターで火をつけ、若い永江の横顔をちらりと見た。役所に勤めるという仕事は、はてしない住民の苦情の受け皿として生きてゆかねばならない覚悟がいる。桂二は永江の言う西田幾多郎の言葉から、フランスの哲学者で社会学の創始者と言われたオーギュスト・コントの言葉を連想する。

「人間は歴史的存在である。歴史を構成するものは、現在生きている者だけではなく、過去に生きたすべての先祖、そして将来生まれて来る子孫をも含む」

西田幾多郎やコントの言葉をふまえた仕事をしている行政の職員が、日本にどれほどいるだろうか。

桂二は、上中町や熊川宿がこれからぶつかるであろうさまざまな問題を思う。町の活性化を願って進む、町並みの整備、道の駅の完成。その後についてくるのは観光化、商業化である。過疎になりつつある小さな町が生きてゆく道を拓くには、観光化しかないのだろうか。

外部資本の流入によって変容し、イベントパーク化した小樽。地道に住民の暮らしが守られている奈良の今井や大阪の富田林《とんだばやし》。かつて妻籠が「売らない。貸さない。壊さない」と謳って進めてきた保存運動の例とその結果をも視野に入れて、熊川宿の進む道を選択してゆかねばならない。

そして熊川宿では、高齢化と空き家対策の問題が年々深刻になるだろう。観光で人がやってくるのは一時的現象だとするならば、定住者の増加を図らねば、町並みを保存していく根本的意味を失ってしまうことになる。これからどんな町づくりをしてゆくか、住民と町が真剣に話し合い、一体となって取り組んでゆくしかない。

いずれにしても、永江には骨の折れる仕事ばかりが続くのだ。

それでも、ここで生きてゆかねばならない。永江も、地域の人々も、みなともにである。

車は近江今津の駅に着いた。

「それじゃあ。また来るよ」

吉田桂二は永江にそう言い残すと、改札口へ向かった。

逸見勘兵衛家保存改修／福井県上中町熊川宿

Henmi-Kanbei-Ke［1997］

左上：室内　左下：外観　右：室内

道の駅／福井県上中町熊川宿

Michi-no-Eki［1999］

上：レストラン　左下：外観　右下：売店

第十章

百年住み継いでいける家

風土を継承した環境共棲《きょうせい》住宅

若い家族が暮らす――古民家から生まれた夢屋

平成六（一九九四）年、「現地で、もしくは移築して住んで下さる方に、古い民家を無償で差し上げます」という、奥会津古民家ツアーに参加した桂二の娘一家は、築百五十年はたっていようかという江戸時代の中門造り*1の家を、会津から那須へ移築することになった。

桂二が設計し、工事は益子昇が担当する。民家にじかに触れて学ぶ絶好の機会というわけで、実測から解体、古材洗い、腐食防止の久米蔵《くめぞう》塗り*2と、生活文化同人などのボランティアも参加した。

古民家の2K（暗い・汚い）、2F（冬寒い・不便）という欠点をクリアーするために、桂二は天窓をつけて採光し、天井、壁、床に断熱材を入れた。腐食した部分には新しい杉材、栗材を使う。栗材は、腐食しにくい優秀な材である。腐食の原因となる湿気をきるために、コンクリートの床は高めにする。

構造は古い民家の移築であっても、間取りは変える。設備は最新で、実際は新築と少しも変わらないものとしたのが、桂二の民家再生である。若い家族が快適に暮らすことができて、これからの子供たちの成長に対応してゆける間取りを考えている。

移築前、この民家は寄棟《よせむね》*3の茅葺きであったが、

「鉄板の一文字葺きで寄棟にしてしまうと、少し威厳がないからな」

と言って桂二は、屋根を入母屋《いりもや》*4に変える。入母屋にすると屋根内の通気もとれるからだ。

*1 **中門造り**＝越後から東北の日本海側にかけて見られる民家形式。平面形はL形で曲がり家に類似。図はその一例。

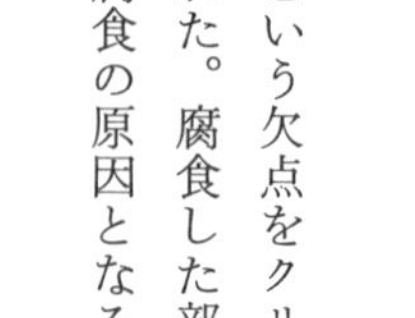

*2 **久米蔵**＝材の腐食を防ぐ古来の塗料。

この家の土間の一角は、コーヒーとクラフトの店「夢屋」となる。オリジナルの手染めや手織りの品々、飯能に住む桂二の妹一家の南川窯の魅力的な器の数々で目を楽しませ、うまいコーヒーと新鮮野菜のピタサンド、インドカレーなどを味わえる。

家のかたわらを流れる小川のせせらぎを聴き、完成した入母屋の大屋根を仰ぎ、ベンガラの壁のしゃれた家に入り、内部の天窓から降り注ぐ光を浴びるとき、かつてのみすぼらしい茅葺きの民家からの再生が、夢かと思えてくる。これほど大胆で美しい民家再生は、いまだかつてないのではなかろうか。

夢屋が完成して間もなく、桂二は、親友の立松と月刊誌「住宅建築」の編集長・植久哲男を、東京・神宮前の表参道から少し入ったところにある、桂二の設計でガレージを精進料理の店に改装した「月心居《げっしんきょ》」へ誘った。

この店は、京都山科から大津へ越える国道沿いにある月心寺の村瀬明道尼《みょうどうに》のもとで三年間の修業を積んだ、棚橋俊夫の店である。

神宮前のこの場所に店を開くことを決めた棚橋は、桂二の著書に感銘を受け、手製の胡麻豆腐を下げて桂二に面会を求めてきた。棚橋の店の設計の依頼を桂二は快諾した。おもしろいと思ったからだ。「月心居」という店の名前は、村瀬明道尼が決めた。

桂二が設計し、できあがった小さな庵《いおり》のような店に、棚橋は一人寝起きし、精進料理を作り、客を迎える。この店は客の人数に応じて、建具《たてぐ》で部屋の大きさを変えることができる。こんな使い方があったのかと、建具の威力に瞠目《どうもく》させられる空間である。

桂二の建具やディテールへのこだわりは、吉田五十八の影響がある。五十八の押込み戸*5の

*3 **寄棟**＝屋根を四面とも勾配にして寄せ付けた屋根形。平面形が正方形だと方形屋根（一五一頁を参照）という。

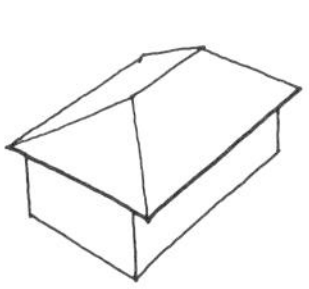

*4 **入母屋**＝寄棟と切妻を合体させた形の屋根形。

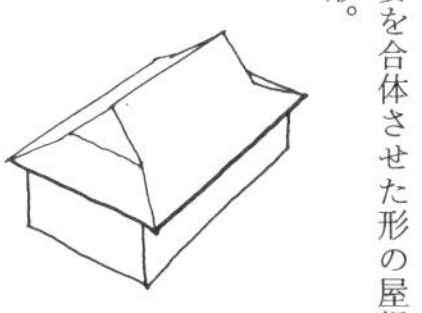

*5 **押込み戸**＝一二八頁を参照。

夢屋／栃木県那須町

Yumeya［1995］

上：外観　左下：コーヒーとクラフトの店　右下：住居部分

手法を桂二はよく使う。「月心居」のややひびの入った土壁のような内壁は、桂二の新しい試みのひとつである。

長押《なげし》に「蓮根《れんこん》」の木彫りがあるのは桂二のアイデアで、

「蓮根には、穴が十個あるんだ」

と桂二がまず手本を彫ってみせた。残りの蓮根は、桂二が事務所の所員たちに一人ずつ「工作の宿題」として彫らせた。

柱の装飾の小さな彫刻までやる設計事務所は、あまりないだろう。棚橋は、蓮根を店の印にした。

棚橋の精進料理は、数年後、雑誌やテレビにとりあげられ、棚橋自身の月心寺での修業は、NHKの朝の連続テレビ小説「ほんまもん」のモデルとなり、棚橋俊夫はドラマ収録の際、撮影のための料理を担当することになる。

月心居の吟味された野菜の精進料理と北陸の旨い酒で、桂二と立松、植久の話は弾む。

「民家再生をリサイクルだというやつがいる。民家再生は、断じてリサイクルじゃない」

酒が入ったせいか、いつになく桂二の強い語調に、立松の後を継いで「住宅建築」の編集長となった植久哲男はややたじろいだが、編集者らしく柔らかい物腰で答えた。

「桂二さん、桂二さんのおっしゃる民家再生は、古材を寄せ集めてリサイクルするものではないということでしょう」

「もちろんそうですよ。古材を寄せ集めたとしてもそれぞれの材に性《しょう》があるからね。ケヤキやカラマツのようにあばれる材もある。だから、民家を再生させるときに使えるのは組まれていた構造材だよ。傷んでいる柱は根継ぎをすればいい。民家民家と言って古いから何でもありがたいんじゃない。日本の民家のいいところは、自由に間取りを改変できる構造にある、ということだね。現代生活に即応した暮らしを、民家という器は最も安らぎのある快適な空間で包んでくれる」

「ということは桂二さん、『古い器をバラバラにして再利用しましょう』というのではなくて、古い器に、最も新しい快適な暮らしの間取りを入れるってことですね」

「そういうこと」

「今度、民家再生の特集号を企画します。そのときは桂二さん、原稿をお願いしますよ」

植久と桂二のやりとりを黙って聴いていた立松が口をはさんだ。

「植久、その企画をやるのなら、熊本の坂本善三美術館ができあがってからにしたほうがいい」

「坂本善三美術館……いつできあがるんですか?」

「この夏……だね」

「ああ」

桂二と立松は、互いの目線を一瞬とらえあった。なにしろ坂本善三美術館の仕事は、立松が桂二に持ち込んだものだったからだ。

「坂本善三さんと言えば、立松さん、熊本に取材に行かれたことがありましたね?」

植久が言うや、立松が独壇場とばかりに話を始めた。

「そうだ。おれの麻布の後輩になあ、益田祐作というやつがいる。彼は大学で美術史を教え

月心居／東京都渋谷区

Gesshinkyo［1992］

左上：店内の食事処　右上：店の上がりがまち　中：連続写真。
襖を次々に開けると、食事処が広がってゆく。下：すべての襖を開け放ったところ。

たりもするが、リトグラフの工房をやっているんだ。この益田が坂本善三狂いでね。そうそう、世田谷美術館の館長の大島さん。この人も益田と同様、善三さんに惚れてましてね。そんな縁で取材することになったんだ。そのころ善三さんは、熊本の水前寺よりずっと東の戸島ってところの民家に住んでいたけど、この人はすごい画家だった。阿蘇の小国《おぐに》の生まれで、一日中、阿蘇の山を睨んでいたこともあったらしいが、まちがいなく日本が世界に誇れる芸術家だった。作品のことしか考えない、ものすごく地味な人だったね。日本よりパリでの評価が高かった」

なるほど、と植久は立松の話にうなずいた。立松も、坂本善三という画家に面会し、心を動かされたのはまちがいない。

民家に息づく絵画――坂本善三美術館

平成五(一九九三)年に坂本善三美術館の計画が持ち上がったとき、益田は立松に相談を持ちかけた。益田からひととおり話を聞くや、立松は即座に、

「それができるやつは吉田桂二しかいねえ。おいらのだちっ子よ。明日紹介してやるから十一時に飯田橋の駅で待ってろ」

と命令した。益田は後悔半分、不安半分のまま、逆らえない雰囲気の立松に従って連合設計社を訪れたのである。桂二は黙って話を聞いたあと、

「おもしろいんじゃないの」

と立松と益田に笑ってみせた。

桂二はその後、世田谷美術館の館長である大島清次に坂本善三美術館の計画についての問題点を指摘された。

「坂本善三を表現するなら、伝統的木造しかない。地元の佐藤さんが、古い木造民家を町へ寄贈するという。その民家を移築して美術館にする。都会の美術館の中ではなく、画家が愛してやまなかった故郷の風景の中に美術館を作る。坂本善三の作品は、風土の色濃い民家の中に展示することがふさわしい。私もそれに異論はない。しかし吉田さん、私は専門家として三つの問題を提起したい。第一は、抽象画を民家に展示する矛盾です。第二は、絵画を民家の中に並べる矛盾です。そして第三は防災、防犯、絵画の保存をどうするか、ということです。どうです。できますか？」

桂二は、大島の挑戦状を受け取った。頭の中では、すでに大島の挑戦に答えるべく作戦が始動していた。

民家に抽象画の矛盾は、これまでそういう例がないというだけのことで、さして問題ではないように思われた。ともかく保存、防火、防犯、防災さえクリアーすればいい。収蔵庫と展示棟はＲＣ造にするしかない。問題は移築再生改修する民家をどうするかだ。

桂二、立松、大島、益田の面々は東京から熊本へ飛ぶ。熊本空港から阿蘇は近い。釈迦の涅《ね》槃《はん》姿に例えられる雄大な阿蘇五岳を背に、世界最大のカルデラの外輪山の一角を登りつめ、見渡すかぎり草原の丘陵に牧場の牛乳を運ぶミルクロードを走る。草原がとぎれ見事な杉山が目に入ると、ほどなく小国町である。小国町は、宝暦年間（一七五一〜六四）から植林が盛んで、小国杉の産地である。

桂二らを乗せた車は町役場へ向かった。坂本善三の夫人ら遺族から寄贈された作品が、役場に保存されているからだ。桂二は、坂本善三の弟子の坂本寧の説明を受けながら、初めて坂本善三の作品を前にした。

「ああ……これは……」

桂二は正直言って、これほど心動かされる抽象画に出会ったことはなかった。桂二が対峙《たいじ》しているのは、坂本善三という画家の魂から生みだされた作品であった。それらは画集では伝え得ない迫力をもって桂二に迫った。

「これは、まさに日本の色だ」

大島や益田が語ったとおり、フランスでその油絵とリトグラフが「東洋のグレー（灰色）の画家」と評判になったのもうなずける。「形」「格子」など一連の絵に使われている色も、桂二にどこかで出会った色だと訴えてくる。洋の東西を問わず多くの絵画を見てきた桂二だが、真に具象を超えた抽象というものを実感した。坂本善三の作品に塗り込められたものは、桂二が日本の各地を歩いて見てきた色のすべてを包含しているかに見えた。桂二は、善三の作品を見つめつづけた。

「この絵の、額縁になるような建物にしたい」

桂二の全身を駆けめぐる血液から細胞の一つひとつにいたるまでが、新しい美術館のイメージの完結へ向けて脈を打ちはじめた。

「善三先生は、独自に調合した絵の具を使われていました。この色は誰にも出せません。私は、先生の存命中にその調合の伝授を受けていますから、絵が傷んだ場合は、私がなんとか……。しかし早く、きちんとした収蔵庫に納めなければ作品が傷んでしまいます」

医師を辞め、坂本善三美術館の館長となる善三の弟子、坂本寧が、桂二に言った。善三の作品を知りつくし、その精神と芸術を語り継ぐことに余生を捧げたいという坂本寧の真摯なまなざしが、桂二の胸にしみた。

そのあと桂二らは、寄贈された大正時代の民家を見に行った。この民家は過去に屋根が茅葺きから鉄板葺きに改められていて、民家の小屋組みをすでに失っていた。そこで桂二は、移築改修の際、鉄骨で新たな屋根を作ることにした。造るべき形のイメージは、すでに桂二の頭にできあがっていた。

小国から大分へ向かう国道を走り、町の物産館である木造ピラミッド型の建物が目に入ったら左に折れ、トンネルを抜けると右手に鉾納社《ほこのうしゃ》がある。その並びに坂本善三美術館の用地が選ばれた。美術館設立準備委員の大島たちや桂二の希望もあり、小国町の宮崎暢俊町長は、二年という時間をかけて住民と話し合い、美術館の景観に含まれる山も用地として買い上げている。小国町の美術館への意気込みがうかがえる。用地が決定し、役場の職員が造成して平地《ひらち》にすると言いだしたとき、桂二は真っ向から異議を唱えた。

「造成して平地にするのはいけません」

町役場の職員は首をかしげた。

「そぎゃんおっしゃいますけど、吉田先生、平地にせんと……高齢者や車椅子の来館者もあると思いますし……」

「それは、十分考慮して設計します。ともかく平地ではだめです。美術館が懐の深さを失います。坂があることによって、この土地に奥行きと眺望が生まれるということです」

いつもおとなしい吉田桂二の意外な場面に出くわした益田と大島は、少しはらはらしていた。立松は、桂二が一見静かに見えながら、設計に関しては譲歩せず、ときとして闘争的な一面を持つことを知っていたので、おもしろがって聞き耳を立てた。両者にしばらくにらみ合いの沈黙があって、

「ここは、吉田先生におまかせしようじゃないですか」

ということに落ち着いた。

結局、桂二の主張が通ったのだが、世田谷美術館の大島は、民家を使う美術館のいくつもの矛盾や問題を、吉田桂二がどのように克服するのか、懐疑の念を捨ててしまえずにいた。

平成七（一九九五）年春、鉾納社の境内に続く中庭をコの字型に取り囲む配置で、奥の高い部分に民家を移築改修再生した本館。本館の屋根は、農家の茅葺きをイメージしたフランスの素焼きの平瓦をまわし葺き[*6]にしている。西側にRC造の土蔵風の白壁の展示棟、道路に面した南側に収蔵庫が完成した。

桂二は防災と環境条件を一定に保つため、コンクリート外壁の外側にもう一つ木造壁を設ける外断熱工法を採った。民家を移築改修再生した本館の絵の展示部分は耐火板で箱を作り、作品がガラス越しではなく直接見えるように、エアカーテンで外気を遮断して除湿機を置き、夜間と非常時にはシャッターが下りる仕組みにした。これで、大島が挙げていた問題の一部は解決された。あとは、民家に抽象画を並べる矛盾だが……。

＊6　**まわし葺き**＝寄棟の下り棟の両側を同じ屋根葺材でまわして葺くこと。

大島や益田ら美術館設立準備委員のメンバーは、完成した美術館にそろって検分に向かう。車を下りて坂を登ってゆくと、坂本善三美術館と刻まれた、坂本寧が見つけてきた大石が横たわり、杉木立ちの山を背にして、凛然と建つ民家の美術館本館が見えてくる。桂二が平地にしてしまうことを拒んだ理由が、坂を登るうちにわかってくる。一行は庭を横切り、本館の玄関に入ってゆく。頭上には勇壮な木組み、真正面の白壁にはめ込まれた坂本善三の作品「形」の、グレーと黒の画面が来訪者を迎える。

「うーむ」

玄関に一歩踏み込んだ瞬間、大島は腹の底からうなった。その声を耳にした桂二は、安堵と喜びに包まれた。これで大島の言う矛盾への回答は果たされた。このとき大島は感動とともに思わずにはいられなかった。

「この自然環境、この建物、この地に生まれた画家の魂の結晶である作品群、そしてそれらを誇りとする人々の和合……まちがいなくこの美術館は、日本一の個人美術館だ」

民家は、桂二の手により新しく輝かしい命を吹き込まれたのである。

「おれの言ったとおりだったろう。この仕事ができるやつは、吉田桂二しかいねえってな」

同行していた立松は益田の横でひとつ咳払いをした。

美術館は、平成七年十月十五日の善三忌に開館した。以来、県内外から入館者は絶えることがない。畳敷きの展示室で、心ゆくまで絵と対話することができる。竣工時に輝くばかりであった白壁と本館の素焼き瓦の屋根は、月日を経るにしたがい、少しずつくすみ、落ち着いた風土の色合いになりつつある。

坂本善三美術館／熊本県小国町

Sakamoto-Zenzou-Bijutsukan［1995］

上：展示棟室内　左上：坂本善三の石版画　左下：本館（民家を移築再生し、屋根にフランスの素焼き平瓦を使用）　右：本館内に収められた善三の遺品の数々

小国の鉾杉《ほこすぎ》の森に抱かれて建つ美術館は、阿蘇の山々を見据えながら、素朴で力強い坂本善三画伯の魂の鼓動を、桂二の創造した器の中で静かに打ちつづけてゆく。

坂本善三美術館は、その美を衆目に認められ「くまもと景観賞」を受賞する。

枯れそうな家や町に

桂二は、この仕事のあと、小国町の町並み修景計画案を町の依頼でまとめている。この種の仕事は、コンサルタント会社が請け負うのがつねである。コンサルタントにくらべると桂二の場合はいたって仕事が速い。桂二は、一人で町を見てまわり、写真を撮って事務所へ帰ると、ものの三週間もしないうちに一冊にまとめあげた。桂二の描く絵と写真と文章から、町の未来の物語が語られ、誰が見てもわかりやすく説得力のある報告書となる。

「コンサルタント会社は、およそ生活に立脚しないコンセプトの修景案を報告書にまとめて金をいただいて『はい、おしまい』になってしまう。おれは、コンサルタントみたいなやり方はしたくないんだ。町づくりには、それなりに金がかかる。しかし金なんかかけなくたって、いますぐ住民の手でやれることだってあるんだよ」

桂二はそう言いながら、次の現場へ旅に出る。

桂二の仕事を「花咲《はなさか》じいさんのようだ」と言う者もいる。「枯れ木に花を咲かせましょう」ということになぞらえて、「枯れそうな家や町に花を咲かせる」ということなのだが、そう言われてみればそうかもしれないと桂二は思った。民家再生について桂二は、「住宅建築」

に次のように述べている。

「民家には過去の時代、そこで展開されていた理不尽な収奪や、望みのない労働や、出口のない貧困や飢えの記憶が刻み込まれている。そんな思いを体験させられて来た人には、民家に残る記憶は唾棄すべきものに違いなく、そんな罪を重ねられて消された民家が限りなくあったことは証言できる。

しかし民家に残された記憶はそんなものばかりではない。男と女の、そして親と子の、また暮らしをともにしてきた人達の愛も、働いて物を作る喜びもきざみ込まれている。

確かにいま、民家を見る眼はいまわしい記憶を忘れ去り、美しい記憶をとどめた存在としてのみ、ようやく見ることができるようになったのではないか。……

建築創造は継続性を持っている。

桂離宮の古書院、中書院、新御殿の三棟が雁行するあの美しい姿は、一度に造られたものでなく、その都度完結を見つめてあの形になった。東大寺の三月堂は側面の姿がほれぼれするほど美しいが、天平時代に造られた堂に、鎌倉時代の増築が行われた姿だ。民家再生も同じように考えてみたらよい。再生すべき民家の誕生から現在に至るまでの生涯をさらに延長しつつ、最も美しくするための作業が再生なのである。だから、この作業は保存性を持つと同時に、きわめて濃厚に創造の領域として考えなければならないし、創造性を欠いてはまったく成立しない仕事と考えるのが妥当だ」(「民家再生をいかに自分化するか」住宅建築一九九五年十月号)

奈良・大乗院庭園文化館

平成八（一九九六）年五月、奈良市に三月に完成したナショナルトラストのヘリテイジセンターを木寺安彦が撮影することになり、「住宅建築」の編集長の植久哲男と桂二は、立ち会うために東京から朝早めの新幹線に乗り込んだ。名古屋で近鉄特急に乗り換えると、昼前には奈良に着く。

車窓には五月晴れの空と光る海が続いている。絶好の天気だが、撮影のとき、木寺は少し雲が欲しいと言うかもしれない。

「今度の大乗院庭園文化館は、桂二さんのトラストの仕事ではいくつ目になりますかね？」

植久は桂二に尋ねた。

「『葛城の道歴史文化館』『飛騨の匠文化館』そして『大乗院庭園文化館』だから、三つ目だね。まだ文化館の庭園の池は発掘中で、池の向こうに奈良ホテルが見えるよ。ちょうど去年の一月、敷地に縄張りする日の朝、阪神淡路大震災が起こってね……」

「中止しましたか？」

「いや、列車のダイヤが乱れたけれど予定どおりやったよ。奈良のほうは被害があまりなかったからね。工事を請け負った奈良住宅建設関連事業協同組合のほうの都合もあったし、阪神の震災の復旧に駆けつける業者もあっただろう。なんとかやることができてよかったよ」

「そうでしたか……。大震災の復興は、まだまだかかりますよねえ」

阪神地区に住み、言葉にできぬほど苦労している人々のことを考えると、誰もが沈んだ心持ちになってしまう。しばらく沈黙したあと、桂二は口を開いた。

「震災後、木造住宅の耐震性ということに関心が集まっているでしょう。だけど、伝統工法でしっかり建てた家ならば、かなりの耐震性を発揮するはずだ。腐っていたり材が細かったり、釘うちだけの筋交《すじかい》の安普請では無理だけどね。木造の耐震性については建築構造家の増田一眞と実験住宅の話も出ているから、そのうち造って実験することになると思うよ」

植久は耳よりな話だと思い、実験をするときには声をかけてくれるように頼んだ。

乗り換えた近鉄特急の座席は広々として、なかなか快適だった。

「桂二さん、今日行く大乗院が発掘中だと先ほどおっしゃいましたね。何か古いものが出たんですか?」

奈良という土地は、掘れば何か出る町ではあるが、大乗院はあまり知られていないかもしれない。桂二は植久に、少し歴史の講釈を始めた。

「大乗院というのは興福寺の門跡《もんぜき》寺で貴族の子弟が門跡におさまっていた。一乗院と大乗院は交互に興福寺の別当(長官)をつとめていたんだ。興福寺の始まりは藤原鎌足《かまたり》のころにまでさかのぼるけど、平安時代に税を免れるため、貴族や寺社へ荘園の寄進が盛んに行われただろう。だから大乗院も全国にたくさんの荘園を持っていて、財政が豊かだったんだね。僧兵がうじゃうじゃいたりして……。

中世のころになると蓮如《れんにょ》という本願寺の坊さんがいるだろ。あの蓮如が京都を逃れて、福井の金津《かなづ》に吉崎御坊《ごぼう》を開くとき、大乗院の力を借りたらしいよ」

「しかし、吉崎御坊といえば、ずいぶん離れているじゃないですか。日本海に面した越前の国でしょう?」

「そう福井県だ。そこがおもしろいところさ。以前に金津の願慶寺という寺に頼まれて、おれ吉崎御坊の復元図を描いたことがあるの。いまの金津には、ほとんど何も残っていないからね。その金津の近くにある河口《かわぐち》・坪江庄《つぼえのしょう》というのが、大乗院の荘園だったというわけ。文化館の資料展示室の地図にも載っているから、今日行ったら見てみるといいよ」

へえ、と植久は感心して聞き入った。

「大乗院は寝殿造りの広大な建物で、奈良ホテルのあたりも大乗院のものだったんだよ。大乗院門跡は、明治になって還俗《げんぞく》するまで続いていたそうだ」

桂二と植久は、近鉄奈良駅を出ると、「もちいど商店街」を抜け、猿沢の池を眺めながら、歩いて十分ほどで大乗院庭園文化館に着いた。

大乗院庭園文化館のまわりに、楽人《がくじん》長屋の土塀が見事にできあがっていた。この土塀を復元することは、奈良市長の公約のひとつだったというが、それをナショナルトラストが肩代わりして実現した。楽人長屋の土塀の上に文化館の屋根がのぞく。この地方によく見られる、むくり*7のある本瓦葺き。切妻の屋根の清々《すがすが》しい美しさは、桂二の作品によく見られるものだ。

工事を請け負った奈良住宅建設関連事業協同組合(奈住協)の楢原氏が待ち受けていた。

楢原氏は、壁を見上げる植久につぶやいた。

「奈良にはまだ、よい左官がいます。ただ、腕をふるえる仕事が少ない」

*7 むくり＝屋根面をむくらせた造り。反りの逆。

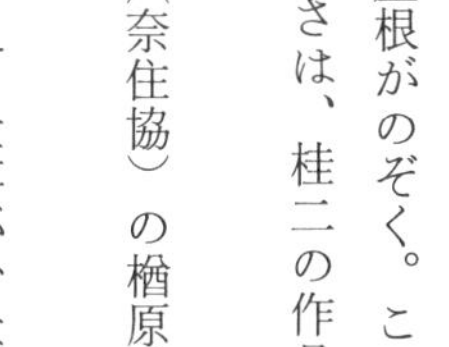

白壁は、非の打ちどころがない仕上がりだった。

自分の車ですでに到着していたカメラマンの木寺は、三脚を組み立てて外観の写真を撮りはじめていた。

ふだんは展示や会合、休憩に使用されている文化館だが、月曜日は休館日なので、奈良市の職員が鍵を開けてくれた。

文化館の建物は仰々しさのない小ぶりな印象で、入り口の屋根は低く抑えられている。一歩内部に足を踏み入れると、いきなり空間が広がる。目に入るのは、吹き抜けのダイナミックな木組み。これは奈住協の楢原氏や桂二や棟梁らが選んだ吉野杉を、奈良一と言われる桜井市の山本重行棟梁が刻んで組んだものだ。この文化館は、いわば奈良の地場の木と、最高の大工や職人たちの精魂を込めた作品と言える。一分のすきもない仕事は、厳粛な緊張感さえ感じさせる。一階に来訪者が休憩するベンチとテーブル。資料展示室には茶室が配されている。

開口部の建具を、しげしげと眺めていた植久が言った。

「これは加茂サッシですね」

「そう、この網戸も障子も全部、加茂。いいだろう」

そう言いながら桂二は、黒っぽい網の張られた格子戸を戸袋から軽々と引き出して見せた。開口部を全開すると、ガラス戸、障子、網戸、すべてがすっきりと戸袋に納まってしまう、桂二が得意とする押込み戸のヴァリエーションである。

木製の加茂サッシは、新潟の建具の産地、加茂市で、アルミサッシに対抗する自然素材の引き違い木製サッシとして、十年ほど前から桂二を顧問として開発されてきた優れたサッシである。桂二は、加茂で断熱障子や木製建具のデザインや開発に協力してきた。

木製建具の泣きどころは、極上の木材を必要とすることで、八十年から百年ものの目のこまかいものでなければならない。強度や気密性、断熱、防火とすべての試験をクリアーした加茂サッシは、値崩れしたアルミサッシにくらべれば高いが、桂二は可能なかぎり加茂サッシを使用する。

そのサッシが開け放たれた庭に目をやると、寝殿造りの庭園をしのばせる池が窓いっぱいに広がる。池は発掘して復元される工事の最中だが、池の中ほどに朱色の橋がかかり、鹿が三匹その橋の下でゆったりと頭を垂れて水を飲んでいる。池の向こうの丘の上には、奈良ホテルの本館が五月晴れの空を背景に建っている。

文化館の茶室からは、その景色を大きな円窓越しに見るのである。

靴を脱ぎ、階段を上ると中二階はギャラリーである。さらに数段上ると本二階で、和室とトラストルームがある。トラストルームは会議室であると同時に、ナショナルトラストの関西ボックスの事務所を兼ねているが、この部屋からの眺めは絶景だ。トラストルームで、植久は壁の一枚の絵に目を留めた。和紙に描かれた黄昏の唐招提寺。茜色の空の下、堂内には明かりがともり、本尊がちらと見える。見覚えのあるタッチ。

「これは？」

植久がもの問いたげに桂二を振り返った。

「ああ、それはね。奈住協の楢原さんに頼まれて私が描いたトラストへの文化館完成祝い。

変な置き時計を贈るよりいいだろ」

桂二は照れたように笑った。植久は不思議な気持ちにとらわれた。たしかにここの設計は吉田桂二がやった。建主はナショナルトラストだ。奈住協は施工をした。工事は終わり、桂二が描いた絵を奈住協がトラストに贈る。贈られた絵は米山が恭《うやうや》しく、トラストルームの正面に飾った。重ね重ねの不思議な三角関係もあるものだ。

「それぞれが、この建物に真心をこめて……ということか」

植久はもう一度、壁にかけられた唐招提寺の絵をしみじみと眺めた。

「桂二さん、植久さん」

階下から木寺の呼ぶ声がする。内部の写真撮りを始めるらしい。植久は、木寺の指示にしたがって机を動かしたり、襖や障子の開け閉めをする助手となる。

「いま行くよ」

植久と桂二は、もっと説明をしたい様子の楢原氏を置き去りにして、あたふたと階段へと走った。

大乗院庭園文化館は、翌年、奈良景観調和デザイン知事賞を受賞、その後、瓦賞景観賞を受賞する。

百年住み継いでいける家

桂二は、公共建築の設計ばかりをやっているわけではない。たとえば、「葛城の道文化館」

大乗院庭園文化館／奈良県奈良市

Daijouin-Teien-Bunkakan [1996]

上：茶室から庭園を望む　中左：内部の木造架構　中右：トラストルーム
下：楽人長屋の土塀

を訪れ、その建物に魅了されたある人は、自分の家を建てるときには絶対この建築家に……と心に決めて、十数坪の一人住まいの家の設計を桂二に依頼した。

定年後に過ごす家を建てることを目標に、地道に働きながら桂二の著作を読み、いよいよ定年を迎えるにあたって桂二のもとを訪れる人も多い。

「先生に設計していただくのが夢でした」

という依頼者を前に、桂二は問う。

「お子さんは？」

「息子が一人。去年、結婚して独立しました」

「いずれは、いっしょに暮らしたいとお思いでしょう？」

「はあ、でも若い者には若い者なりの暮らしがあるので……」

「いずれ、お孫さんでもできたら、お互い事情が変わってきますよ。この敷地でしたら、将来、二世代同居ということにも対応できるような間取りが十分可能です。ああ、ご主人のお母さんがいらっしゃる。それでは、お母さんの部屋はみんなの集まる居間の近くに、こういうふうにね……」

桂二の間取りは変幻自在。どこも風通しよく、廊下はできるだけなくし、広がりのある空間を実現する。家族のそれぞれの居場所を確保しながらも、互いがけっして孤立化しないで暮らすことが前提となる。

「先生、こんな家が欲しかったんです」

桂二が描いた透視図《パース》と間取りのプランを示された依頼者は、口をそろえてそう言う。

若い夫婦は、資金が家を建てるだけでぎりぎりですと言う。ぎりぎりのなかで、シンプルな家が生まれる。建主となる若い父親は、家のまわりの生け垣を行政の補助を受けて、自分で造ってしまった。

桂二は間取りについて『家づくりの原点』（彰国社）、『だれでも描ける住みよい間取り』（主婦と生活社）、『見直しの住まいづくり』（彰国社）、『納得の間取り　日本人の知恵袋』（講談社）など、多くの著作で語っている。それに加え、桂二の提唱する間取りを採り入れ、夢のマイホームをコンピュータで3D化するソフトまで発売されている。

終始一貫、桂二の間取りの手法は、多くの住宅産業が提供するものとはひと味ちがう。吉田桂二の主張をまとめると、次のようになる。

まず、一般的に行われている何LDK型のプランを打破する。「樹」に例えられる動線により部屋を配置する間取り（廊下を幹とすれば、幹からいくつかに分かれた枝がそれぞれの部屋にあたるような間取り）は日本人の生活には合わない。たとえば、子供室や年寄りの部屋を独立性の高いものにした間取りは家族のつながりを稀薄にし、登校拒否や年寄りのボケなどに導く要因の一つと考えられる。もともと日本の家のつくりは一つの機能のためだけの部屋をもたない。日本人的な生活のかたちに合う開放性をもたせた間取りが大切である。具体的な間取りのチェックポイントは次のとおりだ。

1　玄関は風除室として独立させ、家族空間に直結させる。

2　廊下は極力なくす。部分的な廊下はやむを得ないが、動線を生活空間に吸収させ、生活相互に直接のつながりをもたせる。

3　階段は生活空間内にとる。家族のいるところを通り、上の階に行く。

4　吹き抜けは上下生活空間をつなぐべく、積極的に設ける。玄関に設ける吹き抜けは展示場で高価に見せるための手段にすぎず、居間などの居室の上部に設ける。

5　子供室は可変性をもたせ、流動性のあるつくりとする。個室として用意することなく、精神面の成長に応じて区画化できるようにし、共用するスペースをとり、ふれあいを図る。

6　老人室は家族空間とのつながりを重視する。老人は家族だんらんの中心をなすと考え、孤立化を避けるため。

7　夫婦寝室の独立性、プライバシーの確保。

8　特別必要性のないかぎり、独立度の高い書斎は作らない。家族空間の一部にとり、共用化を考えるのは可。

9　区画は引き戸を多用する。空間の一体性を疎外しないため、区画を必要とする場合も開放度の高い引き戸の使用が望ましい。

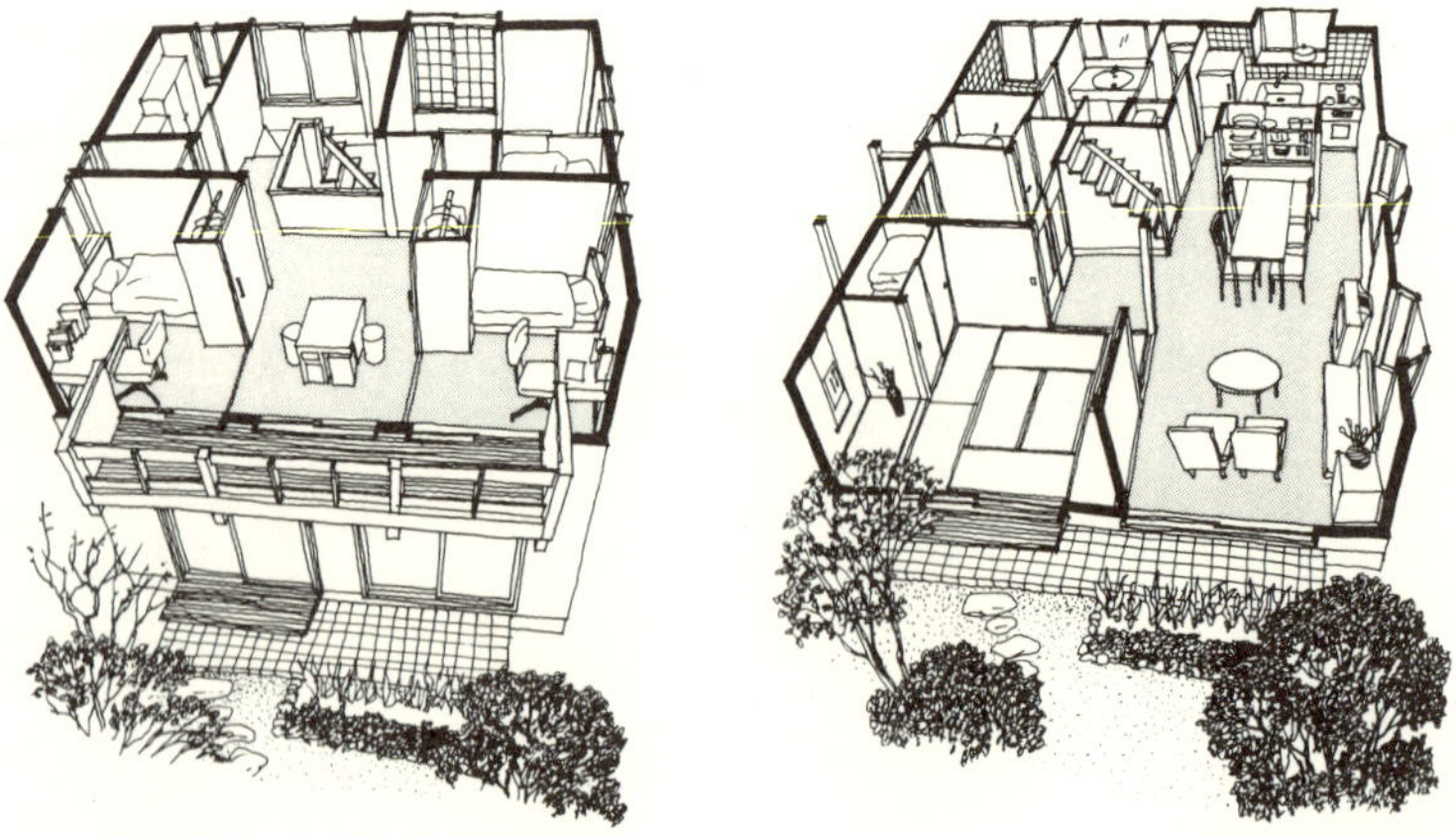

[Drawing by Keiji Yoshida]

どんなアトリエ系の設計事務所でも同じことなのだが、住宅や公共建築の新築や増改築を計画する人々は、まず電話や手紙、Ｅメールで事務所へ問い合わせをしてくる。設計する側は、日時を約束し、依頼者の話を聞きプランを考える。事務所としては、依頼者のためにプランをつくるわけだが、その仕事が実施に向かって動きだすまでにはいたらないことも、まままある。

実際に仕事をするか否かは、あくまで依頼者の意志によるものだから、依頼者側の資金不足であるとか、企画会議で計画が否決されたとか、さまざまな理由で流れてしまう仕事はいくつもあるものだ。

「それはそれでしょうがない」

桂二は、仕事になろうがなるまいが、それでよしとする。どの仕事にも心を傾けて取り組むけれど、それだけに執着することはない。事務所の営業のことを考えれば、もう少し熱心に売り込んだり、譲歩したりしたりして、客をつかまえなければならないのであろうが、桂二はそういうことを考えられない性分だ。

「金勘定して仕事をするなんて、俺にはできない。なあに、一生懸命仕事をしていれば、飢え死にすることはないだろう」

ときわめて楽天的である。

金はかかるものにはかかる。「安い」ということは、すなわち「悪い」ということなのだ。市場に出回るものにタダのものはない。ものを造るにはしっかりした材料が必要で、本物は偽物より高いに決まっている。そこに技術と手間への代価が存在し、さらに何パーセントかの利益を上乗せして商売は成り立つのだ。

「大工や職人、技術者だって、食っていかなきゃならないからな」。桂二は、ひとり大儲けしようなどとは毛頭思っていない。「金のかかる伝統工法より安価な住宅産業の家」という消費者の選択が、仕事を減らされた大工や職人の技術さえも滅ぼそうとしている。なんとかしなければと桂二は憂う。

それでも、建物の見積もりの数字にだまされるのが消費者だ。客が注目する部分には最新の設備を並べ、自社の利益は据え置いたままなのに、値引きしたと見せて売るのである。安値のつじつま合わせをどこでするのか考えてみればよい。客の目の届かない部分はいくらでもあるのだ。「この部分はサービスします」と営業言葉を真に受けて、粗悪品を売りつけられながらも気づかず「得をした」と思ってしまう消費者が、つまるところ馬鹿をみる。できあがって「手抜き工事だ」「シックハウスだ」と騒ぎだしても、後の祭りというものだ。

しかもバブル経済崩壊後、頭打ちの住宅産業の業界にあっては、いかにして利益を上げ会社の存続を図ってゆくのか、生き残りをかけての営業作戦に各社狂奔しているのである。

家は「建てるもの」から「買うもの」として、すでに商品化が定着してしまい、坪単価のローコスト化をエサに、消費者に迎合した小間割り間取りの新建材を駆使した家が、今日も売りさばかれてゆく。そして、家を建てるまっとうな仕事をしようという大工や職人たちが生業を生かせず、技術の継承もままならない状況は深刻になるばかりだ。日本の大学の建築科で、木造建築をきっちり教えている学校がほとんど存在しないことにも問題がある。

桂二は最新刊の平凡社新書『民家に学ぶ家づくり』で、「世紀末住宅の五つの大罪」を挙げ、住宅産業を非難する。

1　木の隠蔽化
2　建材の不良化
3　家の閉鎖化
4　間取りの小部屋化
5　家の短命化

この五つの大罪の克服し、風土性を継承した家に具現しようというのが、桂二の提案する新世紀の住宅である。

戦後日本の住宅は、コンクリートで造ろうが木造で造ろうが、スクラップ・アンド・ビルドを十五年から二十年周期でくり返すものになってしまった。平均耐用年数を見るかぎり、イギリスの百四十一年、アメリカの百三年、フランスの八十五年、ドイツの七十九年に比すれば、いかに日本が高温多湿の風土とはいえ、耐用年数の短さは反省に値する。

京都議定書にもとづく、大気中二酸化炭素量の削減が国際問題となっている昨今、「二十世紀の人類は思慮もなく途方もなく発展拡張したために滅びゆくしかないだろう」とル・コルビュジエが予言したとおり、地球規模の温暖化、大気汚染、自然破壊、身のまわりを見まわせば廃棄物処理場、環境ホルモン、シックハウス、食物にいたるまで、人間という生物は、みずからの築いた文明によって、みずからを滅びの道へと駆りたてている。

新たに迎えた二十一世紀は、自然のなかの一部に生きる人間として、自然環境の回復につとめてゆくことが急務だという認識が芽生えつつある。桂二は環境共生と環境共棲《きょうせい》の視点から、日本における二十一世紀の生活提案型住宅を考案した。

エコロジーをふまえ「エコロ21」と名づけられたこの住宅について、桂二は八項目にわたるポイントを次のように解説している。

【環境共棲】自然素材、地場産材をもとにした安全性と健康性の実現。

【広がり空間】小間割り空間を廃し、平面的・立体的に一体化した生活空間で、家族の触れ合いを回復。通風、換気にも利する。

【架構グリッドプラン】架構と間取りの同時設計の方法としての、架構グリッドプランニング手法による設計。

【グリッドフレーム】国産中目材（四寸角の材をとるには太すぎる材）から五寸角を使ったメインフレームを主構造とした「百年架構」で、可変性と耐久性を獲得。

【住み継ぎ】主構造に可変部分を付与することで、多様な間取りへの展開を可能とし、長期にわたる耐用性を獲得。

【伝統構法の確保】伝統構法の継承を前提として、これに現代性を加え、さらなる発展を図る。

【需要の確保】年間百戸以上を生産単位として、地場生産の住宅供給態勢を組織する。

【低コスト化】需要の安定確保で、直接的な国産材の流通を図り、木材コストを低減。プレカット工法と構造金物の使用による低コスト化。

一本の杉が材になるまでに五十年ほどかかることを考えれば、住宅の耐用年数は当然五十年を超えるものでなければならない。さらに自然保護、環境共棲をめざすために、桂二は「百年架構」で百年住み継いでいける家を提案したのだ。国産中目材は、安い外材の流入に押されて、だぶついている。国産材の需要が少なければ、日本の山はますます荒れ、さらに日本へ輸出するための乱伐で外国の山が破壊されるという理不尽な悪循環が、どこまでも続くことになる。

「百年架構」の住宅構想は、それを打破するために生まれた。建築という道に半世紀あまりひたすら生きてきた桂二が、新世紀に示す住宅建築の道と言えるだろう。国産材の安定的流通とローコスト化を図るこの提案は『これからのエコロジー住宅』（ほたる出版）、生活文化同人の宮越喜彦、日影良孝、鈴木久子らとの共著である『暮らしから描く「環境共生住宅」のつくり方』（彰国社、二〇〇二年）に発表された。

この「百年架構環境共棲住宅」のモデルハウスは、すでに福島、熊本にある。なかでも福島の「四季工房」は、桂二の指導を仰ぎ、自社で製材、プレカットを行い、年間百棟を超える実績を着実にあげ、熊本では「新産住拓」が意欲的に取り組んでいる。環境共棲住宅に人人が関心を寄せ、新世紀を担う世代が、家族のふれあいのなかで心豊かにその家で成長し、住み継いでいってくれれば桂二の本望というものだ。

国産材の生産者と消費者を結ぶ流通供給システムを確立してゆこうと桂二は働きかける。国内の山の木を使わなければ山がだめになる。「在来工法は高い」という意識を払拭《ふっしょく》し、日本人の生活に根差した健康な素材と、ふれあい豊かな間取りで住み継いでゆける「百年架構」の住宅を求めやすく供給してゆく。そこに本物の木造建築の価値を認め、それを求める需要がないならば、伝承されてきた在来伝統工法を二十一世紀へ引き継いでゆくことはできない。

しっかりとした技術を駆使して作られた木造建築に、現代の工業製品を付加して、より優れた耐震住宅を建てることも可能だ。百年架構の家を大切に住み継いでゆけば、自然環境と風土を慈しむことにつながってゆく。

健全な共棲社会を造ってゆくためには、まず地域単位のシンプルな循環型経済社会を確立してゆかねばと、桂二は思う。

第十一章

一本の線が語るもの

時を超えた風土の歴史の中に

熊川宿夜想

案や計画のみで消えていく仕事がいくつかあっても、ありがたいことに連合設計社に仕事がとぎれることはない。相変わらず桂二は、東奔西走の日々で、土曜日曜も、各地での間取り塾や講演と多忙である。

若狭の熊川宿では、平成十（一九九八）年に、前の年に改修を終えて公開されている逸見勘兵衛家の奥の土蔵の改修が終わり、一年がかりで用地が定まった「道の駅」が着工した。工事の打ち合わせで吉田桂二は、みずからが設計、再生した逸見勘兵衛家に客として一夜を過ごす。町役場の永江も、布団など桂二の世話をするために泊まった。

「吉田先生、土蔵は町民ギャラリーとして活用してゆきます。そこでお願いがあるんですが、吉田先生の描かれた熊川宿の絵をぜひ展示用に欲しいんです」

永江は桂二に頼む。

「いいよ。描きましょう」

桂二は快くうなずいた。ほっとしたように永江は喋りだす。

「先日、先生の出された評論集『保存と創造をむすぶ』を読ませていただきました。『和風考』や『建築家芸人論』がとてもおもしろかったです。それと、先生のおっしゃる『保存と創造は相反する概念のようでありながら、実はゆるやかにつながっている』とおっしゃる点、さすがだと思いました。西田幾多郎が吉田先生と同じことを言っているんですが……『絶対矛盾的自己同一』という言葉です。……先生は、ご存知ですか？」

「へえ、そうなの。知らないな」

桂二はおもしろいことを聞くものだと思った。永江の知識にはいつも驚かされるが、桂二は、西田哲学をまったく知らない。

「そうか……『絶対矛盾的自己同一』か」

桂二は、西田幾多郎の言葉を反芻《はんすう》した。

哲学者と言えば、ブルーノ・タウトはカントを愛読したという。カントから受けた影響は、タウトの「建築芸術論」に昇華された。言葉という形で流入してくるさまざまな過去や現在の人々の思索の精華が、自分のなかで消化され、自分の細胞と化したとき、その言葉は自分自身のものになったと言っていいのではないか、と桂二は思う。

人の言葉が自分化されたと感ずる瞬間、自分が変わる気がする。真にわかるということは、そういうことかもしれない。

熊川宿での夜、桂二は美校の学生であったころ、吉田五十八がつぶやいた言葉を、あれこれ思いだしていた。

「八《はち》さんが言った『いろいろなものをとって減らす』ということは単純化だった。つまり抽象化して具象を超える美を表現するということでもある。それはタウトのいうところの『最大の単純の中に、最大の芸術がある』ということと同じことなのかもしれない」

「まず日本をよく見ろ」

吉田五十八は、桂二たち学生にそう言った。

五十八の眼でとらえた日本。それは日本の歴史的建築遺産から得たものだった。眼にとらえられた日本の形は、五十八の頭の中でエッセンスのみに単純化、抽象化され、時代を加味しながら再構築された。

画家の坂本善三の眼は、日本の形、色を凝視してその本質を見定めた。見定めたものは、坂本善三によって具象から抽象へ高められ、キャンバスに塗り込められた。

吉田桂二が、その眼にとらえたものは日本の風土と民家であった。桂二は、生まれ育った家も含めた各地の民家から、そこに暮らす人々の生活の普遍性を感得した。風土から生まれた木造民家のもつ優れた性能を、現代人の暮らしのなかに生かしつつ、新しい美を展開する。

建築も絵もスケッチは一本の線から始まる。

建築家であれ画家であれ、その手が生みだす一本の線が語るのは、その一個人の経験と歴史である。

もし一本の線に、個人のもつ時を超えた風土の歴史性が描かれるとすれば、たとえ一本の線といえども、何百年と積み重ねられてきた人々の暮らしを語り得るだろう。そして時代は、次々に新しい描き手を生んでゆく。

それはすなわち、われわれが見る一本の線は、美を極めようと、過去に幾万、幾億と描かれてきた命を宿した線であり、同時にいまだ誰にも描き得なかった最も新しい線でもあるということだ。

明日、熊川を発って、新幹線で東京の事務所へ戻れば、桂二はいつものように、無数に線を描いて仕事をするだろう。

そしてまた、桂二の眼と手が、迷いもためらいもなく決めてゆく線によって、命の器となる新たな建物が生まれる。

町と人を結ぶ仕事

茨城県古河市では、歴史博物館に隣接して古河文学館が完成し、作家の永井路子は桂二に謝意を述べた。当初は永井路子文学館という名称になる予定であったが、永井路子自身の強い希望で、古河を中心とする地域の作家を包括する文学館となった。永井夫妻のモーツァルトのレコード・コレクションを蓄音機で聴くことができ、また自作の原稿を製本することも可能という具合に、文化発信基地となりうる文学館である。

主な木材には、県産の八溝杉《やみぞすぎ》の中目材が使われた。誰もが目を奪われる梁間四間《けん》の木組みトラスは、伝統構法を桂二の独特の手法で大型木造架構に展開し、大工の吉田健司が精魂込めて組み上げた。

古河歴史博物館の分館、鷹見泉石邸のかたわらには、やはり桂二の設計で、現在の鷹見家当主の茶室「妙得庵《みょうとくあん》」が、大工・川島正信の手で完成した。桂二は、この「妙得庵」で生活文化同人の例会を兼ねた茶会を催し、学生時代、京都の寺で和尚に習ったうろ覚えのお手前で、亭主をつとめた。

この年には、愛知県一色町《いっしきちょう》の佐久島で町民会館となる「弁天サロン」の民家保存改修も完成した。船で渡るこの島での仕事は、連合設計社の迫田秀也が担当し、地元の建築家・筒井

妙得庵（鷹見邸茶室）／茨城県古河市

Myoutokuan［1998］

左：茶室内　右上：茶室内　右下：外観

古河文学館／茨城県古河市

Koga-Bungakukan［1998］

左上：永井路子展示室　左下：外観　右：レストラン内の木造架構

裕子が協力してくれた。

熊本の小国町では、坂本善三美術館に続いて老人保健施設を建設することになった。桂二は建物の目的上、「和《なご》みの空間」を木造で、三千平方メートルの建物を瓦屋根で葺く設計をしたが、福祉施設であることや防火上の規定、自然木を使うことでの構造計算上の問題など、法的にひっかかりが生じ、現場を担当する連合設計社熊本事務所の坂井や石橋が、役所のむずかしい言い分を報告してきた。しかし桂二は問題に対し、すみやかに解決策を打ちだし、それで万事解決をみた。

また愛媛県の内子町大瀬・成留屋《なるや》地区では、桂二と町民で行ったHOPE計画を実行に移しつつあった。古い木造の村役場を地元の大工たちは桂二の指示にしたがって、自分たちで考えながら保存改修を行い、会合と宿泊の施設「大瀬の館」として完成させた。

「吉田先生、見てください」

大工たちは、桂二を待ちかねたように引っ張って見せてまわった。

「なかなかいいねえ。ほんとうにきれいだ」

桂二が満面の笑みで褒めると、大工たちは心からうれしそうに声をあげて笑った。

「次はあれをしよう、これをしたい」と、町づくりに積極的に取り組む空気を大瀬の人々に感じられることが、桂二はうれしい。町の景観が美しくなっていくことで、これほど人々の表情は明るくなるものか、と実感するのだった。

内子町の様子を横目でじっと見てきたのが隣の大洲《おおず》市だ。とうとうある日、大洲市の水井政信は、内子町の岡田文淑に打診した。

弁天サロン／愛知県一色町

Benten-Saron［1998］

上：室内　中：改修前(左)と改修後(右)の屋根裏　下：改修前(左)と改修後(右)の外観

「吉田先生に、大洲へも来ていただけるでしょうか」

「もちろん、行ってくださると思いますよ。直接、頼んでごらん」

岡田の言葉に、水井は勇気を奮って桂二を大洲市に招き、意見を求めた。

大洲市は、中江藤樹《なかえとうじゅ》ゆかりの地、またシーボルトの娘いねが父の弟子・二宮敬作をたよって身を寄せていたところでもある。NHKの連続テレビ小説「おはなはん」の舞台にもなった。秋から冬にかけては霧の町としても知られ、町中を肱川《ひじかわ》がゆったりと流れる景色はすばらしい。

「先生、予算がこれだけしかないんです」

顔をくもらせながら役場の職員が言うと、

「大丈夫、やってあげますよ」

桂二は快く、肱南地区のオリエンテーションを引き受けた。桂二と大洲市とのかかわりは、その後、おはなはん通りの町並み整備計画、「まちの駅」計画へと連動していく。

ふたたび長浜鉄道文化館

そんな日々のなか、ナショナルトラストの米山が桂二を事務所に訪ねてきた。

「先生、いよいよです」

平成十一（一九九九）年六月二十六日、長浜鉄道文化館が、本格的に着工するのだ。住民への説明会。工事現場となる土地についての長浜市との交渉。米山は、頻繁に長浜へ通って

おぐに老人保健施設／熊本県小国町

Oguni-Roujin-Hoken-Shisetsu ［1999］

大瀬の館／愛媛県内子町

Oose-no-Yakata ［1999］

大洲まちの駅／愛媛県大洲市

Oozu-Machi-no-Eki ［2002］

いた。事務所からは、戎居連太が担当として派遣された。

施工担当に決まった宮本組もやる気十分であった。八間×十間の木造大トラスも見事に組まれ、着々と工事は進んで、一九九九年師走、桂二や生活文化同人のボランティアによる壁画も完成した。

平成十二（二〇〇〇）年の春、竣工した文化館は、十月十四日の鉄道記念日の開館に向けて、展示作業が始められる。

工期の間じゅう、毎日現場に通わずにはいられなかった宮本組の宮本社長は、建物の引き渡しにあたって、

「このままずっと、吉田先生との仕事が続けばいいのに」

と施工業者として、吉田桂二との仕事の終わりをいたく惜しんだ。それほど、宮本にとってやりがいのある仕事だったのだ。しかし、桂二や戎居連太と会う機会のなくなることが寂しかったのは、宮本だけではない。現場主任の堤栄一もそうだった。

「先生、うちに泊まってください。母の田舎料理しかありませんが……」

桂二は、鉄道文化館での最後の仕事を終えた日、琵琶湖の最北端、西浅井にある堤の家に泊めてもらうことにした。

建築家としてひとつの仕事が終わると、かかわった人々との別れがある。そして、それは魂を傾けて図面に描いた自分の作品との別れでもある。建築家の生みだした建物という子供は、生まれた瞬間から一人歩きを始める。親としては、その門出に幸多かれと祈るしかない。

竣工祝いで、多くの人々が建物の完成を喜んでくれることが、桂二にはなによりうれしい。

「この町の風景に美しく溶け込んだ建物だ」という声を聞けば、なおのことだ。

ああ……大平宿

桂二が信州の大平宿に出会ってから、すでに二十年の月日が流れた。平成四〜五年に再生された九棟に分宿して行ってきた、桂二ら生活文化同人の主催で毎年八月に開かれる大平建築塾も、すでに五回、六回と回を重ねた。参加者は子供も含み、百四十名内外である。

大平での事件は突然起こった。平成十二年八月二十三日、それも第七回大平建築塾が終了して三十時間後のことだった。折しも今年の建築塾では、大平宿の今後の保存、管理運営についての展望が、下紙屋《しもかみや》で話し合われたばかりであった。

「下紙屋、深見荘、ほか二棟が火事で消失しました」

その知らせは、事務所で仕事をしていた桂二のもとへ、飯田市の羽場崎からもたらされた。羽場崎も動転していた。桂二が、

「火事の原因は？」

と問うても、うまく返答できない。三十時間前の火種で火事が起こったというのか？　桂二はもとより、知らせを聞いた建築塾の参加者は胸が騒いだ。あれほど入念に竈《かまど》や囲炉裏、灰皿の火の始末は行ったのに……。

「こんなことも起こりうる。だから私は管理の強化を飯田市に申し出ていたんだ」

桂二は、唇をかんだ。

「自分たちの失火でしょうか」

「いや、そうではないんじゃないか。三十時間がたっているからな。原因が建築塾の失火なら、われわれがいなくなったその晩に火事が起こってしかるべきだ」

桂二は、どこまでも冷静だった。

「むしろいままで、こんなことが起きなかったのが不思議なくらいだ」

落胆も憤慨も見せずに言う桂二の落ち着きに、生活文化同人のメンバーの胸の内も沈静したかに見えた。しかし、やっと改修再生した九棟のうち、最も立派な下紙屋を含む四棟を失った衝撃は大きかった。

現場検証も行われたが、ともかくきれいさっぱり消失しており、「失火原因は不明」ということだった。

一日たって、大平の火事についての見解は一転した。桂二たちが大平を去ったあと、ある視察の団体が下紙屋で休憩したらしいというのだ。それを聞いて、桂二や建築塾の参加者は、心底安堵を覚えた。

それでも、責任の所在は明らかにはならなかった。

「消失した建物の復元は急務だが、飯田市に、それを本気でやる気があるだろうか？」

桂二は筆をとり、飯田市長あてに要望書をしたためた。


大平宿は、平成二年から三か年度にわたる飯田市の「ふるさとづくり特別対策事業」の実施によって、相当多数の民家の保存改修が行われました。このことは大平の住民が集団移住して以来、その歴史的集落を保存し、生活原体験の場として公開してきた大平保存再生運動にとって、まことに望ましい事業であり、市の英断に感謝しております。

しかし、その後は「事終われり」というがごとき状態のまま、現在に至っております。「大平保存再生協議会」は全く開催されることなく、活用の状況も永続的な管理運用を図ることなく、従前のままで推移してきました。前記協議会の開催を求める再三の要望も無視されてきました。

しかるに、去る八月二十三日早暁、原因不明の火災が発生し、四棟の建物が焼失するに至りました。まことに痛惜の極みであります。事は遅きに失したきらいはありますが、緊急に「大平保存再生協議会」を開催し、今後の管理運用体制を抜本的に強化することを議すべきであると考えます。

右につき要望いたします。

平成十二年九月一日

大平保存再生協議会
理事　　吉田桂二
第七回大平建築塾参加者一同

飯田市長殿

桂二の要望によって、大平保存再生協議会は二度会合が持たれ、桂二はそのたびに、片道四時間をかけ飯田市に出向いて出席したが、この後、どういう結論を市が出すのか定かではなかった。

桂二は、飯田市がどれほどの誠意ある気概を示してくれるのか注目していた。桂二の内に、大平宿への悲しみがないわけがない。大平宿は、桂二の建築道の原点なのだ。しかし、多くの人々の無私の協働で命を蘇らせた大平宿が部分焼失した無念を、桂二は一言も口にしなかった。

飯田市の動静を黙って見守ってきた桂二のもとに、平成十三（二〇〇一）年、飯田市から、下紙屋復元に向けて事業計画が報告され、桂二はようやく愁眉《しゅうび》を開くことになる。

終章

造景する旅人

土地に惚れ、人に惚れて

平成十二（二〇〇〇）年十月十四日、「鉄道記念日」のこの日、ナショナルトラストの五番目のヘリテイジセンター、長浜の鉄道文化館が開館した。その前日、桂二は、若狭の熊川宿からもイベントの招きを受けていたが、長浜の開館をひかえていたので出席できなかった。開館の前、事務所の戎居連太と大久保歩は展示の最後の調整を夜を徹して行っていた。華やかに長浜鉄道文化館は開館した。誰もが、頭上の木造トラスに感嘆の声をあげ、琵琶湖めぐりの壁画とその前を走る模型電車に注目した。

ナショナルトラストの米山は、長年の夢であった仕事の完成を見て、満面の笑顔で桂二に言った。

「これで、この文化館に魂が入りました。長浜市も大喜びでしょう」

「そうね。この町を訪れる人の流れが変わるだろう」

「この建物はもちろんですが、長浜の旧駅舎からこの文化館への回廊がとても評判いいですよ」

「そう」

桂二は、はにかんだような笑みを浮かべた。

「先生、次は『鳴き砂』です」

「ああ、このあいだナショナルトラストで、鳴き砂の浜のサミットをやっていたね」

「全国に、十四の鳴き砂の浜のネットワークがあるんですが、どこも危機的状況で……」

「人間によるゴミ汚染か」

「そうです。鳴き砂が、鳴かない砂になってしまったところもあります。いま、日本のすべての人々に意識改革を呼びかけなければ、永久に美しい浜は戻らないでしょう。また、先生のお力をお借りしなければなりません。よろしくお願いします」

「いいよ。日本のためだ」

近いうち鳴き砂の浜、奥丹後の網野へ、新しいヘリテイジセンターを建てる土地を見に行く旅に出かけることになるだろう。そう思いながら桂二は米山にうなずいて、天井に乱舞する蛍のような照明を仰いだ。桂二の横顔を見つめる米山は知っている。

桂二にとっての日本は国家を意味するのではない。「日本という地域にちりばめられた珠玉にも似た風土の小片の総体とそこに生きる人々」なのである。

日本中を飛びまわり、出会う土地や人に惚れて桂二の生みだす作品は、建物にせよ町並みにせよ、造り手の木組みも、かかわる人々の心組みもしっかりしているから、おそらく百年たってもびくともしない。百年たっても美しいだろう。風景の中に造景される桂二の作品には、その土地とそこに暮らす人々への愛情が込められているからだ。

「美しくないものは造らない」そう言い切る桂二の作品が存在するかぎり、その作品は静かに人の眼に語りつづけるだろう。そして、幾十万もの瞳に美の記憶を残す。

「米ちゃん」

桂二は、天井を見上げたまま言った。

「命というのは、あんなふうなものかもしれないね」

桂二の横顔に気をとられていた米山は、慌てて桂二のまなざしの行方をたどった。

桂二は、木造トラスの煌々と輝く灯のまわりに、音もなく飛び散っては消えてゆく光の粒を見ていた。

（了）

琴引浜鳴き砂文化館／京都府網野町

Kotobikihama-Nakisuna-Bunkakan [2002]

上：外観　中：室内の木造架構　下：テラスより浜を望む

あとがき

私は伝記を読むのが好きである。

一冊の本の中に「成功の秘訣」「繁栄の法則」「人の命のめざすもの」へと連なる光と影が見え隠れするからだ。読みながら、描かれた人物の魂の昇華に百万分の一でもあやかりたいと願う。

吉田桂二先生に初めてお目にかかったのは一九九三年の師走、岐阜県大垣市に建築中であった、高校以来の友人である棚橋兄《あに》の自宅の上棟祭でのことである。

吉田先生のうわさは、先年、先生の設計で東京の表参道に「月心居」という精進料理の店を構えた棚橋弟から聞いていた。棚橋弟は吉田先生を「月心居の父」と呼ぶ。

棚橋兄が吉田先生に会う以前のこと。兄は大垣に計画している家の設計プランをいくつか得ていたのだが、いまひとつ納得いかずに迷っていた。兄は弟の紹介で吉田先生に会い、みずからの意図する家についていろいろな希望を述べた。そして、先生の示されたプランに、即、惚れてしまった。そこで棚橋兄弟の両親は、長く住んだ熊本を離れ、故郷である大垣に戻って住まう家の設計を先生に依頼したのである。

棚橋兄弟の父上はジャーナリストとして活躍しておられた。ところが、大垣へ戻る計画を進められている最中、突然、郵便局の前で脳梗塞に見舞われ、倒れたとき身元の証しとなったのは、所持しておられた私宛ての郵便小包であった。その後、ご家族の手厚い看護とご自身の不屈の努力により、棚橋父は車椅子で生活をされるまでに回復された。大垣の家の設計は、車椅子の生活を考慮して二階建てから平屋に変更され着工した。

この顚末に関わる私は、吉田桂二先生という建築家がどんな方で、どんな家を設計されたのであろうと思いながら、大垣の棚橋家の上棟祭に伺った。

上棟された大垣の家の木組みは、それまで私が目にしてきた家のものとは違うように思えた。そこで初めてお目にかかった吉田桂二先生は、静かな方だった。玄関、居間、台所、寝室、神前の間、坪庭、アトリエ、蔵の形になる納戸と、先生は建物をひととおり説明されたあと、ほほ笑んでおられるだけで、あまり言葉を発されなかった。

大垣の家は、それから半年後にできあがることになっていた。

ところが、である。遅れ気味の工期をあと一、二か月残して施工業者が倒産してしまった。棚橋兄は裁判所から債権者として呼び出しを受けたが、大垣の家の建設資金は底をついていた。とても家の完成は望めない。「どうしよう」当惑した声の棚橋兄の電話に、私は答えられなかった。ほどなく、吉田先生から事の子細を記したお手紙が届いた。先生はこのとき、ある覚悟を秘めておられたのだと思う。それは一建築家としての関わりを越え、人間として、他の誰にも真似のできないやり方で、未完成の大垣の家の窮地を救うものだった。その後、玉舎《たまや》さんが工事を引き継ぎ、なんとか大垣の家を完成させて下さった。

七月、ようやく竣工をみた大垣の家に一歩入ったときの感動は、衝撃に近いものであった。

なんというダイナミックにして清澄な美しさ……。言葉にできぬ気高い精神性を家そのものに感じた。棚橋兄は「吉田先生のつくられた空間は、『母の子宮』に暮らすような心地」と哲学的な分析をした。

このときからだろう。私は、吉田先生の伝記を読んでみたいと思うようになった。「伝記？　そんなものありません」と先生は一笑にふされた。「だいたい自伝とか書くようになったら、人間はおしまいですよ」とも言われた。

ならば自分で調べるしかないと、先生のご著書、評論、調査報告書など手あたりしだいに読んでは、先生のお考えをつなぎあわせていった。わからないことや知りたいことは手紙で質問し、答えをいただいた。その作業のなかから、子供向けの読み物『夢屋ものがたり』、大人向けの短編小説『恋歌』などいくつかの物語が生まれた。

本書は、私がここ数年ずっと読みたいと願ってきた吉田桂二先生の物語である。私の知り得たことは、先生の七十年にわたる旅の何万分の一かにすぎないであろうし、また、書き得たことは、それよりさらに心もとない濃さでしかない。

にもかかわらず、書き上げてもなお、読み返したいと思う。それは、描かれた人物の精神の軌跡を追い、少しでも近づいて、百万分の一でもあやかりたいと欲するからである。

このように一個人の嗜好より生じた原稿を「本にしましょう」とご尽力下さった風土社の山下武秀氏への感謝は、はかり知れない。山下氏と共に心をこめて編集して下さった相内亨さん、デザインをして下さった鈴木佳代子さん、写真を提供して下さったカメラマンの木寺安彦さん、惜しみなく指導協力をして下さった立松久昌先生、煩わしい質問と文章の拙さを辛抱しつつ今日まで書かせて下さった吉田桂二先生へ、尽きせぬ感謝を捧げると共に、お一人おひとりのご健康とさらなるご活躍とを深く祈りながら、筆を置かせていただこうと思う。

二〇〇二年七月

沙羅の花咲く白山麓神泉のほとりにて　大庭桂

吉田桂二　略年譜

【一九三〇年代】

一九三〇（昭和五）　岐阜市上竹町に歯科医師吉田弘之の次男として生まれる

一九三七（昭和十二）京町尋常高等小学校に入学（七歳）

【一九四〇年代】

一九四三（昭和十八）岐阜市立中学に入学（一三歳）

一九四五（昭和二〇）二月、河内長野の大阪陸軍幼年学校に入学
八月、終戦により岐阜へ帰郷、岐阜市立中学へ復学（一五歳）

一九四七（昭和二二）東京美術学校予科に入学（一七歳）

【一九五〇年代】

一九五二（昭和二七）東京芸術大学建築科を卒業
（財）建設工学研究会池辺陽研究室へ入る（二二歳）

一九五七（昭和三二）（株）連合設計社を設立
軽井沢に壺井栄夫妻の別邸竣工（二七歳）

一九五八（昭和三三）一級建築士登録（二八歳）

一九五九（昭和三四）（有）連合設計社市谷建築事務所に改組、監査役となる（二九歳）

〈世の中の出来事〉

一九三一　満州事変
一九三二　五・一五事件
一九三三　ヒトラー独首相に就任
一九三六　二・二六事件。日独防共協定
一九三八　国家総動員法発令
一九三九　第二次世界大戦、欧州で始まる
一九四〇　日独伊三国軍事同盟締結。
大政翼賛会結成
一九四一　日ソ中立条約締結
太平洋戦争始まる
一九四五　五月、ドイツ無条件降伏
六月、米軍沖縄占領
八月、広島・長崎に原爆投下
第二次世界大戦終わる
一九五〇　朝鮮戦争始まる（〜一九五三）
特需景気
一九五一　サンフランシスコ講和条約・
日米安全保障条約調印
一九五二　血のメーデー事件
一九五三　NHKテレビ放送開始
一九五四　洗濯機、電気冷蔵庫、掃除機が
「三種の神器」と呼ばれる
一九五五　神武景気始まる（〜一九五七）
一九五六　経済白書「もはや戦後ではない」と記述
日ソ共同宣言（日ソ国交回復）
一九五九　皇太子結婚パレード

【一九六〇年代】

一九六三（昭和三八）初めてのヨーロッパ旅行（三三歳）

一九六九（昭和四四）勧銀ハウジングセンターの仕事を始める（三九歳）

【一九七〇年代】

一九七〇（昭和四五）初めての著書『間取りのひけつ』
実業之日本社から出版（四〇歳）

一九七三（昭和四八）日本大学理工学部講師となる（四三歳）

一九七六（昭和五一）信州の大平宿を初めて訪れる
『家づくりの原点』（彰国社）出版（四六歳）

一九七七（昭和五二）日大民家研究会を率いて大平宿の予備調査（四七歳）

一九七八（昭和五三）国内の西洋館取材旅行（四八歳）

一九七九（昭和五四）国内の民家取材旅行（四九歳）

【一九八〇年代】

一九八〇（昭和五五）ナショナルトラスト大平宿保存調査
『住みよい間取り』（主婦と生活社）出版（五〇歳）

一九八二（昭和五七）大平の「満寿屋」保存改修（五二歳）

一九八三（昭和五八）「わらべの館」「丸岡町民図書館」竣工

一九六〇　カラーテレビ本放送開始
池田隼人内閣、所得倍増計画決定

一九六四　東海道新幹線開業。東京オリンピック

一九六七　四日市ぜんそく訴訟

一九六八　3C時代（カー、クーラー、カラーテレビ）
始まる
霞ヶ関ビル完成

一九六九　日米経済摩擦始まる
（繊維輸出に米からの規制要求）

一九七〇　日本万国博覧会

一九七一　沖縄返還協定調印
ドル・ショック

一九七二　田中角栄『日本列島改造論』発表
田中首相訪中、日中共同声明

一九七三　変動相場制移行
オイルショック

一九七五　ベトナム戦争終結

一九七六　ロッキード事件表面化

一九七八　日中平和友好条約調印

一九七九　第二次オイルショック

一九八二　東北新幹線、上越新幹線開業

一九八三　東京ディズニーランド開園

『間違いだらけの住まいづくり』（彰国社）出版
十月、韓国へ取材旅行
日本大学で工学博士の学位を受ける（五三歳）

一九八四（昭和五九）一月、中国へ取材旅行
四月、インドネシア取材旅行
七月から八月、東欧取材旅行
大平で第七回全国町並みゼミ開催
『なつかしい町並みの旅』（すずさわ書店）出版
ナショナルトラスト高知県高岡郡梼原の調査（五四歳）

一九八六（昭和六一）「葛城の道歴史文化館」竣工
ナショナルトラスト福井県遠敷郡上中町熊川の調査（五六歳）

一九八七（昭和六二）「丸岡町民図書館」が第一回福井県町並み景観賞
ナショナルトラスト飛驒古川の調査（五七歳）

一九八八（昭和六三）熊本大学工学部建築学科客員教授となる（五八歳）

【一九九〇年代】

一九九一（平成三）「飛驒の匠文化館」および一連の修景計画で第十六回吉田五十八賞特別賞、「古河歴史博物館」が茨城県・町づくりグリーンリボン賞（六一歳）

一九九二（平成四）「古河歴史博物館」とその周辺の修景計画で日本建築学会賞作品賞
古河市「まくらがの郷」が茨城県・町づくりグリーンリボン賞、古河市の町づくりが「潤いのある町づくり」として自治大臣賞（六二歳）

一九八七　国鉄民営化、JR発足
一九八八　リクルート事件発覚
一九八九　平成と改元
消費税スタート
ベルリンの壁の崩壊
一九九一　湾岸戦争

一九九三（平成五）　東京芸術大学建築科客員教授となる（六三歳）
一九九五（平成七）　古河市「まくらがの郷」が茨城県ゆとりある生活推進協議会の「ふるさとの住まい振興賞」（六五歳）
一九九六（平成八）　「坂本善三美術館」が第八回くまもと景観賞
「古河歴史博物館」が第五回公共建築賞最優秀賞
「坂本善三美術館」が木造振興・熊本県奨励賞（六六歳）
一九九七（平成九）　「大乗院庭園文化館」が奈良景観調和デザイン知事賞（六七歳）
一九九八（平成十）　「坂本善三美術館」が第十回くまもと景観賞記念大賞（六八歳）
一九九九（平成十一）　「古河文学館」が第十二回茨城建築文化賞最優秀賞
「大乗院庭園文化館」甍賞景観賞
「古河文学館」が茨城県・町づくりグリーンリボン賞（六九歳）

【二〇〇〇年代】

二〇〇〇（平成十二）「長浜鉄道文化館」竣工
「おぐに老人保健施設」が熊本県木材協会連合会賞（七〇歳）
二〇〇二（平成十四）「琴引浜鳴き砂文化館」奥丹後・網野に竣工
内村鑑三記念館（建設中）
北陸線電化記念館（建設中）
本土寺實相庵（建設中）
内子文化創造センター（建設中）（七二歳）

一九九三　皇太子御成婚
非自民六党連立内閣発足（五五年体制崩壊）
冷夏で米凶作
一九九五　阪神・淡路大震災
オウム真理教による地下鉄サリン事件
一九九六　ペルーで日本大使公邸占拠事件
（九七年四月強行突入）
二〇〇〇　三宅島火山活動活発化、全島民避難
二〇〇一　テロにより世界貿易センタービル崩壊
米によるアフガニスタン攻撃

吉田桂二　主な作品（一九七四年以降）

【一九七四年】
伊奈邸　東京都国分寺市
指田邸　東京都国立市
堤邸　東京都練馬区
中根山荘　長野県軽井沢町
【一九七五年】
田島山荘　長野県嬬恋村
飯島邸　茨城県古河市
宮田邸　神奈川県平塚市
杉本邸　静岡県熱海市
【一九七六年】
小野山荘　山梨県鳴沢村
土岐山荘　長野県長門町
田部井邸　埼玉県深谷市
メゾン・ド・サクラ　東京都江東区
【一九七七年】
柏木山荘　神奈川県箱根町
川島山荘　長野県軽井沢町
佐藤邸　東京都杉並区
本多山荘　長野県松川町
【一九七八年】
小倉（利）邸　茨城県古河市
新田山荘　群馬県嬬恋村
菅野邸　山形県山形市
葛岡山荘　静岡県伊東市
八幡町自然休養村管理センター　岐阜県郡上八幡町
【一九七九年】
桜井山荘　長野県軽井沢町
行田市コミュニティセンター　埼玉県行田市
柴野邸　東京都中野区
白鳥邸　千葉県千葉市
竹原邸　埼玉県川越市
八幡町サイクリングターミナル　岐阜県郡上八幡町
【一九八〇年】
酒井邸　埼玉県岩槻市
小倉（和）邸　茨城県古河市
桜井機械販売名古屋支店　愛知県名古屋市
峯村邸　東京都武蔵野市
【一九八一年】
馬場山荘（浅間隠の家）　長野県軽井沢町
【一九八二年】
小西邸　神奈川県鎌倉市
【一九八三年】
わらべの館　大分県玖珠町
丸岡町民図書館（中野重治記念文庫）　福井県丸岡町
満寿屋　長野県飯田市大平
桜井機械販売九州支店　福岡県福岡市

安友邸　東京都世田谷区
内藤邸　横浜市磯子区
【一九八四年】
徳間邸　埼玉県深谷市
告知板　長野県飯田市大平
桜井機械販売大阪支店　大阪府大阪市
【一九八五年】
梁瀬邸（長府の家）　山口県下関市
紙屋　長野県飯田市大平
端山邸　神奈川県小田原市
桜箱崎ビル　東京都中央区
【一九八六年】
葛城の道歴史文化館　奈良県御所市鴨神
吉野邸　埼玉県川越市
田中山荘（北軽の家）　群馬県嬬恋村
桜井機械販売本社　東京都江東区
山田邸　静岡県熱海市
井手邸　東京都練馬区
【一九八七年】
コミュニティセンター出城　茨城県古河市
みどりヶ丘ふれあいの家　茨城県古河市
三和いこいの家　茨城県古河市
杉田邸　東京都府中市
鈴木邸　千葉県船橋市
緑町コーポラティブハウス　東京都小金井市
松本邸　東京都立川市
武田邸　神奈川県藤沢市

ミトベ邸　茨城県古河市
古河駅前公衆トイレ　茨城県古河市
よこまち柳通り
（コミュニティ道路）　茨城県古河市
野島邸　東京都八王子市
澤邸　東京都世田谷区
【一九八八年】
揖保伊豆高原荘・はなれや　静岡県伊東市
森園邸　広島県福山市
無限定空間の家
（福井ハウジングモデルハウス）　福井県福井市
内田邸　東京都渋谷区
永田邸（赤城の家）　群馬県粕川村
山川邸　山口県下関市
岡本邸　大阪府守口市
金邸（仙台の家）　宮城県仙台市
金沢邸　福島県福島市
清野建設分譲住宅（横浜の家）　神奈川県横浜市
ゆきはな
（古河市駅前広場あずまや）　茨城県古河市
楠邸　栃木県鹿沼市
【一九八九年】
飛驒の匠文化館　岐阜県古川町
冨久家　茨城県古河市
鷹見邸　茨城県古河市
岡部邸　茨城県古河市
桜井製作所新工場　岐阜県美濃市

【一九九〇年】
沖倉邸　神奈川県鎌倉市
竹本邸（名古屋の家）　愛知県名古屋市
副島邸（東久留米の家）　東京都東久留米市
辻村邸　東京都杉並区
内海邸　神奈川県鎌倉市
牧内邸　埼玉県鳩ヶ谷市
市橋邸　岐阜県岐阜市
池田邸　山口県宇部市
クリエの家Ｐａｒｔ３　兵庫県川西市
（進和不動産モデルハウス）（基本設計：浅井順子）
川池山荘（蓼科Ｋ山荘）　長野県茅野市
古河歴史博物館　茨城県古河市
（本館・分館・環境修景）
歌碑（長塚節＋若杉鳥子）　茨城県古河市
【一九九一年】
海老原邸（南河内の家）　栃木県南河内町
井上邸　茨城県古河市
高橋邸　神奈川県秦野市
得井山荘　山梨県上九一色村
合掌造風分譲住宅（三戸）　埼玉県名栗村
まくらがの郷（古河市住宅公社鴻巣北の内）
（分譲住宅団地二〇戸＋集会棟）　茨城県古河市
十却寺書院および庫裡　神奈川県三浦市
古河市四季の道公衆トイレ（二ヶ所）　茨城県古河市四季の道
【一九九二年】
清家邸　山口県下関市
「新町屋」（二棟）　福井県福井市
大平（三棟保存改修）　長野県飯田市大平
壺井栄文学館　香川県小豆島
小倉歯科ビル　茨城県古河市
増田邸　東京都千代田区
山藤邸　広島県広島市
月心居　東京都渋谷区
【一九九三年】
竹内邸　埼玉県浦和市
大平（六棟保存改修）　長野県飯田市大平
高橋邸　宮城県仙台市
富久家（料亭）　茨城県古河市
【一九九四年】
稲垣邸　東京都板橋区
近藤邸　神奈川県藤沢市
棚橋邸　岐阜県大垣市
石畳の宿　愛媛県内子町
葛岡邸　東京都小金井市
【一九九五年】
木蠟館　愛媛県内子町
坂本善三美術館　熊本県小国町
野島邸（夢屋）　栃木県那須町
米山邸　神奈川県横須賀市
【一九九六年】
大乗院庭園文化館　奈良県奈良市
河原邸　神奈川県横浜市
藤井邸　神奈川県平塚市

東急不動産モデルハウス　神奈川県あざみ野
鷹見泉石碑　茨城県古河市
【一九九七年】
竹内邸　神奈川県藤沢市
旧逸見家保存改修　福井県上中町熊川宿
増子邸　福島県郡山市
鈴木邸　福島県東村
四季工房モデルハウス　宮城県仙台市
【一九九八年】
鷹見邸茶室（妙得庵）　茨城県古河市
若松邸　神奈川県藤沢市
古河文学館　茨城県古河市
旧逸見家土蔵保存改修　福井県上中町熊川宿
小室邸　福島県中島村
荒川邸　神奈川県横浜市
新産住拓モデルハウス　熊本県大津町
弁天サロン　愛知県一色町
奥野邸　奈良県御所市
南信コスモ・モデルハウス　長野県伊那市
【一九九九年】
熊川宿・道の駅　福井県上中町熊川宿
おぐに老人保健施設　熊本県小国町
大瀬の館　愛媛県内子町
牧内邸　茨城県茎崎町
ポケットパーク　茨城県古河市
【二〇〇〇年】
佐野邸　岡山県岡山市

長浜鉄道文化館　滋賀県長浜市
若林邸　神奈川県逗子市
成留屋街並み環境整備　愛媛県内子町
【二〇〇一年】
常陸樹の家　茨城県牛久市
松崎邸　茨城県つくば市
佐久間邸　福島県福島市
茂木歯科　藤沢市片瀬山
高橋邸　東京都あきる野市
長野邸　東京都文京区
大瀬辻堂　愛媛県内子町
手塚邸　栃木県大田原市
四季工房社屋　福島県郡山市
四季工房社屋　宮城県仙台市
余邸　東京都大田区
酒井邸（改造）　埼玉県岩槻市
【二〇〇二年】
木村邸　神奈川県横須賀市
琴引浜鳴き砂文化館　京都府網野町
大洲まちの駅　愛媛県大洲市
内村鑑三記念館（建設中）　東京都目黒区
北陸線電化記念館（建設中）　滋賀県長浜市
本土寺實相庵（建設中）　千葉県松戸市
内子文化創造センター（建設中）　愛媛県内子町
川端邸（建設中）　茨城県つくば市
大坪邸（建設中）　東京都目黒区
白野別邸（建設中）　山梨県大泉村

『今にのこる民家と町なみ』（学童向け）学習研究社

『住まいと町をつなぐ家づくり』彰国社

【1992年】『家づくりから町づくりへ　吉田桂二の仕事』建築資料研究社

『木造複合架構の住宅設計』彰国社

『地中海を巡る町と住まいの旅』彰国社

【1995年】『暮らしから描く快適間取りのつくり方』（共著）彰国社

『歴史の町並み事典』東京堂出版

【1996年】『これからのエコロジー住宅』ほたる出版

【1997年】『地中海・町並み紀行　旅の絵本』東京堂出版

『からだによい家100の智恵』講談社

『保存と創造をむすぶ』（「建築ライブラリー１」）建築資料研究社

【1998年】『住み手に学ぶ「図解」住まいの収納100の知恵』講談社

『日本ＶＳ西洋　建築の「かたち」が決まる理由』（「住の神話」改題）鳳山社

『暮らしから描く健康な住まいのつくり方』（共著）彰国社

『絵ごころの旅』（共著）東京堂出版

【1999年】『暮らしから描くキッチンと収納のつくり方』（共著）彰国社

【2000年】『民家・町並み探訪事典』東京堂出版

『納得の間取り　日本人の知恵袋』講談社＋α新書

【2001年】『民家に学ぶ家づくり』平凡社新書

『歴史遺産　日本の町並み108選を歩く』講談社＋α新書

【2002年】『暮らしから描く「環境共生住宅」のつくり方』（共著）彰国社

『町のギャラリー建築設計資料』建築資料研究社

【刊行未定】『間取りの百年』

『いつまでも住める家のつくり方』（共著）彰国社

『虹を架ける渓　小説・原三渓』

吉田桂二　単行本著作一覧

【1970年】『間取りのひけつ』実業之日本社（絶版）
【1972年】『住まいの間取り百科』実業之日本社（絶版）
【1973年】『住まいを生かす』分譲住宅協会（絶版）
【1976年】『浴室・洗面・便所』（新しい住宅写真双書５）（共著）実業之日本社（絶版）
『家づくりの原点』彰国社
【1978年】『新・間取り百科』六耀社（絶版）
【1980年】『床の間廻り詳細』（「住宅建築別冊」）建築資料研究社
『だれでも描ける住みよい間取り』主婦と生活社
【1983年】『床の間廻り詳細』（保存版）建築資料研究社
『間違いだらけの住まいづくり　生活を忘れたところから間違いが始まる』彰国社
【1984年】『すまいの増築と改造』第一勧銀ハウジング（絶版）
『なつかしい町並みの旅』すずさわ書店（絶版）
【1985年】『建築価格と見積り３　木造住宅』（共著）建設物価調査会
『増築・改造の智恵袋』主婦と生活社
『コミュニティセンター建築設計資料』建築資料研究社
『二世帯住宅のノウハウ』彰国社
『住の神話』鳳山社
【1986年】『町並み・家並み事典』東京堂出版
『検証　日本人の住まいはどこから来たか』鳳山社
【1987年】『見直しの住まいづくり』彰国社
『民家ウオッチング事典』東京堂出版
『なつかしい町並みの旅』新潮文庫
【1988年】『日本の町並み探求』彰国社
【1989年】『中山道民家の旅』東京堂出版
【1990年】『木造住宅の設計手法』彰国社
【1991年】『図説 世界の民家・町並み事典』柏書房

参考文献（吉田桂二の著作を除く・順不同）

『間違いだらけの少年H』山中恒・山中典子　辺境社（発売・勁草書房）　一九九九
『米軍が記録した日本空襲』平塚征緒　草思社　一九九五
『陸軍と海軍』山口宗之　清文堂出版　二〇〇〇
『終戦の詔書』文藝春秋編・大原康男監修　一九九五
「楠蔭（くすかげ）」大阪幼年学校同窓会　四六～四八号（二〇〇〇～二〇〇一年）
『建築家　吉田五十八』砂川幸雄　晶文社　一九九一
『建築とは何か』B・タウト著　篠田英雄訳　鹿島研究所出版会SD選書　一九七四
『建築とは何か　続』B・タウト著　篠田英雄訳　鹿島出版会SD選書　一九七八
『歴史と風土の中で』山本学治建築論集1　鹿島出版会　一九八〇
『造型と構造と』山本学治建築論集2　鹿島出版会　一九八〇
『創造するこころ』山本学治建築論集3　鹿島出版会　一九八一
『アントニオ・ガウディ』鳥居徳敏　鹿島出版会SD選書　一九八五
『ガウディ建築入門』赤地経夫・田澤耕　新潮社　一九九二
『ル・コルビュジェ　幾何学と人間の尺度』富永讓　丸善　一九八九
『建築の極意』立松久昌　建築資料研究社　二〇〇〇年
『そして我が祖国日本』本多勝一　すずさわ書店　一九七六
『坂本善三美術館建設物語』熊本県小国町・坂本善三美術館　一九九六
『飛騨古川のものがたり』みかなぎりか　文藝春秋　二〇〇二
『飛騨古川の町意匠　祝祭と「雲」』出村弘一ほか編　INAXギャラリー企画委員会・企画　一九九五
「なんじゃかんじゃの四十年」古川町観光協会　一九九九
「季刊　チルチンびと」14～17号（二〇〇〇～二〇〇一年）　風土社

「まちの雑誌」 5号（二〇〇〇年） 風土社
「月刊 住宅建築」一九九四年五月号 一九九五年五月号 一九九五年六月号 建築資料研究社
「月刊 造景」二五号、二六号（二〇〇〇年）建築資料研究社
「月刊 建築知識」二〇〇一年十一月号 エクスナレッジ
「季刊 コンフォルト」一九九四年夏号 建築資料研究社
「生活文化同人機関誌」〇号～4号（一九九五～二〇〇〇年）
「生活文化同人会報」一九九五～二〇〇二年
「報」 371号、375号（二〇〇〇年） （社）日本ナショナル・トラスト
「マイホームプラン」一九九五年四月号 マイホームプラン社
「住まいのリフォーム」三号（一九九六年） 山海堂
「アイカアイズ」29号（一九九八年） アイカ工業
「建築とまちづくり」一九九八年五月号 新建築家技術者集団
「住空間」二〇〇〇年十一月号 東陶機器
「すまいろん」二〇〇〇年春号 住宅総合研究財団
「でぽら 二二」二〇〇〇年春夏号 （財）過疎地域問題調査会
「内子大瀬・成留屋地区HOPE計画策定調査報告書」愛媛県喜多郡内子町 一九九六
「街なみ環境整備事業 内子大瀬・成留屋地区調査報告書」愛媛県内子町 二〇〇〇
「大平宿の保全・活用および伝統構法に関する技術の伝承 大平建築塾の記録」生活文化同人
「若狭鯖街道熊川宿まちづくりフォーラム」第一回～第七回（一九九四～二〇〇一年） 福井県上中町教育委員会
「旧逸見勘兵衛家住宅整備事業報告書」福井県上中町教育委員会 一九九八
「鯖街道熊川宿デザインガイド」福井県上中町教育委員会 一九九九
「若狭鯖街道熊川宿の町並み保存 五年間の歩み（一九九六～二〇〇〇年）」福井県上中町教育委員会 二〇〇二
「連合設計社市谷建築事務所」連合設計社市谷建築事務所刊 一九九七

吉田桂二（よしだ・けいじ）

昭和５年(1930)岐阜市生まれ。昭和27年、東京芸術大学建築科卒業後、㈶建設工学研究会・池辺陽研究室入所。昭和32年、㈱連合設計社設立。昭和34年、連合設計社市谷建築事務所に改組。平成12年、同社代表取締役。主として住宅・公共建築の設計に従事（「吉田桂二　主な作品」を参照)。工学博士、一級建築士。

日本大学建築学科非常勤講師、日本大学海洋建築学科非常勤講師、熊本大学建築学科客員教授、東京芸術大学建築科客員教授を歴任。

全国町並み保存連盟顧問、日本ナショナルトラスト保存活用委員、飯田市大平宿保存再生協議会理事、生活文化同人代表、上中町熊川宿重要伝統的建造物群保存地区審議会委員、内子町八日市護国重要伝統的建造物群保存地区審議会委員などをつとめる。

平成３年「飛騨の匠文化館他一連の修景計画」によって第16回吉田五十八賞特別賞、平成４年「古河歴史博物館と周辺の修景計画」によって1992年度日本建築学会賞作品賞を受賞するなど、多数の受賞歴がある（「吉田桂二　略年譜」を参照)。

また、『なつかしい町並みの旅』(すずさわ書店)、『日本の町並み探求』(彰国社)、『民家・町並み探訪事典』(東京堂出版）など40数冊におよぶ著書がある（「吉田桂二　単行本著作一覧」を参照)。

Eメールアドレス　keiji-y@syd.odn.ne.jp

ホームページアドレス　http://www2.odn.ne.jp/~ccp63010/

大庭桂（おおば・けい）

熊本県生まれ。西南学院大学文学部卒。

1997年、民家再生に取材した『夢屋ものがたり』で毎日児童小説優秀賞。同年、『恋歌』で長塚節文学賞大賞。1999年、『竜の谷のひみつ』で毎日児童小説最優秀賞（旺文社刊)。2000年、『海のそこの電話局』で海洋文学大賞入選（旺文社刊)。

そのほか、飛騨古川町観光協会四十周年記念の創作劇『源五郎のケヤキ』などがある。

造景する旅人　建築家 吉田桂二

2002 ©Kei Ooba
著者との申し合わせにより検印廃止

2002年11月1日　第1版第1刷発行

著　者　大　庭　桂
装幀者　鈴木佳代子
発行者　山 下 武 秀
発行所　有限会社 風　土　社
〒101-0064　東京都千代田区猿楽町1-2-3錦華堂ビル2F
（書籍編集部　TEL 03-5281-9537）
（注文センター　TEL 03-5392-3604 FAX 03-5392-3008）

印刷所　株式会社 東京印書館

ISBN 4-938894-62-9 C0052
Printed in Japan

乱丁本・落丁本はお取り替えいたします。
定価はカバーに表示してあります。
無断で本書の全部または一部の複写・複製を禁じます。